Del 1 av 3

I Karl-Otto Engelbrekts tjänst

Mats Gezelius

Omslag och sättning: Joakim Axelsson

Förlag: BoD – Books on Demand, Stockholm, Sverige
Tryck: BoD – Books on Demand, Norderstedt, Tyskland

ISBN: 978-91-8057-644-4

Det här är en fiktion, en påhittad historia.
Faktafel och författarens egenmäktiga beskrivning
av händelser och personer ska ses i ljuset av detta.
För övrigt vill jag tacka Joakim, Anja och min Stina
– Utan er hade detta stannat i dagdrömmerier.

Prolog

Viljami Peltonen kände sig trött, han hade haft bråda dagar sedan ett år tillbaka. Nu låg han i sin barack, dåsade och tänkte på hur han hade hamnat där. Han blev avbruten i sitt tänkande av att det krafsade vid dörren, han tittade upp och fick då se två ögon som otåligt stirrade på honom.

– Ja ja, jag kommer, sa han och klev upp och klappade kärvänligt sin finska lapphund.

Det var en tik som han fått av sonen Jona, när han skilde sig för några år sedan. Nu var hon med honom, som ett gott sällskap långt borta i de östra finska lappmarkerna. Det var lite småkyligt nu på morgonen. Han hade lagt sig kvällen innan i sina långkalsonger och tröja, nu tackade han försynen för detta, då det var lite bittert inomhus på morgonen.

Han öppnade dörren och släppte ut Vaja. Klockan var nu bara halv sex på morgonen, när han såg hennes glatt viftande svans försvinna i det morgonfuktiga riset. Viljami tyckte det var onödigt tidigt, han gick tillbaka till sängen, lyfte på täcket och kröp ned igen.

Viljami kände då att han inte var lika smidig i kroppen längre, det tog emot och det var lite stelt. Förr om åren som gränsbevakare, kunde han gå flera mil om dagen. Men nu erkände han för sig själv där han låg, att det kunde ju kännas lite trögt ibland.

Förra året hade han blivit uppsökt, nej rättade han sig, han hade blivit headhuntad, som det så modernt heter nu för tiden. Han hade suttit på Kotipizza i Kuusamo och hade precis beställt in en quattro stagioni, då två herrar hade slagit sig ned bredvid honom och artigt frågade om han hade tid. Den ene hade presenterat sig som Antti Kaikkonen och den andre som Jari Varjo. Under väntetiden på att pizzan skulle bli klar, fick han klart för sig, att det var Finlands försvarsminister och någon naturprofessor som Antti i sin tur hade involverat i ett projekt.

Antti hade förklarat att gubbar av Viljami's kaliber, var svåra att få tag på nuförtiden och som även hade erfarenheter av naturen utmed finsk-ryska gränsen. Viljami hade suttit likt en fågelholk och inte förstått någonting, tills professorn hade förtydligat att han var involverad i Finländska biologiska arters utbredning i östra Finland. Jari hade förklarat, att han behövde en utredning om var det fanns känslig natur och hur den geologiska topografin såg ut. De undrade sedan om Viljami ville ha ett mycket bra betalt jobb. Viljami hade då vid frågan sett rådvill ut, för han hade tänkt att gå i pension, han hade ju faktiskt fyllt 65 år.

Pizzan hade kommit in och han hade börjat med att skära ut trekantiga bitar av pizzan, sedan tagit en extra assiett och lagt upp pizzabitar med extra räkor och satt ned måltiden på golvet. Vaja hade tagit det som ett okej, rest på sig borta vid dörren och tassat fram, slagit sig ned och glatt attackerat sina läckerheter.

Gästerna hade roat tittat på och frågat om det var en hona eller hane.

– Hon heter Vaja och är lika gammal som jag, hade han då svarat.

Viljami kände nu kaffesuget, han lyfte på täcket och gick bort till gasolspisen och gjorde i ordning kaffet. Han tittade samtidigt ut på höstmörkret, det var låg dimma och det var blött av dis på fönstret. Viljami bodde i en container, den var inredd som en stor husvagn. Det var lastöglor på taket så att den kunde flyttas och lite komfort hade gått att ordna med solceller, dieselgenerator och husvagnsinredning för övrigt. I dag skulle de ta fyrhjulingen söderut, tänkte han medan kaffet höll på att koka upp.

Efter mötet på pizzerian, så hade det blivit fler möten där hela projektet hade beskrivits för honom. Han skulle lokalisera lämpliga platser för en viss typ av försvarsanläggningar, hur de med minimal skada på naturen kunde placeras nära ryska gränsen och samtidigt ge förslag på logistiklösningar. För detta skulle han som sagt få rundligt betalt utöver en furstlig pension. Det sista om pensionen hade varit lockande och avgörande.

Precis som tidigare, satt han här igen i ödemarken som han alltid hade gjort. Men nu kunde han planera självständigt när, hur och vad han skulle göra. Han och Vaja trivdes ypperligt med det. Kaffet var klart och han lyfte av kannan, han påminde sig samtidigt om, att fixa med gasolen då den var på upphällningen. Vid gränsstationen Raja-Jooseppi hade han en överenskommelse med Juhani, en gammal lekkamrat till Jona. Han kunde fixa det mesta med lite framförhållning.

Viljami plockade fram sin Macbook. Han brukade samtidigt med frukosten titta på sina mail och sin planering. För att kunna hålla sig uppdaterad mot omvärlden, hade han tillgång till finska försvarets och gränspolisens WiFi-uppkopplingar, han kunde till och med titta på tv. Viljami började undra var Vaja höll hus, hon hade varit borta länge nu. Han bestämde sig för att gå ut och byta olja på fyrhjulingen i väntan på henne. Att göra en liten service då och då var viktigt, då han var beroende av att inget fick gå på tok.

Viljami huttrade till när han kom ut, drog ned skinnmössan och satte på sig sina handskar. I vindskyddet hittade han efter en stunds letande både en ringnyckel i rätt storlek och oljan. När spilloljan efter ett tag stod och rann ned i ett kärl, vände han sig om och såg nedför slänten mot den ryska sidan. Då såg han hunden komma lufsande och ge skall, hon hade fångat en stor sork, sa hon. Vaja, du har bara kul, tänkte han.

1.

Maja låg i sängen och kisade mot fönstret, de tunga gröna gardinerna hade en glipa till höger där morgonsolen träffade henne irriterat i ansiktet. Hon gäspade och sträckte sig med bägge händerna mot sänggaveln, samtidigt som hon såg upp mot taket.

En av alla fina byggnadsdetaljer var hålkälslisten. De var av den gamla typen från sekelskiftet, för övrigt ett sekel som hon älskade. Det var en av många saker som gjorde att hon och Jack hade flyttat in i huset för snart tio år sedan. Hon lystrade till och hörde ljusa röster utomhus, hon förstod nu att hon var sen upp ur sängen. Maja lättade på det tunna sommartäcket och trevade med handen efter svärmors stickade raggsockor som låg på golvet. Det gamla huset var självventilerat, dock lite dragigt hade Jacks pappa förklarat för henne när Jack hade fått ärva det.

– Men ingen skada skedde, se på Jack, hade han utropat med förtröstan och glimten i ögat. Maja tog på sig Jacks morgonrock som låg närmast sängen, även om den var alldeles för stor för henne. Hon gick upp, delade på gardinerna framför de höga fönstren och såg ut. Sovrummet låg på övervåningen inåt tomten med en fin utsikt utöver grannhus och de egna trädgårdsodlingarna. Det såg ut att bli en underbar dag. Hon gäspade samtidigt som hon såg på femåringarna där nere, en i nattlinnet och en i trosa och linne, springandes med hoppsasteg, bara som femåringar kan göra.

Tvillingarna hade kläder med motiv från Nalle Puh, då de var inne i en Christoffer Robin period efter det att Jack hittat sina gamla barnböcker på vinden. Maja såg att Jack hade av någon anledning vält den ålderstigna gräsklipparen på sidan, det var en antik sak som kräver upprepad kärlek. Hon stod där uppe och såg ned på honom. Jacks händer kunde vara mjuka som sammet mot hennes kind, samma händer som hade dödat eller brutit upp en sten ur marken. Hon hade träffat Jack för tolv år sedan. Märkligt tänkte hon, var det verkligen tolv år sedan?

Maja drog mörkläggningsgardinerna åt sidan och öppnade balkongdörren lite på glänt så att sommarvärmen kunde komma in. Hon hade fått Jack som patient här på Bodens garnison strax efter hans återkomst från Afghanistan. Hon hade snabbt lagt märke till honom, dels på grund av hans imponerande kroppsstorlek, dels för den sorgsna blicken som vilade över Jack, vilket hade väckt hennes intresse.

Han hade, enligt hennes minne, liknat en tilltufsad hund. Maja mindes de spridda ryktena som hade cirkulerat om att Jack hade arbetat hårt för att fånga hennes uppmärksamhet. Jack hade alltid haft en förmåga att titta på henne på ett speciellt sätt - eftertänksamt, lockande och när han väl hade fångat hennes uppmärksamhet, kunde hans ögon blixtra till på ett lite skälmskt vis. Denna charm hade utan tvekan bidragit till hans läkande och till att dra till sig Majas intresse. Maja log åt detta mysiga minne.

Hon gick ut ur sovrummet, passerade spegeln i hallen. Hon stannade till och betraktade sig själv lite noggrannare, gluttade lite på morgonrocken och stod stilla.

– Inte så illa, muttrade hon lite stolt, samtidigt som hon snodde ihop håret till en hästsvans.

Maja tog trappan ned till hallen och fortsatte sedan ut i köket. Dubbeldörrarna stod på vid gavel, parasollen över matbordet var uppställt och trädäcket utanför såg nybehandlat ut. Hon skuggade för solen med handen och kisade med ögonen ut mot tomten.

– Hej och godmorgon Jack, har du kommit ihåg att smörja ungarna med solkräm?

– Ja, det är gjort och kaffe finns i termosen på köksbänken, svarade han.

Han stod och såg ned på den antika och ärvda gräsklipparen. Det har gått prestige i att hålla tingesten i gång, då Jacks far stolt påtalat att det minsann var Stigas första klippare med en Briggs & Stratton-motor, en fyrtaktare. Nu ursäktade Jack sig med att det var Majas lilla planteringsspade han hade missat på gräset, ja rättare sagt, han hade fått in en fullträff på den. Rotorbladet måste nu krökas tillbaka och slipas om för femtioelfte gången.

Sara och Elin kom sättandes över gräsmattan med hoppsasteg och passerade honom. Han såg upp och tänkte, kan inte femåringar gå normalt?

– Vi måste ha kanelbullar med smör mamma, skrek de skrattande och jagade varandra in i köket.

Maja drog åt skärpet på morgonrocken, det var nu tre veckor kvar på hennes ledighet, känslan av en evighet kändes lovande. Hon rullade upp de för långa ärmarna och gick tillbaka in till köket.

Jack kunde inte motstå att stå och se efter Maja när hon gick in, trots hans bylsiga och för henne för stora morgonrock, kunde den inte dämpa hans fantasier om henne. Hon var fortfarande smidig som en gasell efter alla år. Jack njöt.

För Jack var det en ren avslappning, att nu gå hemma och i all enkelhet lösa de små vardagliga problemen. Under lång tid hade han försummat en hel del familjeliv och praktiska göromål, då han jobbat med ett projektarbete i Stockholm. Jack skruvade bort rotorbladet, han noterade samtidigt att muttern börjat bli rund.

Han gick mot trädgårdsskjulet för hämta verktyg så att han kunde reparera skadan på rotorbladet. Han sköt upp dörren med foten, men på väg in stannade han i dörröppningen. Visst hade han stängt alla dörrar och portar i går kväll? Han funderade, dörren till boden hade stått lite på glänt, han skakade fundersamt på huvudet.

Jacks personlighet var ibland till Majas förtret på grund av hans perfektionism. Jack gillade rutiner och att ha kontroll. Dessutom hade hans yrke bekräftat detta, vilket Maja uttryckte som "till perversioner". Hon skulle bara veta hur många gånger detta hade räddat livet på honom själv och hans pluton. Nåja, han hade kanske gjort en miss och tänkte nu inte mer på det. Jack lade ifrån sig grejerna på arbetsbänken, nu ville han också gå in och ta en kaffe. Han stängde dörren ordentligt på sin väg ut. Jack strök med handen över sin tredagarsstubb på väg in över gräsmattan, han kände att en dusch och rakning skulle sitta fint.

– Jag dukar ute, sa han sedan, när han kom in i köket till Majas rygg i kylskåpet. Hon vände sig förvånat om.

– Höll inte du på med din antika vän? sa hon roat.

– Min patient ligger för tillfälligt nedsövd på arbetsbänken, den kan vänta, skrattade Jack.

Läkarjargongen hade spridit sig med åren i huset och Maja hakade på.

– Kan man söva ungar med O'boy? Jag vill ha personalvård, fnissade hon igen.

– Tyvärr inte, O'boy är som heroin för femåringar, skämtade Jack tillbaka.

Han vände sedan och sprang upp till övervåningen, för att ta en dusch innan han fikade.

Efter duschen stod Jack med handduken runt magen och rakade sig, i spegeln kunde han se ärret på vänster axel, det sträckte sig snett nedåt mot mitten i kroppsbehåringen. Det var ett granatsplitter som till slut hade fått hem honom från Nangarhar och blivit något av en vändpunkt i livet för honom. I ett bakhåll i en liten håla, som då hette Jaba, hade han och hans pluton fått ge sig efter en massiv beskjutning. Till slut blev de upphämtade av en helikopter utanför sjukhuset Chaid Clinic och kunde sedan kontakta basen efter understöd. Han kom undan och fick till slut komma hem.

Johan Nilsson, garnisonschef i Boden, hade ringt tidigt på morgonen och bett honom komma in för en genomgång. Under åren hade det bildats en speciell grupp på tre män under Jacks ledning, en rest från tiden i Afghanistan. Johan kallade dem skämtsamt för "Bodens Hjärtan", en slags synonym till filmen "Kellys Hjältar", trodde Jack. När han kom ner till köket satt Maja och fikade.

Hon undrade vad som var så viktigt att det krävdes rakning.

– Har ni inte en paus i utbildningarna? frågade hon och tog en tugga på sin smörgås med kaviar. Jack tittade på hennes macka och undrade var kaviartuben var.

– I kylskåpsdörren som vanligt, svarade hon.

– Jo, men som du vet, så är det senaste projektet väldigt speciellt, sa han och tittade fram bakom kylskåpsdörren.

– Jag och mina kollegor är i sluttampen och Johan har ringt.

Han satte sig ned och såg på henne. Maja tog tuben och drog en sträng över osten.

– Men jag blir ju nyfiken, sa hon och gjorde frågetecken i luften med handen.

– Det handlar om projektet misstänker jag, flera höjdare från försvarsstaben ska hit "och fiska", som Johan uttryckte det, sa Jack.

När Jack sedan efter fikat fått på sig sina gröna kläder, gick han ut till bilen och kastade samtidigt en blick upp mot tvillingarnas fönster. Elin tittade ut genom glaset och pussade på fönsterrutan. "Hej då," ritade hon ett hjärta på det imma som bildats på glaset. Lilla Elin som ville så mycket. Jack mimade ett hejdå tillbaka.

Jack rattade ut bilen från tomten på Ingenjörsgatan, fortsatte fram till Engelbrektsgatan och svängde höger ut på Hermelinsgatan. Väl inne på Hedenbrovägen tog han vänster, snabbt höger och ställde bilen under träden längst bort på Befälsvägen. Han tog hissen till våningen högst upp, knackade tre snabba på den enda dörren på våningsplanet och Johan öppnade. Han hade också rakat sig, observerade Jack belåtet.

– Vi har besök, sa Johan på väg in i samlingsrummet.

Det var ett ljust rum och låg med gaveln ut mot ett grönområde med odlingslådor nedanför. Ute på terrassen stod en lång, lite lätt skallig och korpulent man med snälla gråblå ögon och rökte cigarr. Karl-Otto Engelbrekt, generalmajor och chef för Must, en överordnad sedan Afghanistantiden. Karl-Otto, som var informellt klädd, räckte glatt fram ena handen.

– Jag ber om ursäkt men det var Johans idé, sa han när han hälsade. Han såg sig lite rådvillt omkring och fimpade till slut cigarren i en blomlåda.

– Med anledning av Ukraina, ryssar och annat så ska vi vara lite hemliga, småskrockade han. De satte sig ned i utemöblerna i äkta rotting på den väl tilltagna terrassen, och Johan sköt ut det rörliga panoramataket en bit för att komma i skugga.

– Vi får ytterligare besök, sa Karl-Otto till Jack, så vi måste börja med vår planering.

2.

I en kontorsbyggnad på Drottninggatan några trappor upp satt en grupp politiker, eftersom renoveringen av Sagerska palatset var kraftigt försenad. Även här var det stökigt, då det krävdes en viss uppsnyggning av ytskikten. Till sin förtret fick de hållas här minst månaden ut.

Statsministern, i sin ständigt återkommande ljusblå skjorta, satt med uppkavlade ärmar utan slips vid ena kanten av sitt skrivbord. Utrikesministern halvlåg i en fåtölj med benen utsträckta framför sig, hållande sina glasögon mot fönstren och energiskt putsande på glasen med sin slips. Justitieminister Gunwald Ström gick av och an i rummet i uppknäppt skjorta, viftandes med ett dokument som fladdrade av hans rörelse.

– Jaha, sa statsministern och såg på sina betrodda. Vi får väl säga att den här förfrågan från president Zelensky inte kom helt oväntat. Amerikanerna har ju krattat manegen åt oss.

– Nej, sa justitieministern och vände sig mot honom. Med tanke på ryssarnas upptrappning, så vill han nu av förklarliga skäl ha något att sätta press på ryssarna med, sa han och lade ifrån sig dokumentet på ett bord. Dokumentet han hade haft i sin hand, hade kommit med diplomatpost och var en skrivelse av det allvarligare slaget. En tidigare förfrågan hade gått till den förra svenska regeringen och efter valet som sossarna förlorat, hade Zelensky skrivit och påmint om det igen.

– Jag förstår honom, sa utrikesministern Bill Tobiasson, som till slut satte på sig sina glasögon.

– Pansarskott i all ära, fortsatte han. Men något kraftigare att smälla Putin med skulle ju underlätta, norrmännen har väl förresten tackat nej till Archer?

– Jo, de backade på avtalet med Bofors och köpte något enklare amerikanskt i stället sa Karl-Otto sist jag pratade med honom, tillade statsministern.

– Det är ju konstigt, med tanke på att Norge var med så länge i anbuden på Archer, men å andra sidan är kanonen inte något nytt, fortsatte statsministern och började kavla ned skjortärmarna.

– Det är ju en vidareutvecklad gammal kanon från förra decenniet, sa utrikesminister Bill Tobiasson när han reste sig upp från fåtöljen och gjorde en ansats att ställa sig upp. Han kände att mötet var i slutfasen.

Det knackade på en av dubbeldörrarna, och statsministerns sekreterare Sigrid kom in för att påminna statsminister Krister Ulfsson om att den Finlandska delegationen stod nere i foajén. Statsministern tittade på klockan som hade en boett föreställande stadshustornet - en gåva från sin fru Britt-Inger och konstaterade att den hunnit bli 15.00.

I hissen ned för att möta den Finlandska delegationen, påminde han sig om att prata med överbefälhavaren om den nya begäran från Ukraina. Nu var det istället dags att diskutera Turkiet, och sedan en privat sväng till Knuts

Restaurang & Bar med Finlands utrikesminister Pekka Haavisto, en vän som han hade lätt för och tyckte om att umgås med.

3.

Efter mötet med den Finlandska delegationen på Hotell Linden tog den svenska statsministern den finske utrikesministern Pekka Haavisto åt sidan och frågade om 21.00 ikväll var okej för middagen.

– Jo, det ska gå. Samma ställe? frågade Pekka.

Krister nickade, gick sedan bort och öppnade dörren på sin bil och klev in.

– Kör tillbaka till Drottninggatan, sa han till sin chaufför Petri.

Kontoret fungerade i nuläget även som ett övernattningsrum, så han skulle dit och byta skjorta. Han slog en signal till Strängnäs och hans fru Britt-Inger svarade.

– Hej vännen, svarade hon efter tre signaler. Jag förstod att du skulle ringa nu, det kommer alltså att bli lite sent ikväll? Krister svarade oseende ut genom rutan:

– Ja, det blir ett informellt möte ikväll med Pekka, jag vill tala med honom om lite mer än Nato, nu när han ändå är här.

Det blev rödljus, bilen stod stilla och de passerades av en ung kvinna på cykel. När hon upptäckte att det var statsministern gav hon honom fingret. Krister kom då av sig.

– Öh … jo du vet … Finlands sak är ju vår, försökte han skämta till det.

– Jag tänkte fråga Pekka om han kan tänka sig ett bredare och djupare samarbete.

– Haha jag förstår, ett förslag i goda vänners lag, svarade hon.

Krister tittade ut genom bilrutan.

– Precis. Pussa barnen så ses vi imorgon, och så lade han på.

Väl tillbaka på kontoret satte han sig ned bakom skrivbordet. Han hörde att Sigrid var kvar och sa till henne att gå hem. Sedan ringde Krister till landets säkerhetsrådgivare Lars Henriksson. Signalerna gick igenom, och han tittade på klockan. Han borde vara tillgänglig, tänkte han. Plötsligt fick han svar.

– Ja? sa Lars.

– Hej, det är Krister här. Har du tid för ett möte? Det skrapade i luren och någon hostade.

– Jo, när?

– Kan du komma hit till Drottninggatan innan 19.00?

– Jag kommer, jag ska bara avsluta här först, svarade rösten i telefonen.

Statsministern lade på luren. Han hade tidigare fått grönt ljus från generalmajor Karl-Otto Engelbrekt om det här extra mötet med Pekka Haavisto, så ett samtal med Lars skulle kännas bra innan restaurangbesöket. Säkerhetsrådgivaren Lars Henriksson var en person som var betrodd av alla sidor och en gammal vän från förr till Krister.

Sigrid, denna underbara kvinna hade bäddat och fixat och hängt fram en ny ljusblå skjorta på garderobsdörren. Sigrid, som var i 35-årsåldern, hade materialiserat sig i samband med inflyttningen för något år sedan från Regeringskansliet. Statsministern trodde det var Petri som hade ett finger med i detta. Telefonen ringde.

– Ja? svarade Krister.

– Det var från vakten, du har besök av en Henriksson, som … Vakten hade ett sätt att prata som gjorde alla samtal längre än det var nödvändigt.

– Skicka upp honom, avbröt statsministern. Lars var en person som statsministern hade stor respekt för. När det nationella säkerhetsrådet inrättades i statsrådsberedningen, var Lars Henrikssons tillsättning självklar. Lars var en överstelöjtnant och före detta ordförande i försvarsutskottet. Som grädde på moset var han även generaldirektör för Folke Bernadotteakademin. Med andra ord var Lars en självskriven medlem i det nationellasäkerhetsrådet, sa statsminister Krister Ulfsson vid utnämningen. Vissa hade kallat det för en kompistjänst, men statsministern förkastade den kritiken.

Lars klev in på statsministerns kontor och överraskades av takhöjd, ljusinsläpp och det stora skrivbordet. Mattor, möbler var smakfullt som om ett proffs har varit här och hjälpt till, tänkte han.

– Vad var det vi inte kunde ta på telefon? frågade Lars. Du lät lite stressad …

– Jag ska träffa Pekka Haavisto ikväll 21.00 och sondera, svarade Krister.

– Jaha, något jag känner till sedan tidigare? sa Lars och gick längre in på kontoret.

– Troligen, det berör Archer, fortsatte statsministern på väg mot barskåpet.

– Något att dricka? frågade han över axeln.

– Jo, en singel malt med lite is. Jag övernattar i stan och behöver lite sömnmedel, sa Lars och letade med blicken efter en plats att sitta på.

– Det finns andra boenden än vid Slussen. Bygget där nu ger väl bara mardrömmar, log statsministern och räckte fram en tvåa whisky.

– Vad är det med kanonen? undrade Lars och gick till en fåtölj som stod närmast och satte sig ned till sist.

– Jo, såhär är det, fortsatte statsministern och satte sig också ned. Den här artilleripjäsen Archer är ju ingen hemlighet, den finns i tidningar med glättat papper och den finns i de flesta underrättelsematerial världen över. Det är ju därför ukrainarna har hört sig för. Ja, du fattar. Krister tittade frågande på Lars som nickade att han skulle fortsätta.

– Vad världen utanför vårt land inte vet, är att den har uppgraderad räckvidd från 50 km till 90 km, sa statsministern, helt ovetande om den verkliga uppgraderingen.

Lars tittade fundersamt på honom och snurrade på glaset.

– Oj, det var en nyhet och välbevarad, sa han och fortsatte:

– Underförstått menar jag att Säpo inte är informerad? Statsministern lutade sig bekvämt tillbaka i soffan.

– I nuläget är det få som har kännedom om det här, en önskan från generalmajoren. Prylarna tillverkas på olika ställen över hela landet, så ingen vet vad högra handen gör, vi får se hur länge det håller. Han smuttade lite på whiskyn.

– Aha, sa Lars.

– Förra gången det begav sig, fortsatte statsministern, så hade vi norrmännen med oss långt in i budgivningen på Archer, men de har hoppat av. Nu står vi ensamma tillsammans med britterna och det går ju inte att göra något åt. Krister förblev tyst en stund, men fortsatte vidare:

– Min tanke är på det nya läget i Ukraina och Finlands Nato Ansökan. Jag har ikväll en ypperlig möjlighet att sondera lite med Pekka Haavisto, han är ju här i ett annat ärende och åker inte hem förrän imorgon.

Statsministern smuttade igen på whiskyn.

– Är det något ur din synpunkt jag bör tänka på? sa han.

– Jag antar att du fått ärva detta från förra regeringen, för sådant här kan ta tid, sa Lars.

– Jo, jag fick det i knät, kan man säga. Ny information fick jag av generalmajoren först för en månad sedan, sa Krister.

– Vi moderater fick upplysningar, att försvarsmateriel verket håller på med att snygga upp Archer och göra den mer arbetsplatsvänlig, sa han småskrattande vid tanken.

– Den har väl avgasrening? Det ska skjutas miljösäkert! hakade säkerhetsrådgivaren på.

Han är ju en stilig man när han skrattar, tänkte statsministern och harklade sig.

– Detta är ju i och för sig oerhört kostsamt i budgeten, så nu i stället för norrmännen skulle vi vilja få med Finland. Sekretessen av uppgraderingen är viktig, den är mycket avgörande. Han knackade lite lätt i bordet med knogarna för att markera allvaret.

– Jag förstår, sa Lars och sträckte på sig, ställde sig upp och började gå runt i rummet.

Det blev helt tyst. Krister tittade diskret på klockan som nu hunnit bli 20.24.

– Jag ska framföra en rekommendation på att vi höjer klassificeringsnivån i arbetsgruppen på förhandlingarna med Finland och att vi ökar inhämtning av information på ryssarna, sa Lars och tillade efter en stunds paus:

– Berätta inte allt, prata lite löst först och se om Pekka nappar. Blir han intresserad, så kan du ju säga att det går att skjuta längre nu än vanligt och att det inte är annat än bytta grejer, lite nytt på det gamla. Säg också, att vi är glada att säkert kunna leverera när Natoansökan gått igenom.

Krister tittade på Lars. Precis så, fast i andra ordalag hade Karl-Otto Engelbrekt sagt i telefon innan.

– Okej, det blir bra, sa han och följde sedan säkerhetsrådgivaren till dörren.

I foajén skildes de med en nick ute i den fina kvällen. Krister tittade efter sin bil, Petri kom med den alltid lika punktligt tänkte Krister, precis som Sigrid.

– Hej, du vet vart vi ska? frågade statsministern.

– Ja, sa Petri och svängde ut mot Upplandsgatan.

4.

Restaurang Knut låg lägligt till för diskreta samtal. Maten var utsökt med inslag av vilt, oavsett om man föredrog fågel, småvilt eller klövvilt. Den unika inredningen med olika möbeldetaljer skapade en hemtrevlig atmosfär, och takhöjden var generös med dova färger och synliga trädiskar. Det ryktades att Philip Berzelius på Militära underrättelsetjänsten och hans finska kollega Jona Peltonen ofta tog med sig bekanta hit.

Pekka Haavisto satt och väntade till höger, lite längre in i lokalen, och beundrade servitrisens långa, blonda hästsvans när den svängde fram och tillbaka i takt med hennes steg medan hon tände några bordsljus.

– Är jag sen? undrade Krister.

– Nope, sa Pekka och höjde ett glas med is och grumligt innehåll.

Krister satte sig ned och undrade om de var klara att beställa.

– Japp. Eh … ska prova gösen, sa Pekka

– Man kan få den med lite kräfta och brynt smör, fortsatte han.

– Bra val … du är ingen jägare, har jag för mig … eller? sa Krister.

– Nope, jag äter fisk ute, för om det bjuds hemma serveras den mest i rektangulära pinnar, ett komplement till fiskbullar i krabbsås, sa han och såg lite generad ut. Han fortsatte:

– Det blir så när ungarna har sista ordet. Jag gjorde misstaget att bjuda dem på stekt strömming en gång … haha, han skrattade gott vid minnet.

Krister valde en ragu på hjort med Karljohanssvamp och gjorde servitrisen uppmärksam med handen.

– Vad önskas att dricka, undrade servitrisen.

Det blev rött vin till Krister och en öl till Pekka. De åt under tystnad och när kaffet bars in frågade Pekka Krister:

– Nå, vad var det egentligen du ville prata om? Han var mätt och belåten och lutade sig bakåt.

– Tror du att era Nato-förhandlingar går i lås? undrade Krister rakt på sak och såg upp.

– Jo, för vår del är det väl inga problem, det är väl ni som sitter i skiten. Ni ska ju buga å bocka å sjunga Erdoğans lov. Pekka höjde sitt glas i en skål.

Det skämtet låtsades inte Krister om utan fortsatte:

– Vad säger du om att vi inom det nordiska samarbetsavtalet … Han tog sats:

– Tar ett litet sidospår?

Pekka höjde ögonbrynen och nickade fortsätt.

– Putin gillar ju inte det som kommer, han befäster er gräns lite extra nu vad jag har förstått? Vi har uppmärksammat samma aktiviteter som ni, vi tolkar att det är av militär karaktär, vi skulle också vilja dela de inhämtade upplysningar vi får som överskottsinformation till er.

– Er sak är vår så att säga, sa Krister.

– Vad är kärnan i det du vill säga? undrade nu Pekka.

– Vi vill erbjuda Finland en typ av prickskytte och att vi vill utbyta närmare försvarsinformation, sa Krister.

– Är Säkerhetspolisen inblandat? undrade Pekka.

– Nej, fick han som svar.

– Bra då kan vi vara överens om det sista, men du förstår, att jag måste ha en överläggning med Antti Kaikkonen, vår försvarsminister. Krister nickade att han förstod, han sa:

– Det var en sak till, skulle ni i nuläget vilja ha Archer i ert infanteri?

Pekka flyttade ut på sin stol och blev intresserad.

– Den har ju gott rykte, men är den inte lite väl gammal? undrade Pekka.

– Okej, detta är bara för dig och Antti, den har uppgraderad räckvidd och vi har utvecklat en del annat så det är något i hästväg, den blir billigare och har en jäkla eldhastighet.

– Saatan! sa Pekka nu intresserad.

– Nu ska vi ta in en god whisky till så får du utveckla, men det blir väl dyrt? sa Pekka.

– Varför då ... ni kan få samma deal som norrmännen, det löser sig, sa Krister och höjde även sitt glas för en skål. Krister kände att affären skulle kunna gå i hamn.

De pratade om ditt och datt i två timmar till. I dörren ut klappade de om varandra och gick åt varsitt håll.

Petri var ledig.

5.

Jack var på väg ut till bilen efter mötet med Karl-Otto och Johan. Han startade sin Range Rover, som hade stått i solen och nu luktade av skinnsätena. Han blev sittande en stund och tittade fundersamt ut genom framrutan.

På den senaste tiden hade personal från Hägglunds och British Aerospace Engineering kommit upp till Boden. Han tyckte att det var ett roligt och supertrevligt gäng, som hans egna mannar hade beblandat sig med. Jack fick känslan av att det var med en viss stolthet de hade skridit till verket, med uppgiften att montera ihop Archer, som kommit i delar. Inget skulle ju synas ute på vägarna. För ett tag sedan hade två bröder blivit tagna för spioneri för ryssarnas räkning, två informatörer som haft tio år på sig att informera Putin. Nu var det till att ”nolla” läget.

Jack tryckte lite på gasen och bilen började rulla mot Svedjebron. Så här på sensommaren gick det att smyga över den med bil, på vintern blev det med bandfordon och skotrar. Stugan vid västra brofästet hade blivit ett bra tillhåll för dem med lite fiske och historier, svalda med kall öl och godsaker på grillen. Deras team hade svetsats samman och Jack kände att en härlig lagkänsla hade infunnit sig i gruppen, nu när de närmat sig varandra.

Han körde genom ett stilla Boden, en liten prick i världsalltet tänkte han, som snart kommer att påverka på en global nivå. Det var fredag och på ett infall svängde han in till Godisarenan för inköp.

Väl inne i butiken tog han två lika stora burkar med lock och i dofter av allt möjligt botaniserade han runt för tvillingarna.

– Det blir 65.90, sa tjejen i kassan efter att hon tog av burkarna från vågen.

– Du ska inte ha sådana här också? sa hon och höll fram en låda med chokladfigurer föreställande Ior, Nasse, Tiger och Puh.

– Sara och Elin … började hon med ett flörtigt leende. Jack avbröt henne.

– Det blir fint, sa han och lade upp 25 kr till på disken.

Väl hemma slängde han nycklarna på byrån i hallen och blev bemött av två ballerinor med varsin dammvippa. De svängde runt och dansade till tonerna av "Dancing Queen", från en av pappas gamla ABBA-skivor.

Det var fredag.

6.

Anelina kände sig trött där hon nu stod och tittade ut genom det som tidigare var ett fönster; nu var bara karmen kvar. Den satt löst, då putsen hade stora sprickor. Hon såg sig omkring och märkte att det såg likadant ut i övriga huset. Mitt älskade hus, tänkte hon bedrövat.

Anelina hade haft mycket besvär med att försöka städa upp allt bråte. Hon var ju lite långsam och kände av sin ålder. Men hon levde ännu, fick hon påminna sig om, och kunde höra fågelsången emellanåt, trots det ständiga, återkommande mullret från öster.

Hennes katt Igun kom och strök sig försiktigt mot hennes bylsiga ben. Det var en hankatt, rödfläckig i pälsen och ganska ful tyckte hon. Allt är fult nu, konstaterade hon uppgivet. Hon funderade nu på hur det skulle bli över vintern. Anelina var ensam kvar med Igun. Dottern Irina hade tagit båda ungarna med sig och flytt västerut, endast gudarna visste vart hän. Nicolast låg hjälpligt begravd i trädgården bakom uthuset.

Hennes älskade man gick en morgon i väg för att hämta flaskvatten, men kom inte tillbaka. Grannfrun hade kommit efter några dagar med tårarna rinnandes och sa att han låg i diket borta vid Ostapavägen. Han låg inte ensam, det var många andra män som låg skjutna där. Kylan hade kramat henne och tomheten visste inga gränser, allt kändes vitt som frost. Anelina hade legat på sängen i det hörn, där taket var som var stadigast i flera dagar nu och bara gråtit och sörjt. Hon var inte medveten om något i sin omgivning, tills en morgon då Edita kom in med en skål potatissoppa med lite korv.

– Här kan du inte ligga, hade hon sagt uppfordrande. Tänk på din dotter, hon vill att någon ska svara när hon ringer. Edita hade hittat mobiltelefonen på pallen bredvid sängen och räckt Anelina den. Det hade varit åtta obesvarade samtal.

Nu ryckte sig Anelina ur sitt drömmeri och började planera för denna dag och sedan för morgondagen, längre var ju inte lönt. Grannarna som levde kvar på gatan, höll vakt om vad som skedde i grannskapet, hon kände en viss trygghet i detta. Tillsammans delade man det som man kom över. Alla män och ungdomar som tidigare kört omkring i sina bilar och väsnats, var vid fronten ute i kriget.

Det var ensamt utan Nicolast, hon kände ingen förtröstan. Hon rös till, det var kyligt, hon kom på att hon måste ha ved. Rätt som det var, hördes en gammaldags telefonsignal, hon tittade sig runt och gick mot det som förut varit ett kök. Där låg telefonen på vasken som hade släppt från väggen.

Det ringde igen, nu hann hon svara:

– Ja? sa hon.

– Det är jag mamma, hörde hon, det lät klart som om dottern stod i rummet bredvid.

– Åh, sa Anelina satte sig ned på en pall. Igun kom strykandes med öronen rakt upp.

– Å så skönt att du svarade, hörde hon dottern. Vi har kommit till Sverige och barnen mår bra.

De fortsatte samtalet i tio minuter.

– Jag måste sluta, sa Irina efter en stund. Vi ska vidare norrut, jag vet inte än vart, men jag ringer igen.

Anelina kände hur dotterns röst i telefonen värmde henne och hon bjöd Igun ett av sina sällsynta leenden hon hade kvar. Sverige var bra. Irina hade lagt på.

7.

Statsminister Krister Ulfsson satt på sängkanten i kalsonger med håret på ända, med glasögonen i högerhanden, samtidigt som han gned sina grusiga ögon med andra handen.

Krister var trött, gårdagskvällen hade blivit sen. Han hade med försvarsminister Jon Pålsson via FaceTime diskuterat hur man bäst skulle hantera situationen med de övriga i regeringen om den militära hjälpen till Ukraina. Diskussionen hade tidigare inte haft något större motstånd, förutom att få Vänsterpartiet med sig till slut.

Den allmänna opinionen hade till sist tagit ut sin triumf och det hade blivit flera leveranser. Krister ställde sig upp och strök luggen åt rätt håll, tryckte på snabbtelefonen för frukost och började med sina morgonbestyr. Sigrid kom in efter ett tag med hans frukostbricka.

– Jag ställer den på soffbordet, ropade hon. Britt-Inger ringde, hon undrar när du åker och att du inte ska glömma att hämta jaktstövlarna på hemvägen.

Just det, tänkte Krister. Imorgon eftermiddag skulle vi ju åka till Boden för en uppvisning av Archer och för att få lite klargörande från regeringens sida.

Krister myste, han gillade machogrejer och att få möjligheten att få visa sina nya kängor. Skönt att Bill Tobiasson inte får vara med, ibland är han bara för tråkig. Han funderade däremot hur det skulle vara att ta med KD-tjejen. På webben hade han sett henne i en israelisk stridsvagn, nåja den galenskapen kan vänta. Riksdagen hade i alla fall kommit fram till att hemligstämpla en del av denna sista leverans till Ukraina, förutom att de skulle skicka vinterutrustning och humanitär hjälp. Han ringde hem efter frukost på ett lite bättre humör och sa till Britt-Inger, att de skulle få två timmar för sig själva innan han blev hämtad.

Det var sensommar nu, solen levererade början på ett vackert höstljus med mer guld i färgtonerna. Bäcken bakom Jacks och Majas hus hade nu en annan sång då den drog genom växtligheten, den smekte porlande stenar och grenar.

Det hördes ett avslappnat mummel från uteplatsen på Ingenjörsgatan. Maja var glad att ha Jacks bästa vänner här, arbetskamraten Tom med familj var på besök. Billy hade också dykt upp, Sara och Elin försökte ideligen få med honom upp på andra våningen för en sagostund, och lyckades till slut.

– Nu sover de gott, meddelade Billy.

Det var Afghanistan som hade fört dem samman. All tidigare väntan hade förenat Toms fru och Maja, som tidigare bara hade vetat om varandra vid namn och vid möten vid förskolan. Nu var det något mer som förenade dem.

Kvällen började att skymma och uppbrottet närmade sig, de skulle skiljas likt en renmärkning och filtarna samlades ihop. Jack drog i gång gasolvärmaren, det var dags för briefing inför morgondagen och en sista sängfösare. Tom och Billy skulle sova över i gäststugan denna kväll, det hade hänt förut då det skulle bli tidiga mornar.

– Fan vad gott det var, sa Billy och kvävde en rap där han satt och gungade i en hammock. Marinaden var väl en ny blandning?

– Jo du, chiliflakes och en annan fransk olja. Det är fler som experimenterar än vi, sa Jack.

Tom satt nedsjunken bland kuddarna och tittade ut mot trädgården. Han såg avundsjukt på odlingslådorna där växtligheten hängde över alla kanter.

– Hur hinner du med allt det här? frågade han och pekade utåt tomten.

– Maja, mormor och morfar, log Jack, och så tvillingarna förstås, de håller gammfolket alerta, fortsatte han.

Han reste sig, gick och hämtade tre burkar Mariestad. Han knäppte upp dem, delade ut och stod sedan stilla och tittade på sina kamrater några sekunder.

Tom och Billy var från samma skola som han, utplockade på SEAL-utbildningen i USA av självaste Philip Berzelius som nu var på Must. Philip som idag var deras mentor. Jack satte sig ned på Saras pall som han drog fram, han la armarna på låren och lutade sig fram när han sa:

– Har ni frågor om morgondagen?

– Hur fan kan vi hålla det här med Archer hemligt? utbrast Tom. Jag menar, imorgon kommer det en hel drös med civilister och en och annan stockholmare.

Tom tittade frågande på sina kamrater.

– Det är kopplat ett vite till detta, svarade Jack.

– Jo, vi vet men till slut är det någon jävla Mikael Blomqvist som får nys om det vi sysslar med, sa Billy.

– Hundra procent finns tyvärr inte, sa Jack.

– Inte Säpo, väl? fortsatte Billy och imiterade en gråtande bebis, han var inte riktigt nykter.

– Nej, sådant sköter vår egen underrättelsetjänst Must om, sa Jack.

De satt tysta och njöt av typiska sommarljud. Grannarna som ropade på sina husdjur, garageportar som slogs igen, koltrasten sjöng vidare och någon gick på gruset. Det var som en första krusning till något större kände de.

– Okey, sa Jack. Då möter vi stockholmarna klockan 16.00 imorgon på Hedens flygbas och sedan får de eskort till Befälsvägen. Där leder Karl-Otto Engelbrekt en övergripande information om BAE British Aerospace Engineering och den andra huvudägaren Saab.

De nickade och bröt upp. Bill och Tom hjälptes nu åt att röja av borden och lade burkpanten för sig, sedan skildes de åt.

8.

Nästkommande dag klockan 14.50 tog regeringens Learjet N4130S en extra sväng för att lägga sig på rätt kurs inför landningen. Det var ett perfekt flygväder, himlen var azurblå med små vita tussar och solen stod högt. Den samlade gruppen på planet, som bestod av nio män och två kvinnor, hade en fantastisk utsikt över myrar, hedar och vattendrag.

Väster om Boden öppnade sig emellertid ett sår i vegetationen, som en stor brännskada efter all körning med olika stridsfordon. Den gamla fästningen vakade tryggt likt Gandalf överallt, så inga överraskningar kunde ske. Ärrad av frost och stöveltramp.

Den Finlandska försvarsministern Antti Kaikkonen lutade sig bakåt i sin skinnstol och fällde upp serveringsbordet. Han tittade ut genom planets sidoruta och såg tre svarta stora suv:ar som stod och väntade strax intill den, enligt honom, oroväckande korta landningsbanan.

Antti hade kommit överens ett par dagar innan med statsminister Sanna Marin, att de tillsammans skulle fara upp till Boden med Finlands utrikesminister Pekka Haavisto. De var nu mer än lovligt nyfikna på vad de skulle få se. På planet fanns även en hel del annat folk.

Några av svenskarna kände han till, bland annat oppositionsledaren Maria Andersen och vad han förstod, några britter.

Med en knappt kännbar liten duns var de nere på marken, piloten fick efter en skakig inbromsning stopp på planet i rättan tid innan det vände och körde tillbaka.

Så småningom lugnade allt ned sig och kabindörren öppnades. Några stora män stod nedanför trappan och hälsade välkommen till passagerarna, när de klev ned via trappan på landningsbanan. De blev sedan dirigerade till bilarna och det blev kortege genom ett vackert Boden till Befälsvägen. Där på femte våningen möttes de av garnisonschefen Johan Nilsson, som med ett glatt leende välkomnade alla.

Femte våningen på Befälsvägen, liknade verkligen en kommandocentral. Det innehöll kontor, festsal, bio och en hörsal för trettio personer, med all tänkbar modern utrustning inom kommunikation. Tom noterade belåtet, att det var nystädat dagen till ära.

Det blev till en början tid för mingel och förfriskning, innan det serverades en sen middag. Den bestod av Suovas på rökt renkött och till allas förtjusning serverades det vin gjord på lingon. Besökarna som festade på renkött och lingonvin, fick känslan av att det kanske inte var så dumt med Norrland, kanske kunde man till och med bo här.

När det mesta ätandet var överståndet, reste sig major Karl-Otto Engelbrekt från Must och begärde ordet.

– Hjärtligt välkomna allesammans, hoppas att maten smakade bra och att ni har hunnit bekanta er lite med varandra. Den tid som vi har till förfogande kommer att vara komprimerad, men förhoppningsvis mycket informativ. Under morgondagen kommer ni att förflyttas med helikopterflyg till en hemlig ort för observation av Archer, där det finns tid för frågor och diskussioner. Slutligen blir det en praktisk genomgång och en demonstration av Archer. Han satte sig ned men flög upp med en gång.

– Jag glömde en sak, som ni säkert sett, så kan rökarna gå till terrassen på gaveln och göra mig sällskap, han log och höjde en cigarr. Klart slut!

Nu började det att surra av samtal i rummet, koppar flyttades och sista glaset vin strök med. En klocka ringde, det var dags att ta sig till hörsalen. När alla till slut satt sig ned, begärde en man som liknade professor Kalkyl i Tintinböckerna ordet:

– Hej, jag heter Stefan Lövström och kommer från Bofors-koncernen. Med tillåtelse från våra brittiska vänner kommer jag att tala svenska, eftersom de automatiskt blir tolkade via sina hörsnäckor.

Han gick fram till det förhöjda golvet längst fram i salen och fortsatte:

– Archer är ju en kär gammal vän som varit med länge, blivit berömd och är åtråvärd för sina tekniska färdigheter, så pass att den fortfarande ligger i framkant när det gäller prestanda, service/underhåll och ekonomi. Han kom nu upp lite i varv.

– Ekonomi är ju ett mått på värde även i vår bransch, ett missat skott är en förlust. Han tittade sig omkring och konstaterade att han nu hade allas öron. Konkurrensen är stenhård i vår bransch, allt blir mer sofistikerat. Men nu mina vänner så har vi ett överläge.

Det tog en timme för honom att förklara olika bolagskonstruktioner, som tillsammans med försvaret hade förverkligat uppgraderingen av Archer.

– För ett par år sedan skissade vi på hur man kan skapa detta överläge och ställde oss frågan: vad krävs för att överraska? Att vara utom skotthåll från fienden? Att ha överlägsen hastighet i eldgivning och sedan inte synas när fienden letar? Stefan tittade runt som om han letade svar, men ingen sa något.

– Jo, vi kom på att vi kan kombinera en del av dessa önskemål med det som redan finns idag, att vi inte uppfinner hjulet två gånger allt för många gånger. Tittar vi till exempel på JAS Gripen, så finns samma plan för flera uppdrag och ser vi på amerikanernas osynliga Stealth-plan, så har de en lösning och alla vet ju hur en kulspruta fungerar. Stefan tyckte det sista var fyndigt, men fick ingen reaktion.

– Vi har med hjälp av redan presenterade bolag, blandat ner önskemålen i en gryta och rört om. Och nu log han stort med synliga tänder och portionssnus.

– Och resultatet blev över förväntan. I en bunker här på garnisonen står två Archer som är färdiga för att tas i bruk, finländarna kanske har ett lite extra intresse här. Han sneglade på Pekka Haavisto.

– Uppgraderingen gör vårt projekt ekonomiskt genomförbart totalt sett. Stefan andades ut.

Det blev ett surr i salen nu och en del har börjat se fram emot morgondagen med spänning. Karl-Otto aviserade rökpaus, alla gick ut på terrassen för att beundrade husets odlingar nedanför gaveln, de flesta med ett nyss hämtat glas lingonvin.

9.

Anelina kände sig trött och hungrig. Hon vågade sig ut i korta pass för att ta sig till affären, några kvarter längre bort. Dricksvattnet hade blivit svårt att få tag på eftersom flaskvattnet började ta slut. Vattnet i brunnen vågade hon inte dricka. Att vara ute på vägen började bli besvärligt på grund av leran och de många kratrarna fyllda med brunt vatten. Döda djur och i vissa fall till och med människor låg i håligheter här och var och hade ännu inte hunnits ta bort. Ryssarnas ständiga raketbeskjutning hade gjort det näst intill omöjligt att gå ut och ta hand om alla döda i området. I förrgår hade det varit en skräckdag, då en grupp med ryssar i skydd av ett tungt fordon hade kommit smygande längs Anelinas väg.

Efter att ha upptäckt dem, tog Anelina katten Igun under armen och begav sig ut till hönshuset för att söka skydd. Där var allt tomt, för allt var uppätet.

Hon klämde sig in mellan värpredena och en vägg, satte sig ned på en upp- och nedvänd hink och väntade. Igun låg stilla och värmde hennes bröst under Nicolas gamla rock. Nu var det bara att avvakta. Ryssarna hade tagit sig in i trädgården; hon hade hört när grinden gnisslade. Det gick rykten om att de stal allt som var värt att ha, och nu skulle hon själv bli utsatt. I sitt gömställe kunde hon inte se ut. Anelina satt med uppspärrade ögon och försökte med hörseln uppfatta vad som försiggick där ute. Höga röster hördes emellanåt; hon kände igen svordomar på ryska, då hon själv var tvåspråkig likt halva befolkningen i Hoptivka. Rätt som det var blev det mörkare där hon satt när hon vred försiktigt på huvudet. När hon lutade sig lite framåt såg hon ett ansikte titta in genom fönsterrutan. Han hade händerna mot rutan för att kunna se in i hennes mörker. Soldaten var antagligen på jakt efter ägg eller en höna, även fienden var hungrig. Hon höll andan, hon trodde att även Igun kände vad som var på gång, då han låg blick stilla i hennes famn.

Dörren gnisslade till, ryssen kom in och hon hörde hur han började känna med händerna i redena efter ägg. Anelina frös till is, för nu var sista stunden kommen trodde hon. Det kändes som om tiden stod stilla. Anelina hörde när mannen svor till, hon förstod att han förgäves sökt efter mat. Ryssen gick ut och dörren slog igen efter honom, Anelina kände att kroppen var som gelé efter anspänningen. Igun började att spinna och slickade Anelina på handen, hon såg förvånat ned. Hon hade klarat sig och hon hörde när soldaterna körde vidare nedför vägen till Editas hus.

Innan hon knappt hunnit komma ut ur hönshuset, överraskades hon av tre andra soldater som dök upp framför henne. Hon blev skräckslagen, nej hann hon förskräckt tänka. Soldaterna som kom mot henne, log och satte fingret mot sina läppar. Då såg hon ett gult och blått band på ärmen. Det var ukrainska soldater som inte ville henne något illa. Av häpenhet släppte hon taget om katten och Igun pep iväg som ett rött streck. Ukrainarna smög vidare och hon följde försiktigt efter dem på sina darriga ben. De ukrainska soldaterna fortsatte ut på vägen och hukade sig ned, då såg Anelina, att en soldat hade ett slags rör på axeln som det plötsligt slog eld ur. Förskräckt höll hon för öronen med båda händerna och blundade.

Det ryska fordonet med soldater försvann från vägen upp i rök, sedan blev det som ett vakuum av tomhet i luften. De var döda och spridda över hela vägen. Anelina vände och gick med ringande öron tillbaka in i huset och såg att mikron var stulen.

Hon var fortfarande hungrig och nu skulle det bli ännu besvärligare, att tillreda något ätbart. Anelina gick till vedboden för att hitta någon hjälp. Hon hittade en klotgrill som var hel och även Nicolast gamla spritkök, som han hade haft med sig ute i skogen och på sina fiskeäventyr. På en hylla lite högre upp såg hon hans fiskelåda. Gud hör bön, tänkte hon, nu var det bara att vänta på Igun och se om kära grannen Edita hade klarat sig.

10.

Sanna Marin och Maria Andersen hamnade i samma bil, med några från den svenska delegationen. Under frukosten hade de kommit i samspråk, sittandes ute på den härliga terrassen. En lätt bris hade skingrat röken från Karl-Otto Engelbrekts eviga cigarrer.

Kaffet och stämningen var trevlig och lite uppsluppen, det var lite förväntningar som låg i luften. Det var informell klädsel idag för de flesta, men inte för Sanna, såg Maria. Hon tittade på Sanna i smyg. En så vacker kvinna tänkte hon, men så ung. Maria kände sig lite gammal, då hon kom att tänka på bilderna hon sett på Instagram. Tidningsbilder på en festande och sjungande glad Sanna, bilder som sedan skakat om halva Finland. Nu såg Sanna där-emot vuxen ut i affärsdräkt och Dr. Martens-kängor. Festklämningen från Instagram var som bortblåst. Maria hade själv i sista stund slängt med makens vandringskängor, då sekreteraren med ett glatt leende hade upplyst henne om att det inte var shopping i Boden som väntade. Nåja, det blir nog bra tänkte Maria, hon hade faktiskt ett par snygga stretchjeans på sig, de satt ju riktigt bra.

När kortegen senare stannade framför en stor byggnad med höga skjutdörrar, stod samma tre män från igår i full uniform och tog emot dem. Ett leende sprack upp på Sanna, när den ena soldaten presenterade sig som Billy. Hon tyckte att han var så fin i fjälljägarnas mörkgröna basker med dess blanka emblem.

I de stora skjutportarna var det mindre dörrar som stod öppna, det var bara att gå in. Ett svagt grönt ledljus lyste utmed ena långsidan där de ställde upp sig. Ljudet av kängor och skor, dog ut likt en svag utandning och allt stillnade sig.

Plötsligt blixtrade det till och ett kallt blåaktigt halogenljus lös upp i taket. Församlingen hajade till, där stod de bägge kanonerna – mörka, farliga och brutala. För dem som tidigare inte hade varit så invigda i projektet, blev det här en mäktig och överrumplande upplevelse. Låten ”We are the champions” med Queen spelades högt och det kändes som en bilmässa i Frankfurt tyckte statsministern. Finnarna måste bara älska det här, önskade han.

11.

Nikolaj Patrusjev stod inne i sitt kontor och tittade med trötta ögon ut genom ett fönster. Nedanför fönstret såg han en ständig grå massa med människor, ringlandes på väg till sina arbeten. Morgonen var tidig och mulen. Han var bekymrad över den kraftiga ordväxlingen han hade haft med sin fru Elena tidigare på morgonen. Detta hade lett till slammer i köket och hårt stängda köksluckor; Elena var inte att leka med. Nu var hon arg över att han såg mellan fingrarna med sonens uppförande kvällen innan. Rättare sagt: sonens brist på uppförande. Nikolaj visste att hon hade haft rätt, att han var svag för sin son och tillät honom att ta ut svängarna.

Ibland blev det lite obetänksamt. Elena ville ha ett utegångsförbud efter sista incidenten med en kvinna, fast hon var väl medveten om att det var en omöjlig tanke. Sonen var ju faktiskt vuxen. Polisen hade diskret skjutsat hem sonen Andrej kvällen innan, då hade hon skämts så. För polisen visste vem hans far var, varifrån han kom och vem hans fars förtrogne var.

Putin och Nikolaj möttes för många år sedan i Sankt Petersburg, dåvarande Leningrad på säkerhetstjänsten FSB. Vladimir Putin var nu president och Nikolaj var ordförande för Rysslands säkerhetsråd. Det hade han varit sedan 2008. Sonen Andrej var med andra ord inte vilken pojke som helst. Morgonen ljusnade nu ute och fram emot niotiden vaknade även det övriga kontoret till liv. Skrammel från hissarna hördes och det slogs i dörrar, någon till och med skrattade.

– Det var ovanligt, reagerade han förbluffat högt. Nikolaj vände sig om när telefonen ringde. Han tittade åt tingesten på skrivbordet som om den vore en mina, övervägde om vem det kunde vara. Han kom fram till att alternativen var ju inte så många, så han gick till skrivbordet och lyfte på luren.

– Ja, sa han och harklade sig sedan.

– Det är Vladimir, stör jag? sa Putin.

Nikolaj tänkte att det bara var en tom fras. Vladimir struntade i om han störde.

– Nej, det går bra, sa han. Men för att jävlas lite, så sa han

– Jag ska bara avsluta mitt besök, avvakta.

Nikolaj höll för mikrofonen i två minuter och tittade i taket.

– Ja, nu är jag här, fortsatte han sedan.

– Det har kommit upp en sak, jag och Alexander Bortnikov vill att du sitter med på ett möte. Men vi ska inte kalla in hela säkerhetsrådet ännu, sa Putin. Då rätade Nikolaj sig reflexmässigt upp.

– Vilken tid? sa han.

– Klockan 10.00 hos mig, sa Putin. Sedan avbröt han samtalet, det blev tyst i luren.

Alexander var nuvarande chef för FSB. Det här samtalet väckte därför så oroande tankar, att han började spekulera. Hade fadäsen kvällen innan med hans son nått ända upp till Putin? Nej, kom han fram till, det skulle mer därtill. Han själv först skulle komma i onåd hos presidenten, det läget skulle just nu vara en omöjlighet, trodde han. Nikolaj var ju den äldsta vännen Putin hade kvar, tänkte han. Men å andra sidan, var Putin inte i sitt normalläge för tillfället. Kriget, eller rättare sagt ”specialoperationen” som skulle ta tre dagar, var nu uppe i flera månader, det tärde på Putin som inte var sig riktigt lik.

Nej, det måste vara något annat. Han funderade och gick fram till fönstret igen, det var ju skottsäkert, så den risken tog han. Han såg att spårvagnarna där nere kom och gick. I sina funderingar nöp han bort bruna blomblad i krukorna på fönsterbänken och blev lite disträ.

Men, så bestämde han sig och gick bort till telefonen igen, tog upp luren och slog ett kortnummer.

– Hej, det är jag, Nikolaj, har du hört något nytt? sa han.

– Ja, svarade utrikesministern Lavrov.

12.

I Boden tändes ljuset och musiken tonade bort. Tom klev fram och sökte ögonkontakt med gruppen som stod framför honom. En och en i taget observerade han dem och tog sedan till orda.

– Det ni ser framför er är en kanon byggd av många enskilda krav och en del gammalt har vi uppgraderat.

Han började gå sakta fram och tillbaka, det skulle bli en repetition av gårdagen.

– Men det mesta är nytt. Det är så, att Archer från och med nu, har i dagsläget gett Sverige ett stort försprång som främmande makter länge kommer att jaga information om. Tom gick åt sidan och Billy stod plötsligt till Sannas förtjusning framför dem, liksom materialiserad från ingenting.

– Jag ska berätta lite för er, sa Billy och pekade bakåt över sin axel på en av kanonerna.

– Den har fått arbetsnamnet Hammaren under tiden vi har jobbat med den, från projektstadiets början tills nu. Det har varit lite svårt att kalla den för något annat.

Han slog ned blicken och tog ny sats:

– För det är en han, sa Billy uttryckligen, att ingen hon kan vara så brutal. Han såg upp och fortsatte:

– Chassit som allt är byggt på är en Volvo FMX på 500 hästar. Valet baseras på att den är låg i sin konstruktion och lätt att förvandla till vad man vill ha den till. Den finns idag i miljöer som kräver det mesta, som till exempel i skogen eller i gruvan. Han ökade nu tempot, publiken började att bli rastlös.

– Archer blir snabb vid förflyttning och den har en kaross som inte går att skjuta sönder med mer än av en direktträff av den typ av granat som vi själva använder.

– Själva bössan, Billy log här över sitt vitsiga ordval, är 3D-printad i ett helt stycke av en legering som bara finns i Sverige. Trycket vid själva avfyrningen håller för 50 atmosfärer tack vare denna unika legering.

Gruppen tittade med stora ögon på varandra, en del som var initierade nickade imponerat.

Andra var ganska ointresserade. Maria och Sanna gäspade lite uttråkat, skulle det inte bli action snart? Nej, han var i gång igen.

– I Volvon finns diverse saker som stör ut fiendens elektronik, varningssystem som kan identifiera fienden på ett avstånd upp till 950 meter. Det varnar oss för vad som är på gång. Skulle någon eller något komma för nära, så sprutar den där manicken tio skott i sekunden och den fjärrstyrs inifrån hytten. Billy pekade på det som såg ut som en liten amerikansk brandpost på taket på hytten.

– Eldröret går att sänka för kort markmål och med en speciell ammunition som liknar hagelskott. Det är till stor hjälp när det kommer många fiender mot oss på en gång. Eldhastigheten varierar med olika typer av granater. Billy såg nu att det var dags att sluta, Sanna gäspade åter diskret.

– Okej, det var lite information och nu är det så, att det är uppdukat för middag, avslutade han. Damerna pustade lättade ut och nördarna började att prata i munnen på varandra, frågorna haglade.

– Hallå! Billy satte upp händerna som om han motade demonstranter.

– Nu käkar vi, under tiden får ni tåla er. Vi ska sedan efter maten ta helikoptrarna till vårt observationsmål. Där kommer ni få era svar.

Politikerna gick i samlad trupp ut genom dubbeldörrarna i den andra gaveln på hallen. Där fann de förvånat, ett trädäck med utemöbler och mörkt gröna parasoller. Det luktade underbart, den som inte var hungrig innan blev det nu. Det vankades vildröding med mos och rårörda lingon, sedan grädde och glass med hjortronsylt.

Finländarna satte sig lite för sig själva med huvudena tätt ihop. Sanna såg lite malplacerad ut i sin affärsmässiga outfit, då gubbarna för övrigt hade flanellskjortor och Helly Hansen-tröjor. Helly Hansen-tröjorna var militäriskt grönfärgade för dagen till svenska statsministerns stora förtjusning.

13.

Putin och Nikolaj satt bekvämt bakåtlutade i en soffgrupp som var avsedd för avslappnande informella samtal. Rättare sagt, soffgruppen skulle ge sken om att samtalen skulle vara så. Det berodde på vem som satt i fåtöljen och vem som satt framför. Soffgruppen i sig, stod uppställd på tjocka täta handvävda mattor, säkert från Afghanistan och troligen var det några slags krigsbyten, eller kanske mutor. Hur som helst, i sin speciella röda färgblandning var de otroligt vackra.

– Har du följt med någonting om svenskarna och Erdoğan? frågade Putin Nikolaj. I dag var han utan slips till kostymen, lite lätt och ledig. Putin tittade på Nikolaj och fortsatte:

– Erdoğan tror att han kan obstruera hur länge som helst, men tyvärr börjar tiden rinna ut för oss. Amerikanerna vill ha finska gränsen nu och det med hjälp av svenskarna. Alexander Bortnikov från FSB som hittills varit tyst, ställde ifrån sig glaset med vatten och flyttade fram fåtöljen någon centimeter. Han gjorde tecken på att han ville byta ämne och höll upp handen.

– Nu är det så här, sa Alexander och lutade sig fram med händerna i knät. Det har framkommit att på Hotel

Moscow, har vi haft påhälsning av en man som vi trodde var en spion. För att överraska honom, lurade vi i honom sprit och tillhandahöll honom några kvinnor. Vid detta påstående log han och såg på de andra med sina svarta ögon.

– Det mannen inte visste var, att en av kvinnorna var från FSB, en klassisk honungsfälla med andra ord, sa han nöjt. Putins intresse steg, hos Nikolaj kunde man nu ana oro, han tänkte på sonen Andrej och morgonens händelse.

– Emellertid, så fick vi veta senare i förhöret av mannen, att våra kära svenskar och finländare badar bastu tillsammans sedan en tid tillbaka, sa Alexander och fortsatte sedan exalterat:

– Mannen med byxorna nere var nämligen en svensk, han log och slog handen lätt i soffbordet. Nikolaj tog detta med lättnad och pustade obemärkt ut.

– Det var väl väntat, jag menar, att de söker Natomedlemskap samtidigt, sa Nikolaj och blev plötsligt väldigt röksugen. Han frågade om det gick för sig. Han fick två positiva grymtningar till svar. Han tände en Marlboro och gestikulerade med ena handen samtidigt för att fortsätta.

– Finlands sak är vår, säger ju svenskarna, men vem var mannen i sängen? Nikolaj var nu ärligt nyfiken.

– Det visade sig att det var en montör från ett svenskt företag som heter Tylö, någonting. Han hade varit hemma hos oligarken Boris Rotenberg i Helsingfors, hade han påstått i en bisats, sa Alexander.

– Han hade varit kvar där under några dagar, bytt ut ett aggregat och styrteknik i Boris bastu. Boris fru hade varit hemma i huset under tiden, medan Boris själv var i Moskva hos vår gode vän här. Alexander nickade mot presidenten som nickade att han mindes besöket.

– Svensken hade sedermera provat bastun tillsammans med hustrun, det skröt han om, hon hade med förtjusning piskat honom med björkriset. Alexander fortsatte muntert:

– Montören, Börje tror jag att han sa att han hette, skröt också för vår flicka här på hotellet, att han hade även installerat Antti Kaikkonens bastu och att han sett svensken Karl-Otto Engelbrekt där. Putin lyssnade nu tvivlande på Alexanders svada som kommit upp i varv.

– Han visste vem Karl-Otto var, då han sett honom på Svt Rapport, sa Alexander. Det blev nu tyst i rummet och alla begrundade vad som sagts och vad detta kunde betyda.

– Men vad gjorde Börje i Moskva och var är vår Börje nu? frågade Nikolaj till slut.

– Vi fick släppa honom, det är inte förbjudet att montera en bastu i Finland och knulla på våra hotell. Vi kan heller inte stöta oss eller provocera svenskarna nu med deras Natoansökan, det ska turkarna roa sig med, sa Alexander. Nikolaj trodde inte sina öron.

När alla hade gått efter det hade blivit sent, så gick Nikolaj tillbaka till sitt eget rum. Han var arg, i och med att svensken var släppt och tillbaka i Sverige, så fick han börja med att försöka nysta tråden tillbaka till oligarken i Finland med den renoverade Tylö-bastun. Han ville kontrollera om historien kunde vara sann. Hur farao kommer man i kontakt med Finlands försvarsminister utan att det blev fel? Det skulle inte gå, det här var något för utrikesminister Sergej Lavrov.

14.

Fyra helikoptrar av typ NH90 lyfte mot Markajärkti, 100 kilometer i nordvästlig riktning mot Norge från Boden. Med helikoptern liggande precis under den lätta molnigheten, kunde alla ombordvarande få del av fjällens vackra karghet, uttrycksfulla kurvighet i den böljande steniga marken och den krumma låga växtligheten av små björkar. På marschhöjd kunde man se både havet och fjället på samma gång. För att genomföra och underlätta inför en sådan här extraordinär händelse, så var all trafik på mark och i luften avlyst med förklaringen, att området var med i en filminspelning. Som tur var, hade inte de samiska föreningarna påbörjat återvandringen med sina renar. Den ryska filmen ”Panfilovs 28 män” av Andrej Sjalopa, skulle få en uppföljare hade man påstått i dagspressen. Det skulle filmas några scener snabbt och lätt i svenska fjällen, hade Must ljugit om i media och sedan hållit en låg profil.

Nu närmade de sig observationsplatsen, ett jättestort grustag med en hög bergskant bestående av granit västerut mot Norge. Man hade för övrigt gjort vad man kunnat, för att genomföra skjutuppvisningen i lugn och ro. Helikoptrarna landade och tömdes på den brokiga samlingen som nu sakta börjat förstå allvaret i vad som skulle hända. Det var ju en sak att handlägga saker och ting på kontor eller i en riksdagskammare, en helt annan att stå här ute i obygdens verklighet och se ut över fjällen.

Testanläggningen sträckte sig över en kilometer och hade en utformning liknande sjön Vättern. Gruppen stod församlad i norra änden lite åt öster, högt upp för att kunna se hela området. En svag bris svepte ut med bergväggen, man kunde ana att björkbladen som växte ut med den darrade. Framför bergväggen stod fyra containrar med femtio meters mellanrum och framför dem stod åtta personbilar med tre meters mellanrum. Ett grävt skyttedike fanns framför allt. De tre soldaterna som nu hade kamouflageuniform, kom med hörlurar med mikrofoner som de delade ut åt alla.

– Hej, kan alla höra mig? sa Tom på prov och fick positiva nickningar till svar.

– Okej, så här fungerar det, sa han och började att förklara. Archer står nu kvar i Boden och sänder en laserstråle mot en satellit, det kan vara vilken som helst som flyger runt vår jord, bara den ligger åt det håll man önskar skjuta. Archers laser speglar sig på satelliten, skannar av med vidvinkel och nedvinklad stråle tills den identifierat det den är programmerad att söka efter. Den nya elektroniken som är utvecklad av SAAB, uppfattar form, storlek, värmestrålning och ger dessutom GPS-koordinater samtidigt på målet. Han gjorde en paus och vände sig om mot grusgropen.

– Grusgropen ni ser framför oss, simulerar ett grävt skyttedike med värn. Tom pekade med en handskbeklädd hand för att understryka vad han sa.

– Använd nu er fantasi, framför oss så ser vi nu ett järnvägsspår med till exempel olika militära fordon. Och bakom, så simulerar vi olika ambulerande fiendemål såsom verkstäder, baracker, befälsrum och ammunitionsförråd.

– Okay, avvakta nu, sa han.

En spänd förväntansfull tystnad följde Tom när han gick till en befälsjeep och frågade om kontakt var upprättad och uppstartad. Sedan blev det blev tyst. Tom gav då order om eld, sedan gick det några sekunder. Plötsligt bröt helvetet lös. Trots att alla visste vad som skulle ske, så hukade sig de flesta ofrivilligt ned. På testplatsen såg det ut som diket peppras med ett stålgrått moln, allt som låg på marken och i diket blev till damm, det lät som om någon bultade på metall med en hammare.

Efter några sekunder efter det, såg församlingen bilarna sprängas, de formligen flög i luften en efter en mot himlen och bakomvarande containrar. Sista bilen hann knappt slå i backen, innan den högra containern sprängdes och försvann i miljoner bitar med en fruktansvärd detonation. Den röda for samma väg och rullade mot granitväggen i två delar. Nästa gröna container blev av med sin första fjärdedel, men resten stod kvar. Från den sista gula containern hördes först en skarp smäll, innan det lät som helvetets kedjor rasslade runt inne i den, men den stod kvar, dock lite rundare än innan.

Det blev sedan tyst och publiken kunde ta av hörselskydden, de tittade lätt chockade på varandra.

– Vad saaatan hände? Det hann ju för fan knappt gå fem saaatans minuter, sa Pekka Haavisto, finska utrikesministern med stora ögon när han tog av sig hörselskydden.

– Du såg en uppvisning i prickskytte på nästan tio mils avstånd med Archer och olika typer av granatammunition. Sluttiden var fem minuter och tretton sekunder, sa en nöjd Karl-Otto Engelbrekt, när han fimpade cigarren i en tom tändsticksask. Vi har ytterligare en typ av påsksmällare, men de är inte för allmän beskådan. Han tänkte på Saabs och Bofors nya tillskott, en hypersonisk granat med artificiell intelligens.

– Hör upp nu, vi går trehundra meter nedåt vägen till höger, så bjuder garnisonen på lite trevlig lägervistelse, sa Karl-Otto sedan högt.

De gav sig av, en del gestikulerande med händerna och pratande, andra i fundersamma tankar, tittandes på sina klockor. Gruppen kom ned till en naturlig sänka med en stor lägereld. I en cirkel runt om den stod flera Volvo 911 Jeepar som skydd och för utskänkning av allehanda godsaker i fast och flytande form.

Nu tog alla samtal fart. Krister sken som en sol, han förstod att Pekka Haavisto var fast.

15.

Edita, Anelinas granne var orolig. Ryssarnas åverkan hade stegrats och det var nästan konstant kanonmuller i luften. Edita hade inte hört av Anelina sedan i går, bara Igun kom och mötte henne vid grinden idag. Han var mycket missbelåten och hungrig, som merparten av befolkningen i byn.

Det var besvärligt att gå på vägarna, de hade förvandlats till lera efter det att ryssarna kört med sina bandfordon. Edita vände och gick tillbaka hem och ropade på maken Jarow.

– Hallå, Jaaarow? Dörren till garaget öppnades och han tittade frågande ut på henne.

– Vad? frågade han.

– Anelina är inte hemma, jag är orolig, sa Edita oroligt.

– Vad gör du? frågade hon sedan.

– Jag grejar bara lite, sa Jarow och log för att lugna henne.

– Ryssarna har bråttom och åker ifrån sina ammunitionslådor. De har jävligt bråttom härifrån. Jarows nikotingula tänder lös i ett glatt grin.

– Du svär, sa Edita och snörpte till på munnen. Edita förklarade, att hon ville gå ut till den stora vägen där byns affär låg, hon misstänkte att det var det mest troliga stället Anelina kunde tagit vägen.

– Jag vill att du följer med till affären, sa hon sedan till Jarow och slog ned blicken.

– Jag vågar inte gå själv, sa hon sedan lite tystare.

De bestämde sig då för att göra sällskap. Väl ute på Sadova-gatan tog de vägen till vänster som ledde mot E95:an. De fick gå ut med vägrenen då det var stora hål och djupa spår i grusvägen. Det började att blåsa kraftigare, Jarow tog av sig sin halsduk och gav den till Edita så hon fick lite värme.

– Du får hjälpa mig att knyta, jag skar mig på Anelinas grind förut, sa hon och visade Jarow sin tumme. Där stod de mitt ute i det gråa och bruna. Ett äldre par, han med sin pösiga keps, hon med en blommig sjalett med Jarows bruna halsduk över, med en stor knut under hakan. De kunde inte låta bli att le mot varandra medan han knöt.

Väl framme vid E95:an saktade de ned på stegen och tittade sig omkring. Det var nu mycket trafik på vägen. Ryssarna kom med stridsvagnar och lastbilar med kanonlavetter på släp efter sig. Det var ett väldigt oväsen, luften hade ändrat färg till blågrått av dieselavgaser och det blev spår i vägbanan. Jarow och Edita tvekade vid synen av detta.

– Vad gör vi? Edita tittade oroligt på Jarow. Jarow stod tyst med händerna i de gamla kavajfickorna, putade med underläppen och begrundade läget.

– Ser du en sak, de kör tillbaka åt andra hållet, sa han efter ett tag. Edita nickade, hon hade sett det samma.

– Affären ser nästan oskadd ut, vi väntar på att det blir ett uppehåll i trafiken, så går vi över vägen, sa hon. De gjorde så. Bitar av ytterfasaden på affären var borta och en del fönster var ersatta med träskivor. Det var folk inne i affären och sökte varor på de glesa hyllorna. Det fanns ström då lamporna lös och kyldiskarna surrade på som vanligt. Handlaren Olew kom och hälsade hjärtligt på dem.

– Så härligt att se er, å ryssjävlarna kör hem, sa han glatt. Han kramade om Edita och tog då nästan ett danssteg.

– Har du sett Anelina? frågade hon då.

16.

En del politiker flög med helikoptrarna från Markajärkti till Luleå, där det sedan blev reguljärflyg till Stockholm och till Helsingfors.

Under tiden då planet taxade in i Luleå tog Antti Kaikkonen tag i ärmen på Pekka Haavisto.

– Du, vi behöver stämma av, sa han.

– Ja, svarade Pekka med en positiv nickning.

– Det är en underdrift. Sanna får söka Krister Ulfsson imorgon, sa han.

Planet stannade till vid gaten, det blev liv i kön framför dem.

– Vi smälter detta och så syns vi på måndag efter helgen hos mig, sa Antti.

– Jag har renoverat bastun, tillade han illmarigt och log. Men det spar vi kanske till när fruarna är med, hehe, skrattade han och blinkade med ögat.

De skildes senare åt i ankomsthallen och gick ut till sina förbeställda bilar. I sin bil in till Helsingfors satt Pekka djupt försjunken i sätet med sina tankar. Det hade varit en omtumlande resa från flotta kontor till fältkök ute på fjället och beskådande av en domedagsmaskin. Han hade inte föreställt sig att svenskarna var så försigkomna, visserligen hjälpta av både engelsmän och några amerikaner, men i alla fall, inte illa. Svenskarnas förslag till honom var att sälja och placera 24 stycken Archer längs med Finlandska gränsen mot Ryssland, mycket generöst, men han förstod att det var ett eget intresse i detta. Erbjudandet var oemotståndligt. Han hade också förstått, att det var något annat i görningen hos svenskarna. Men han kunde inte riktigt sätta fingret på vad det var än.

– Jag har ändrat mig, sa han plötsligt högt i bilen. Vi struntar i kontoret och kör hem. Chauffören svängde höger ut ur rondellen och lade sig i vänsterfilen och styrde sedan av höger vid nästa avfart mot Hangö.

Det var som att komma tillbaka till verkligheten, tyckte försvarsminister Jon Pålson i sin taxi in till Stockholms city. Nu gäller det att sy ihop detta, tänkte han. Att iscensätta en affär med finnarna mot Ryssland, som i stort sett bygger delar av sin politik på sin underrättelsetjänst, kräver både tid och tålamod. Det svåraste var att hålla alla beslut inom det svenska politiska samfundet, att lösa ändar inte tar okontrollerat sina vägar ut ur huset, Expressen typ.

Om man ska göra strategier av denna storlek, så krävs någon form av gemensamt samförstånd, som riksdagen efteråt kan hålla ihop över tid och över de ideologiska skiljelinjerna. Tyvärr hann Sverige byta regering till en ny oerfaren regering, som i stort sett är oduglig i politiskt spel och dessutom hade den där Åke Jansson från Sverige Demokraterna i baksätet. Jon hade Kristers hantering av Natoansökningen i färskt minne i huvudet och var tveksam till statsministerns sätt att hantera denna. Det hade blivit utdraget och genant på något vis. I och med att Ukraina i hemlighet är underrättade om nästa leverans av en specialiserad Archer, oroades han över vad som skulle hamna på Kristers skrivbord och hur det skulle hanteras där. Tur i oturen för en månad sedan, var generalmajoren Karl-Otto Engelbrekt hos Krister och kunde styra upp då Karl-Otto hade fått frågan:

– Kan du titta på detta om kanonen? för det är väl en sådan där militär grej, som Krister då nonchalant uttryckte det.

Jon Pålson suckade och ringde sin fru och frågade om det behövdes någon inhandling, typ kaffe eller något annat och fick ett nekande svar.

– Du åker raka vägen hem utan att passera Drottninggatan. Det lät som en glad kommendering när hon sa det.

– Hunden har inte varit ute på hela dagen, han längtar, fortsatte hon.

– Okej, kör till Bohusgården 181 ute på Lidingö, sa han sedan till taxichauffören. Det blir väl till att mocka efter Betty och rasta hunden, spekulerade han.

Hans fru Ida-Marie hade köpt Bohusgården vid ett tillfälle, som inte skulle kommit tillbaka enligt henne när han var i Afghanistan. Jon funderade vidare på att han saknade sina kamrater i Boden. Det hade kommit över honom i mötet med hans gamla grupp. De lyckostarna var mitt uppe i görandet och fick det adrenalin som han ibland kunde sakna.

– Det är väl vänster här? väckte chauffören honom plötsligt.

– Äh jo precis, det är en bit till, du ser stället när vi kommer närmre, svarade han. De passerade genom hagarna med killingar och andra kreatur och bilen stannade till slut framför mangårdsbyggnaden.

– Det blir 587 spänn. Kort? frågade chauffören.

Jon betalade, tog bagen och steg lite stelt ur. Han tittade sig omkring och njöt. Gården låg fint på höjden mot vattnet, norrut kunde man skymta Boholmen i fint väder.

– Pappa, pappa! Tystnaden bröts av sonen Per, som kom sättandes som ur en kanon, rödbrusig och med byxor med hål på knäna.

– Betty har fått killingar, ropade han på vägen fram till sin far.

– Hur många? frågade Jon glatt tillbaka.

– Två, skrattade sonen lyckligt. Jon rufsade till honom i håret.

Senare, när Per slocknat för kvällen, satt Jon och Ida-Marie i köket över en kopp te och gick igenom veckans händelser.

– Du ser trött ut, sa Ida-Marie. Hon smekte honom ömt över kinden.

– Jo du. Jag måste vara hemma några dagar och reda ut saker och ting. Han drack lite ur koppen och sa sedan:

– Jag saknar jägarlivet, det är en sådan kontrast till det jag gör nu som försvarsminister.

Det där ville inte Ida-Marie utveckla, hon hatade den tiden med det eviga Afghanistan, all väntan och i oro.

– I slutet på veckan, så tänkte jag bjuda hit Karl-Otto Engelbrekt, Philip Berzelius och tre tidigare kollegor från Boden och deras närmaste chef Johan Nilsson, sa han.

Det skymde ute nu och de såg sig själva i fönsterrutorna som var av gammal sort, ljuset blev svagt böljigt och vackert.

– Ska du ha något mer i magen? frågade Ida-Marie till slut och tillade:

– Är det rävspel herrarna ska ha?

– Jag menar om Philip kommer så … hon flaxade överdrivet med ögonlocken.

På väg uppför trappan till övervåningen, var de noga med att inte stiga på trappsteg fyra och elva, så Per inte skulle vakna.

17.

Nikolaj Patrusjev mådde inget bra. Han hade tidigare hört ett västerländskt uttryck "att skita i det blå skåpet". Han hade inte till en början riktigt förstått innebörden i uttrycket. Nu gjorde han det definitivt. Att vara ordförande i säkerhetsrådet och ha Putin som chef, är som att spela schack med en dator, en omöjlighet tyckte han. Underrättelse bygger på fingerkänsla, insikt och taktiskt rävspel, som ibland tar månader att överväga, för att sedan kunna ta ut i rätt riktning.

Här i Ryssland liksom hos amerikanerna, så var det svårt att se skillnaderna mellan de olika underrättelseorganisationerna. Detta tyckte han själv, trots att han själv var en som kom därifrån. Nikolaj förstod att hans ordföranderoll på sistone blivit försvagad politiskt. Han hade inför rådet under en av Putins filmade utfrågningar stått och harklat sig och ålat sig som en mask. Putin hade då med sarkastiskt leende frågat honom flera gånger, vad han tyckte om införlivandet av Donbass-republikerna.

Där och då, efter många men, hade han blivit tvingad att gå Putin till mötes. Så djävulskt förnedrad han var då. Själv privat tyckte han då, att det var fel läge ur strategisk synpunkt att röra om i östra Ukraina.

Nu hade det hänt ytterligare en sak. Från Sverige kom rapporter om att två av SVR:s Rysslands utrikes militära underättelsetjänsts informatörer nu satt häktade där. Det var genant när sådana saker hände, men som väl var så fanns själva kärnan Vasilev Aronov kvar i Stockholm oupptäckt. Det svenskarna inte visste om, var att Narysjkin på SVR hade Vasilev i svenskarnas hönsgård och som levererat uppgifterna till de nu häktade. Det var tur i oturen, att det var Säpo som gjort personkontrollerna på det svenska regeringskansliet, tänkte Nikolaj. Han reste sig nu upp, tittade på klockan och böjde sig mot snabbtelefonen och tryckte ned en knapp.

– Kör fram min bil, sa han.

Han fick inte glömma bort lunchen med Elena, hans fru hade nog med svikna löften av sina väninnor efter debaclet sist med Putin. Societeten i Kreml var lika hård med misslyckanden som i världen för övrigt. Nikolaj hade tänkt att överraska sin fru med att åka till Just Pasta. Elena älskade italiensk mat efter att de kom hem från semestern i Italien. Visserligen blev det bara några få dagar vid Comosjön och Venedig, men alltid något för familjen att dela minnen med i dessa pressade dagar.

Restaurant Just Pasta låg diskret på en tvärgata innanför ringleden, en rustik tegelbyggnad med invändigt högt tak. I väggarna var det flera välvda öppningar i grått tegel och i taket hängde det mängder med olika lampor i all världens former, färger och ljus. Elena blev alltid glad när de var här, hon strålade som om inga bekymmer fanns och det gladde Nikolaj att se henne lycklig.

Det skulle kanske få henne att glömma sista händelsen med sonen, tänkte han hoppfullt.

18.

Olew släppte Edita efter välkomstkramen och tog ett steg tillbaka.

– Är hon inte hemma? Kom vi går in på kontoret, fortsatte han och gjorde en gest mot kontoret.

Han började att gå i gångarna bakåt i butiken. Kontor var ett överdådigt namn på en skrubb lite i skymundan. Han plockade av några stötta stolar från bråte och satte sig själv på en gammal stol som såg ut att vara från förra seklet. Glödlampan hängde utan skärm och var prickig av fluglort.

Edita drog kappan hårt omkring sig, hon kände sig olustig. Jarow tog fram ett knyckligt paket och drog ut en cigarett.

– Får jag? sa han och tittade på Olew.

– Inga problem, hälsovårdsmyndigheterna kommer kanske efter kriget, sa Olew i ett försök till att muntra upp stämningen.

– Men det lär tyvärr dröja. Anelina var här igår och köpte lite torrvaror, hon hade sålt Nicolast fältkök till några ukrainska soldater, fortsatte Olew.

– Hon drygar ut kassan lite. Han satt och knäppte på en blå Bic-penna och såg fundersam ut.

– Den dumma människan, sa Jarow. Vad ska hon nu laga mat på?

– Om vi hittar henne, så får hon flytta in till oss, sa Edita barskt och fortsatte. Det känns tryggast för oss alla. Sedan Nicolast dog, har hon inte tagit livet så bra och hon har bara Igun kvar här, fortsatte Edita. Så du förstår Olew, att det inte är gott ställt med henne när Irina är i Sverige.

– Har hon med sig ungarna? frågade Olew.

– Ja tack och lov, inföll Jarow och fimpade cigaretten i ett dricksglas.

Olew sa, att han trodde att Anelina hade gått E95:an till fru Kartov på baren Tranzyt.

– Hon hade Nicolast fiskelåda med sig, hon hade kanske mer att sälja. Det finns faktiskt några kvar som har råd att äta där, sa Olew med ett snett leende. Det finns de som har pengar kvar och fru Kartov har inte det lätt heller, han tystnade och såg tomt upp i taket.

Nu ställde de sig upp och återvände ut till butiken. Edita fick några små strömmingar lagda i lite tidningspapper av Olew på väg till dörren.

– Till Igun, sa Olew och gav henne en lätt klapp på axeln.

19.

Sigrid gick runt på sitt kontor, hon var ensam och tyckte det var så skönt när Krister var på resa. Sigrid hade nu haft gott om tid att komma ikapp både på kontoret och med allt runtomkring. Hon hade nu även tid att bjuda sin mamma på lunch, som med stor förtjusning mötte dottern på Frantzén mitt i city, fint iklädd dräkt och hatt.

Sigrid roades av att odla sin mammas missförstådda uppfattning om vad hon jobbade med. Mamman älskade att skjuta in ordet regering i samtal då och då, när bekanta undrade vad dottern nu för tiden höll på med. Ingegerd kunde inte låta bli att skryta om Sigrid.

Frantzén var en flott restaurang, även om borden kanske stod en aning tätt. De hade fått Sveriges tre första Michelinstjärnor, så maten var garanterat god. Sigrids föräldrar hade varit mycket mån om sin enda flicka och givit henne en bildad och lycklig uppväxt med goda framtidsutsikter. Hennes far var justitieminister Gunwald Ström och det var han som hade tipsat Sigrid om vakansen på statsministerns kontor. Hon och Ingegerd har alltid haft täta band emellan sig, många tonårsproblem hade mamman gett goda råd i. Sigrid hade ärvt sin mors skönhet och hon hade lärt sig att slå vakt om sin integritet. Ibland gjorde Ingegerd små propåer om Sigrids civilstånd. Sigrid var trettiofem år och fortfarande ogift till Ingegerds stora förtrytelse.

Ingegerd granskade nu sin dotter, skar till en lagom bit fläskytterfilé och medan hon tuggade så iakttog hon dotterns lite mörkare kant under ögonen.

– Sover du dåligt eller har mascaran runnit? frågade hon när hon tuggat ur munnen.

– Oj, syns det? svarade Sigrid.

– Mmm, det här var gott, ja det gör det, sa Ingegerd.

– Är statsministern snäll mot dig? Jag kan annars tala med pappa, fortsatte hon. Sigrid lade ifrån sig besticken och torkade sig om munnen med servetten.

– Nej, inget sådant, jobbet är enkelt, speciellt när Krister inte är på kontoret, hon tystnade och fortsatte med att äta.

– Jaha, då är det pengar eller en man, uteslöt Ingegerd och log under hattbrättet.

– Smakar det bra? frågade en person som gick förbi deras bord. Det var Molly, servitrisen som de alltid hade tur att få till sitt bord. Förvånat tittade bägge upp och sa i korus:

– Ja, det var gott. Nöjd gick Molly sin väg med sin svängande blonderade hästsvans.

– Jag tror att jag är gravid, hasplade Sigrid snabbt ur sig. Ingegerd spärrade upp ögonen och tog sedan en klunk vatten för att få tiden att gå. Sigrid fortsatte sedan nervöst:

– För ungefär två månader sedan så blev jag uppvaktad av Petri, vår chaufför, en mycket trevlig och snäll man.

– Nämen så roligt! kvittrade Ingegerd, hon såg barn-

barnet redan krypa på golvet hemma i villan. Sigrid fortsatte i snabbare takt.

– Jag är orolig, allting har blivit så jobbigt efter att jag berättat det för Petri. Allt var så lätt med honom i början, han kom ofta upp på jobbet när Krister inte var där. Sedan dröjde hon lite med orden.

– Jag misstänker att jag blev gravid i statsministerns säng, vi sov där ibland, det ena ledde till det andra.

Ingegerd satte i halsen och lyckades hjälpligt stoppa maten att komma upp och ut i servetten hon höll för munnen.

– Vad!? fick hon till sist fram. De tittade storögt på varandra, Sigrid hade nu fått upp farten.

– Nu har Petri sagt att han har covid och sedan dess har jag inte sett eller hört från honom efter det att statsministern for till Norrland. Hon kände en tår i ögonkanten.

– Jag förstår nu dina ringar under ögonen, sa Ingegerd. Sedan sa hon i en hårdare klang:

– Statsministerns säng, är inte det lite att utmana ödet? Du ser hur det gick. Maten smakade inte längre, så de beställde in kaffet i stället.

– Jaha, gå och gör en test så du vet hur du ska göra sa Ingegerd när hon inte kunde vara tyst längre. Hon fortsatte i nästa andetag.

– Den här Petri, vad är det för en filur? Hon rörde ned en sockerbit till i kaffet, lite för energiskt och såg sig omkring.

– Petri fungerar som livvakt och Kristers chaufför. Han jobbade för förre statsministern och Krister fick ärva honom efter henne. Krister brukar fabulera över all skit han fått efter Maria, men Krister är nöjd med Petri. Sigrid försökte le.

– Det här är en rövarhistoria utan allt like, sa hennes mor och lade de dräktklädda armarna på bordet, så att guldarmbanden skramlade.

– Jag ska inte säga något till pappa … än … statsministerns säng … muttrade hon. Sigrid trodde sig i ett snabbt ögonblick se, att hennes mor försökte dölja ett leende i servetten. Sigrid började leta efter läppglans i handväskan, hon ville avsluta middagen. Hon sa:

– Det bästa är att statsministern inte vet något än. Hon hittade läppglansen och bättrade på.

– Sätt upp allt på Gunwald, sa Ingegerd till Molly, när det var klara och på väg mot entrén.

Sigrid kände sig lättad över att ha fått dela med sig och kunde nu bara hoppas på att hon och Petri fick tid till att träffas och prata med varandra.

20.

Försvarsminister Jon Pålson gick i flanellskjorta, kalsonger och tjocksockar runt i köket och fixade med morgonens frukost. Ida-Marie kom tillbaka in i köket, efter att ha skjutsat Per till skolskjutsen. Hon kom in i köket och ställde sig bakom Jon och strök med sina kalla händer över hans rygg under skjortan.

– Helvete vad kall du är, sa han och ryckte till så han strödde kaffet ut över diskbänken.

– Känns det här bättre? kuttrade hon och strök utanpå skjortbröstet i stället.

Jon vände sig om och tog med händerna spjärn mot diskbänksplåten och tittade på henne med en road glimt i ögat. Han hade sina aningar om vad som komma skulle.

– Kaffe nu eller sedan? frågade han då han förstod inviten.

– Sedan, sa Ida-Marie med hakan mot hans axel.

De gick upp på övervåningen hand i hand, utan hänsyn till knarrande trappsteg. Det är fantastiskt med småpojkar, tänkte Ida-Marie på väg upp, men en vuxen karl är att föredra ibland.

En stund sedan låg hon nöjd på hans arm och halvsov. Ida-Marie njöt av dessa hemmadagar då de båda var hemma. Visst var Jon upptagen även hemma med jobbet, men det var på deras egna villkor.

Jon låg nu med ena armen under huvudet och tittade åt henne.

– Du, sa han försiktigt, funkar det för dig, att de kommer från Boden på fredag och stannar över i helgen? Hon vände sig lojt mot honom, strök undan håret.

– Kommer han den där Philip Berzelius med? svarade hon.

– Är det ett ultimatum? flinade Jon.

– Mmm, han är läcker, fick han som svar.

Jon klatschade till henne låtsat förorättad och frågade, låtsat barskt:

– Hur blir det med kaffet?

21.

Putin hade kallat in säkerhetsrådet för möte. De satt där inne vid det förlängda långa bordet, väntades på honom. I går hade han haft ytterligare kontakt med Turkiet och hört sig för hur Erdoğan hade det med sina kurder.

Putin gillade egentligen inte Erdoğan, han var alldeles för lång på foto tillsammans med honom. Det såg illa ut i ryska medier, tyckte han. Ska man återupprätta Rysslands storhet, så ska man fan i mig inte behöva ha skoinlägg i sina skor.

Igår hade han kommit tillbaka till Moskva med flyg från Gelendzjik, där han njutit av ett möte med sin senaste älskarinna Janelina eller om det nu var Petra hon hette. Han hade ätit god mat och kopplat av med lite simning. Slottets vakthavande hade visat sig vara en god tennisspelare och hade artigt förlorat en femsetare med tre set.

Erdoğan hade problem, hade han sagt till Putin i telefonen. Sveriges och Finlands Natoförhandlingar, hade börjat att gå på sista versen tyckte han. Med det hade han menat att svenskarna knappast kunde förödmjuka sig mer. Det lät som om Erdoğan hade rökt i telefon. Erdoğan hade sedan fortsatt:

– Särskilt den där lille Tobiasson eller vad fan han heter. Han hade då bett honom att han skulle utveckla resonemanget. Erdoğan hade då fortsatt:

– Ja, han blir så till sig att glasögonen immar igen, haha. Han hade skrattat och rökhostan hade låtit oroväckande, men han fortsatte ändå och sa:

– Sedan har vi amerikanerna på krigsstigen.

– Hur då? hade Putin svarat fast han visste.

– Ja, du vet ... sa Erdoğan. Utan deras F-16 flygplan kan vi inte bomba de satans terroristerna PKK. USA kommer inte att vilja fortsätta med sina leveranser och underhåll, de pressar hårt nu och vi kan inget göra. Till sist hade Erdoğan avslutat samtalet med:

– Amerikanerna vill ha Finlands gräns, så är det, det vet både du och jag. Sedan hade Erdoğan lagt på luren utan någon hälsning.

Putin tittade nu på klockan för att försäkra sig, att han med god marginal skulle komma sist in till mötet. Nikita Narysjkin, utrikesinhämtning borde ha nyheter, Putin var rent ut sagt lite nyfiken.

Han var som sin önskan sist in i rummet, de andra satt längst bort vid det förlängda bordet. Nikolaj, Nikita, Alexander och Sergej Lavrov.

– Jaha, Nikita, kan du börja? sa Putin och dängde sin dossié i bordet.

Nikita, harklade sig och höll på att ställa sig upp vid Putins uppmaning, han kom halvvägs men kom på sig och satte sig ned.

– Ja, som presidenten vet, så har Stockholm satt två av våra informatörer i häkte. Tråkigt, men med tanke på att det höll så pass länge, så kan vi vara nöjda.

– Här är ingen nöjd, men fortsätt, sa Putin. Han tog upp sin penna och började otåligt slå den i bordet.

– Ja, eller nej menar jag, Nikita harklade sig nervöst och fortsatte:

– Öh … det vi tror är, att vi idagsläget märkt, att en viss aktivitet har försiggått i Boden, det vill säga … eh … det är ett mindre samhälle som … han blev avbruten igen.

– Jag vet var det ligger, sa Putin, men fortsätt. Nikita tittade då upp medan han stressad vände papper.

– Äh … vi tror, att det föreligger ett visst rykte om ett finskt intresse. Det visade sig att en delegation från Finland också var där, i Boden alltså. Vi väntar på att Vasilev Aronov ska styrka det. Han tittade upp igen och såg sig omkring, innan han fortsatte. Solen lyste nu in i rummet genom fönstren och det blev varmt.

– Området var avlyst och hårdbevakat av deras militär och svårt att komma intill, men att den Finlandska statsministern var där är vi rätt säkra på, hon twittrar ju som bekant på nätet, sa Nikita. Putin tittade i taket och funderade när Nikita tystnade, sedan sökte han utrikesministerns uppmärksamhet.

– Lavrov, sa han och vände sig mot honom. Vad får du ut av det här? Det blev en ljusreflex i Sergejs Lavrovs glasögon, när han vred på huvudet och såg på Putin.

– Hade det bara handlat om Natoansökningen, så hade de inte behövt vara i Boden. De har något annat på gång, svarade Lavrov.

– Alexander, vad säger du? sa Putin.

– Antti Kaikkonen och Karl-Otto Engelbrekt har träffats tidigare, sa Alexander. Putin tittade på honom och manade till fortsättning.

– Ja, vi fick ju tag i en person som styrker detta, Börje om ni minns, sa FSB-tjänstemannen.

– Vi upplyste Nikita på SVR om detta.

– Jag vet för fan vem han är. Han sitter bredvid dig och jag var där på förra mötet, snäste Putin. Nikita räddade Alexander och tog vid igen.

– Det stämmer, men det enda vi har, är att svenskarna och finnarna gaddar sig samman, svenskens skryt om ni minns.

– Har ni inte återtagit den här svensken? frågade Putin och höjde lite lätt på ögonbrynen.

– Nej, sa Nikita lite generat. Putin satt tyst igen och utvärderade det han hade hört.

– Nikita, har du kommit till samma slutsats som jag av det här? sa han.

– Jo … eller ja … med tanke på var de träffades och att svensk militär badar bastu med en finsk försvarsminister, så vågar jag nog påstå, att det här är en militär aktivitet i Natoperspektivet. Svenskarna vill gå händelserna i förväg, utan att vänta på Erdoğans krumbuktande, svarade Nikita

– En briljant slutsats, sa Putin och sken upp. Gratulerar, sa han ironiskt.

Nikita var nu blöt på ryggen, upptäckte han, men en poäng hade han fått.

Putin vände sig mot Sergej Lavrov, utrikesministern.

– Hur ställer du dig nu till detta? frågade han. Sergej behövde tänka. Han tog som brukligt av sig sina glasögon. Kisande började han demonstrativt att putsa dem.

– Nu räcker det, sa Putin irriterat, fortsätt. Pennan hade åter börjat trumma på bordsskivan.

– Ja, jag funderade på om vi inte borde informera försvarsministern om detta, sa Sergej och satte på sig glasögonen.

Putin stirrade åter i taket och funderade på hans svar. Försvarsminister Sjojgu var en person som han tidigare haft fördrag med. När de i september förra året satt och kokade ihop invasionen av Ukraina, hade han då tyckt att Sjojgu hade kommit med vettiga förslag, men nu hade det visat sig, att den planeringen inte var mycket värd. Ryssland hade kört fast i sin specialoperation. Att Sjojgu inte ens var militär i grunden och han ändå satt på denna viktiga post, måste det nu bli ändring på. Det förstod han nu, efter detta spektakel som skedde i Ukraina. En rest från Boris Jeltsin kunde ju inte sluta på annat vis, att jag inte sett detta innan, bannade Putin sig själv. Fan, dessa korrupta fyllkajor hade nog haft trevligt på sina sammankomster i försvarsutskottet.

Putin började nu att få en insikt i hur det hela stod till i armén och funderade på att istället nyttja det privata perspektivet. Den så kallade kocken, hade undan för undan blivit ett bättre alternativ, då inte de tvångsrekryterade meniga hade kunnat matcha ukrainarna på långa vägar.

– Jag måste ta en funderare på detta, sa Putin. Kommer vi att ha en ny försvarslinje mot Finland, så får vi alltså två fronter, det blir dyrt och svårt logistiskt, sa han.

Putin avslutade mötet, stoppade pennan i kavajfickan och gick ut genom de höga vita speglade dubbeldörrarna.

De är en vacker symbol för makt, tänkte Putin, men han tyckte sig se att färgen hade börjat att krackelera runt handtagen.

22.

Philip Berzelius satt i bilen, ett av de ställen han verkligen njöt av att vara i. När han accelererade, så sjöng motorn subtilt av visslandet från de dubbla turboaggregaten. Han hade plockat av hardtopen på morgonen, så att vinden skulle kunna virvla i hans hår, nja den försökte.

Ett högt hårfäste var på gång, hade han konstaterat framför spegeln vid rakningen i morse. På morgonen hade han också haft en träff med statsministern på Sagerska palatset, för att uppdatera honom och sig själv om hur landet låg. Det var den svenska militära underrättelsetjänsten Must, som hade uppmärksammat säkerhetsrådgivaren Lars Henriksson, att två infiltratörer hade fastnat i deras nät. En rysk koncentration kring statsministerns kansli hade väckt deras nyfikenhet och efter några månaders punktmarkeringar, så hade Must så mycket att två ryssar kunde tas in.

Philip fortsatte förbi Kungliga Tekniska Högskolan. Trafiken var ännu ganska gles vid rondellen innan påfarten, men han fick ändå på grund av bilarna sakta ned och lägga sig i högerfilen.

Han kom jämsides med en Volvo V70 med full packning och med två barn i baksätet. En pojke tryckte sitt ansikte mot sidorutan och gjorde glatt tummen upp vid åsynen av Philips Porsche 911 Targa. Philip vinkade tillbaka. Pappan fick något avundsjukt drömskt i blicken när Philip försiktigt passerade. Philip slängde i trean och tryckte gasen i botten ut på E20. Volvon försvann snabbt i backspegeln.

När han kom in den långa vänstersvängen innan Lidingöbron, såg han ned på Norra Hamnvägen och mindes att han en gång för länge sedan hade blivit stoppad där, för fortkörning av två riktigt snygga kvinnliga trafikpoliser och han hade då fått böta rejält. Den ena polisen, Gullbritt, hade sedan blivit hans fru och sedermera fött hans dotter Saga-Marie. Philip tänkte på Saga-Marie, dottern som flyttat till en fantastisk villa vid Comosjön i Italien. Nu var det verkligen dags för en avstickare dit för att hälsa på igen. Lidingöbron med den underbara utsikten närmade sig, men han lättade inte på gasen. Vid Opus bilprovning svängde han vänster två gånger och till slut låg Bohusgården som en fond mot det blågrå vattnet. Han saktade ned för att riktigt njuta av utsikten och av att observera egendomen. När Philip sedan parkerat bredvid andra diverse bilar och stängt av motorn, satt han stilla en stund och bara hörde hur motorn knäppte när metallen svalnade.

– Välkommen, sa plötsligt en glad röst från sidan av bilen. Philip tittade hastigt upp på en mörkt vackert solbränd kvinna med bruna ögon, hon var klädd i jeans och en enkel skjorta, något arbetsrelaterat förstod Philip.

– Tackar, log han och såg gillande på henne. Det är lätt att förbli i drömläge här, när man tittar ut mot vattnet och allt annat vackert, sa han.

– Jo du, de andra är uppe i huset och väntar på dig, det finns fika kvar om du har tur. Philip klev ur bilen och gick mot huset, han vände sig halvt om.

– Jag heter Philip förresten, sa han med ett brett leende.

– Det säger du, sa Ida-Marie och ruskade lite lätt på huvudet och gick vidare mot hagarna, det lät som det fanns får eller något annat som bräkte där.

Jon stod i trappan till övervåningen när han kom in genom dörren, hans ansikte lyste upp när han såg Philip.

– Hej, ta något att fika i köket och kom sedan upp, sa han och gick vidare upp för trappan, den knarrade på steg fyra och elva, noterade Philip för sig själv.

Inne på Jons väl tilltagna kontor satt det flera personer som han kände igen. Ett stort bord stod framför ett glasparti som vette mot havet och en vidunderlig utsikt bredde ut sig. Ljusa sommargardiner fläktade i vinden då balkongdörrarna stod öppna och gav en aning om fortsatt sommar. Jack nickade välkommen, Bill och Tom gjorde det samma.

– Vi kom igår, sa Jack.

Generalmajoren Karl-Otto tog till orda och ställde sig upp.

– Tack Jon, för att vi kan ha ett informellt möte här, sa han och tittade runt på de församlade och fortsatte. Med tanke på den gudomliga inramningen här, så känns det lite motsägelsefullt att sitta och smida ränker om ond bråd död, men läget är ju som det är. Jag har tagit mig friheten, att bjuda in en speciell person som sökt vår hjälp och som så småningom kommer att upplåta sitt lands territorium till oss. De runt bordet såg på varandra och hörde att någon gick i trappan upp till övervåningen.

– God dag, mina herrar, sa Ukrainas försvarsminister Oleksij Reznikov på engelska när han klev in i rummet.

Oleksij var en ganska stor man med ett kalt huvud, glasögon och ett grått kort skägg. Philip noterade att Reznikov var den bäst klädda i rummet nu – blå blazer, vit skjorta och en beige mönstrad slips. Reznikov satte sig jämte Jon och nickade runt bordet.

Dags att börja.

23.

Olew stod och tittade efter Edita och Jarow när de hade gått, han såg bekymrad ut. Han höll på att plocka upp lite skräp runt butiken och funderade samtidigt över tant Anelina. Olew hade haft henne som lärarinna i skolan när han var barn. Hon var den som hjälpt honom med skolan mer än hon egentligen hade behövt och i tonåren fått honom intresserad av att driva handel. Det var faktiskt hon som hade lånat honom de sista slantarna han behövde för att köpa butiken. Han var mycket tacksam för detta och det kändes tryggt att ha någon som tant Anelina vid sin sida.

Trafiken hade lättat, observerade han och undrade om ryssarna redan gett upp. Men plötsligt kom en jeep med ett Z på dörren och körde förbi i hög fart. Han gick in och skyndade sig att ringa sin underrättelseofficer Jacob, för att upplysa honom om att det troligen fanns några ryssar kvar.

Jarow tyckte att de skulle vända om och gå hem, men Edita ville inte lyssna på det örat. Hon stretade idog vidare. I diket längre fram låg en fin damcykel, noterade Jarow. Det kliade verkligen i fingrarna på honom när han såg den

– Den blir bra på hemvägen, sa han glatt.

– Min lille söte tjuv, sa Edita och tittade roat upp på honom.

– Olew gör det bra, sa Jarow sedan och såg på Edita. Vi får hoppas att hans pojkar kommer hem så han får hjälp med affären.

Fru Kartovs restaurang syntes nu med sin gulaktiga fasad. Mopederna, som förut satt uppmonterade på ytterväggarna som dekoration var borta, konstaterade de sorgset. De hade tidigare inte tyckt att det varit särskilt snyggt, men nu kändes det som om det var något som fattades. De öppnade dörren och gick in. Det var dunkelt där inne, för man hade även här fått sätta upp några träskivor för fönstren. Inomhus satt några människor här och var och åt soppa eller någon av alla pastarätter som serverades. Jarow blev nu sugen på mat.

– Ska vi äta lite, föreslog han.

Edita nickade ja och de satte sig ned vid ett bord. Fru Kartov kom till bordet och hälsade välkommen.

– Så roligt att se er, men det var länge sedan. Hon försökte le lite men det syntes svårt.

– Vi skulle vilja beställa pasta med stekta grönsaker, om du har? sa Edita och fortsatte:

– Vi letar efter din dotters gamla skolfröken Anelina, har du sett henne?

Fru Kartov drog ut en stol och satte sig tungt ned med händerna i knät och såg på dem. Jarow tittade på henne och förstod att något var galet.

– Ja, berätta manade han henne försiktigt att fortsätta .

– Hon har blivit bortförd av ryssarna. Jag trodde ni visste, sa fru Kartov och tittade upp med tårblanka ögon.

24.

Karl-Otto Engelbrekt var på väg att tända en cigarr, men blev hindrad av det onda ögat från Jack. Reznikov smålog åt Engelbrekts försök och skakade muntert på huvudet medan han öppnade sin portfölj. På korrekt engelska sa han sedan:

– Jag ska börja med att dela med mig av varma hälsningar från min president till det svenska specialkommandot. Ja, ni alltså sa han och tittade upp. Han riktade sin blick runt bordet, och stannade slutligen upp hos generalmajoren Karl-Otto.

– Volodymyr är djupt tacksam, ska du veta. Karl-Otto nickade tillbaka och svarade:

– Vi får se vad han säger efter det här. Han vände sig vidare till försvarsministern.

– Tar du över Jon? Han nickade och började:

– Jag har fått klartecken av finnarna på våra offerter. När vi dessutom skickade med lite utbildning på Archer, såg Sanna Marin mer än lovligt intresserad ut. Han tittade upp från sina papper och såg mycket nöjd ut.

– Tillsammans med Finlands försvar ska vi, helt öppet inför ryssarna, anlägga försvarsdepåer längs den finsk-ryska gränsen. Vi ska tydligt visa ryssarna att nya installationer är på gång. Detta är tidsödande, men det ger en signal om att vi och finländarna står enade i NATO och kommer, oavsett, inom en snar framtid att vara samarbetspartners. Den här aktiviteten kommer att genomföras oavsett om Erdoğan ger med sig eller inte.

Gillande nickar syntes från alla vid bordet.

– Men att erbjuda Archer till finländarna är inte vårt huvudmål, utan mer av en skenmanöver, vilket inte finländarna vet något om för tillfället, fortsatte Jon.

Då höjde Reznikov handen och begärde ordet.

– Spelar det alltså ingen roll om Putin kan hålla Erdoğan i sitt koppel? frågade han.

– Nej, oavsett vad de herrarna gör, så spelar det ingen roll, sa Jon.

– Vår Natoansökan ligger fast. Försvarsdepåerna ska vara lite som avledande manöver från vårt specialarrangemang med Archer till byn Hoptivka. Vi vill försöka få Putin att göra en omdisponering av sina styrkor, att de tunnas ut mot Ukraina och det han har kvar mot den Finlandska gränsen. Vår förhoppning är att det kommer att påverka hans hemmaopinion negativt.

Han såg nu runt i rummet och sa förklarande:

– Putin blir tvingad till ett större engagemang än vad han hade tänkt från början i sin specialoperation. Det som dock kan hända och som är negativt för vår del är, att Putins vän ”Kocken”, alias Jevgenij Priozjin med Wagnergruppen, blir kvar vid Ukrainas gräns där vi hade tänkt att vara stationerade. Slutsatsen blir att svenskarnas agerande kommer att likna Storbritannien som har militär i Ukraina, dock ej med nationssymbol eller direkt insatta i strid.

Det där med strid skulle bli en svår detalj. Reznikov höjde handen igen för att begära ordet. Vad han är artig tänkte Jack som pekade med handen mot Reznikov.

– Ja, sa Reznikov, Volodymyr sa inte rent ut till mig innan jag reste hit, men exakt vad är det ni vill göra?

– Vi tar det strax, vi tar en bensträckare först, sa Jon och tittade på de andra.

Solen var på väg runt huset och var snart i läge vid husknuten, där det skulle dukas för lunch. De skulle få en vacker och skön lunch, såg det ut som. Billy gick ut och satte sig ned för att titta ut över balkongräcket.

Han såg Ida-Marie springandes med lunchbestyren och att Jons son Pär kom med geten Betty i koppel med några killingar på släp.

Pär gillade Billy, så han hade redan fått en privat rundtur innan på gården. Philip från Must tog sedan till orda angående Reznikovs sista fråga.

– Vi ska spränga några av Putins robotsilos där de har RS-24 Jars, så de stannar där de är. Reznikov blev vit i ansiktet när han hörde på Philip, han fyllde på sitt glas och svepte det i ett drag.

– Putin blir då förhoppningsvis attackerad av oppositionen på hemmaplan, fortsatte Philip när Reznikov satte ned glaset. Hans armé får utstå kritik, det här hoppas vi kan komma att skapa oreda inom deras egen administration. Oligarkerna vill inte ha en svag eller kränkt ledare men många oppositionella kommer nog att bli skadeglada på köpet, sa Philip, tittade på klockan och satte sig ned.

Vällingklockans klämtande hördes, Jon ställde sig upp och inviterade alla till uteplatsen vid husknuten för lunch.

– Jag hoppas att ni alla äter lammkebab, det är ett av Ida-Maries berömda recept, sa han. Tom sa till Billy, att han skulle hämta öl till sällskapet.

– Jons egen tillverkning? undrade Billy och tittade på Tom.

– Japp, sa Tom glatt och bar ut en bricka med höga glas. Det var dukat vid huset mot sjösidan, tunna moln och en svag bris gjorde det riktigt behagligt. Hösten stod på ingång och ett stänk av färgskifte i träd och gräs gick inte att undvika att se. Reznikov hade mycket att berätta om sitt Ukraina, både personliga upplevelser och om vad Zelensky betyder för folket och motståndsviljan.

– Det är märkligt att sitta här och berätta om detta för er, sa han, se er omkring på allt det vackra ni lever i, en sagovärld. Ukrainarna längtar tillbaka till sin. Han höjde sitt glas.

– Skål för Ukraina. Alla skålade unisont och tog för sig mer av maten.

Jon Pålson satt och studerade Philip. Han var nyfiken på hur hans tekniska begåvning i bastubranschen hade utfallit. Ett rykte hade spridit sig på hans kansli.

– Du "Börje", när vi nu sitter här, kan du väl dra en finsk-rysk rövarhistoria, sa Jon och skrattade. Philip tittade förvånat upp och skakade nekande på huvudet, han trodde sig förstå vad som var på gång.

– Vad fan har du gjort nu. Fortkörning igen? grymtade Billy och viftade med kebabrullen han hade i handen.

Alla vid bordet tittade nu nyfiket på Philip, en del med gaffeln halvvägs till munnen. Philip började att berätta om, hur han och generalmajor Karl-Otto Engelbrekt vid ett tillfälle suttit och delat en whisky hemma hos

Philip och filosoferat om utvecklingen av den amerikanska granaten Excalibur. Senare hade samtalet övergått till hur det stod till hos ryska säkerhetstjänsten FSB, då dessa märkbart har ökat sin närvaro i Sverige. Karl-Otto hade föreslagit skämtsamt och onyktert, att Philip skulle åka över och spionera på FSB. Då skapade de tillsammans Börje från Tylö Bastu AB. Alla runt bordet tittade på varandra och trodde inte sina öron, Ida-Marie stannade upp med serveringen och såg avvaktande på Philip med tvivel i blicken.

– Det kan ha gett resultat, sa Philip lite i försvarston. Jag blev arresterad och förhörd. Det visade sig efteråt, att det blev ett bra sätt att sprida desinformation lite mer trovärdigt. Han log lite ursäktande. Billy tittade tvivlande på Philip och skakade på huvudet, det där lät helt sjukt.

– Det där med Antti Kaikkonens fru i bastun? sa han med ett glatt grin. Är det sant?

Philip tittade på Billy med höjda ögonbryn, han visste ju inte riktigt hur ryktet låg.

– Det är preskriberat, sa han till slut. En viss munterhet uppstod vid matbordet under tiden de bröt upp och avslutade lunchen.

– Jag tar disken, sa Ida-Marie till Jon och sa vidare till Karl-Otto.

– Jag tror att ukrainaren gick en sväng och tittade till hos getterna, du får nog gå och leta efter honom. Karl-Otto, som såg sin chans att ta en cigarr på tu man hand efter maten, gick för att hämta Oleksij. Han hittade honom bakom ladugården nere vid gethagen. Oleksij såg upp på Karl-Otto när han kom gåendes. Oleksij stod tyst och funderade en stund innan han sa:

– Det här projektet som vi nu kallar det för, är det något som har aktualiserats med tanke på att Zelensky är i USA hos president Biden och tigger till sig Patriot-systemet?

Karl-Otto Engelbrekt svarade direkt med cigarren bolmandes i munnen:

– Det kan man säga, han tog ytterligare ett bloss och fortsatte.

– Putin blev ju förbannad över hans tilltag och hotar politiskt med ballistiska robotar, vår tanke är att plocka bort dem … så att säga.

Han gestikulerade med handen. Oleksij nickade och studerade Karl-Ottos ansikte.

– Har ni verkligen den kompetensen? undrade han, vände sig om och såg fundersamt ut över hagarna igen.

– Vi tror det, sa Karl-Otto. De enades sedan om att gå tillbaka.

Efter en stund återsamlades de på övervåningen, alla var på ett gott humör efter maten.

– Jaha boys, sa generalmajoren, ska vi nu återgå till verkstaden. Vi slår fast vår strategi och att vi alla är överens om det. Tom, Jack och Billy är som ni övriga förstår, det specialkommando som ska verkställa vårt beslut angående verksamheten i den ukrainska byn Hoptivka.

– De är SEAL-utbildade i USA och har verklig stridserfarenhet, något som vi andra gudbevars inte har. Karl-Otto såg upp här och tittade på de övriga över glasögonskalmarna.

– Jack är högsta befäl och leder aktionen. I samband med att vi tillsammans med finländarna börjar att projektera mot ryska gränsen, så kommer Jack & Company att ta med sig en värsting Archer till Ukraina. Hur det går till behöver vi inte gå in på här. Vi har klartecken för transport av förnödenheter genom polskt luftrum, så det utnyttjar vi naturligtvis. Karl-Otto såg upp och bjöd in alla att ställa frågor.

– Vad får vi för hjälp på plats? undrade någon.

– Vi kommer att ha ukrainare som står och välkomnar oss, sa Engelbrekt kort.

Försvarsminister Jon Pålson var beredd att offra sin ena arm för att få möjlighet att resa med till Ukraina. Han reste sig från stolen och gick för att öppna balkongdörrarna igen, så att sensommarvinden kunde fläkta in. Han tittade ned på Philips' Porsche. Den kändes helt malplacerad i det vackra landskapet.

25.

Fru Kartov tittade på det äldre paret framför sig. Likt den övriga befolkningen i byn, syntes det på Edita och Jarow att kriget hade börjat att tära på de magra ansiktena. Fru Kartov började att berätta.

– Jodå, började hon. Anelina kom för någon dag sedan in här, bärandes på en sådan där låda man har fiskedrag i. Fru Kartov pekade bort mot dörren de hade kommit in genom.

– Hon stod där, såg lite vilsekommen ut och hon sökte efter min man med blicken. Hur som helst, så tog hon sin lilla låda med sig och satte sig där ni sitter nu.

Edita höjde förvånat på ögonbrynen.

– Gubben min kom fram till henne för att ta en matbeställning, men hon ville ingenting ha. Anelina frågade istället om hon kunde få sälja Nicolast fiskedrag till honom. Nicolast och min man var fiskekamrater förstår ni.

Hon fortsatte efter en stunds eftertänksam tystnad.

– Min man satte sig ned och de började språka. Plötsligt hördes det några fordon utanför som stannade. Dörren slogs upp och en rysk kapten kom in och ställde sig mitt på golvet framför kaminen. Han såg ut som ett spöke då elden lös upp honom bakifrån och han började gorma och skrika att alla skulle gå ut och ställa sig på ett led. Det blev ett fasligt oväsen, en soldat kom in och sköt mot taket med en Kalasjnikov. Hon pekade mot kulhålen i taket.

– Det blev knäpptyst och alla gick ut där det stod en buss och väntade. Kaptenen sa att han hade blivit anmodad att skydda civilbefolkningen mot de ukrainska nazisternas beskjutning och att han nu skulle föra alla invånare i skydd. ryssarna började organisera oss och titta på ID-handlingar.

– Jag och min man fick kliva ur ledet när de förstod, att det var vi som förestod Tranzyt och de sa till oss, att vi skulle gå tillbaka in i restaurangen. Efter ett tag åkte alla sin väg, ja det var hemskt, de tog Anelina och tretton bybor. Senare fick jag veta att männen i bussen inte har återfunnits då Olew frågat efter dem. Fru Kartov tittade upp med tårar i ögonen och såg på Edita och Jarow.

– Jag trodde ni visste, sa hon med sina sorgsamma ögon och skakade på huvudet. Jarow stängde munnen och började att treva efter sitt cigarettpaket.

– Och du har inget hört eller sett efter detta? sa han, fick tag i en fimp och tände den.

– Nej, sa fru Kartov och torkade sig i ögonvrån, men hon lämnade sin fiskelåda under bardisken, vänta här så ska jag gå och hämta den.

Edita och Jarow såg efter henne, när hon reste sig och gick mot köket.

– Jag tror inte det är sant, viskade Edita tyst.

Fru Kartov kom tillbaka med Nicolast fiskelåda, bärandes den i handtaget.

– Här, sa hon och räckte över den till Jarow. Ni måste ursäkta mig men nu måste jag diska, sa hon och flydde tillbaka ut i köket. Jarow ställde ned fiskelådan på bordet och tittade på den.

– Vårt sista minne efter Nicolast och Anelina är en fiskelåda, så tragiskt, sa han och skakade på huvudet.

Då hörde de en svag ringsignal från lådan, de tittade förvånat på varandra.

26.

– Vad tänker han göra nu tror ni? sa Alexander Bortnikov och drog ut sin stol lite från bordet.

– Han kommer att ringa försvarsministern. Garanterat! sa Nikolaj Patrusjev, ordförande för rysslands säkerhetsråd tvärsäkert.

När Putin hade gått ut ur rummet och stängt dubbeldörrarna efter sig, kunde man höra lite av en lättnadens suck bland dem som satt kvar.

– Men Sjojgu står väl inte högt i kurs nu? fortsatte Alexander. Specialoperationen var ju inte speciell om man uttrycker det milt. Han sitter där som ett eftermäle efter Jeltsin, en svag eftergift av honom för att säkra Putins presidentskap, tro mig. Alexander såg sig om och sökte stöd för sin teori. Utrikesminister Lavrov började i vanlig ordning putsa sina rena glasögon och sa:

– Försvarsministern var ju katastrofminister tidigare, så nu som försvarsminister har han ju skaffat sig en riktig katastrof.

Han skrattade till lite och tittade omkring sig. De övriga tittade häpet på honom då ingen tidigare hört denna annars så allvarliga man försöka sig på att skämta under alla sina 18 år i tjänst.

– Vi måste nu få färsk information från Sverige, när kan Vasilev Aronov uppdatera oss? undrade Nikolaj och tittade på Nikita, chefen för utrikesinhämtning, som svarade:

– Vi väntar på att han ska lämna rapport. Efter att svenskarna har häktat hans vänner, så ligger han lite lågt. Den sista rapporten innehöll inget konkret om vad som hände i Boden. Han har emellertid en god kontakt på svenska statsministerns kansli, en lyckad kvinnlig kontakt.

– Kan vi avsluta nu? Jag har ett viktigt möte. Nikita tittade på klockan.

– Ett ögonblick, jag har något jag undrar över, sa Lavrov och höjde lite på handen och tittade på Nikolaj.

– Putin är oerhört pressad i det läge han befinner sig i och jag har hört det ryktas, att du, Nikolaj eller i värsta fall Wagnergruppens ledare Jevgenij Priozjin, har något för er som vi borde få veta här. Nikolaj blev häpen över frågan, men med stenansikte svarade han, att han inte visste vad han frågade om. Lavrov tittade stint på honom i tre sekunder och sa:

– Okej, då avslutar vi mötet.

Alla reste sig, slog igen sina portföljer, nickade åt varandra och gick sedan var och en till sitt. I hissen ned till entrén stod utrikesminister Lavrov och funderade på Nikolaj Patrusjev. Visst hade han sett en liten snabb ögonrörelse åt vänster? Han ljuger, misstänkte Lavrov.

Hissdörrarna slogs upp på plan E. Han gick ut mot ytterdörrarna, tittade ut och konstaterade att det fortfarande regnade. Moskvas ljusreklam på fasaderna såg dimmiga ut i regndiset. Lavrov fällde upp sitt paraply, gick fram till sin bil och sa till chauffören att han ville gå hem.

Han kände att han behövde gå i lugn och ro med sina tankar. Putin håller på att bli mer paranoid och ordföranden för Rysslands säkerhetsråd kanske ljuger. Han fällde upp kragen och gick över gatan.

27.

Garnisonschefen Johan Nilsson i Boden satt och väntade på sina soldater. Han var nöjd med utvecklingen efter uppvisningen för politikerna, som nu åkt tillbaka till sina kontor, även de nöjda och imponerade om vad de hade hört och sett. Finlands president Sanna Marin hade hört av sig till honom och meddelat att det var grönt från deras sida och att hon meddelat sin sekreterare om att återknyta med det praktiska görandet. Johan såg på monitorerna, att Jack, Tom och Billy var på väg upp och gick för att öppna.

– Blå Hjärtan anmäler sig enligt överenskommelse, sa Jack och gjorde honnör.

– Lediga, gå in och sätt er, sa Nilsson.

Nu var det dock inget nöjsamt han hade att säga, men det var bara att berätta. De satte sig ned inne på Johans kontor i besöksgruppen. Jack lade som vanligt upp kängorna på ett engelskt paraplyställ i järn som stod bredvid, och kände sig som hemma. Billy tittade på Johan och observerade, att han klappade sig nervöst på skjortfickan som om han letade efter sina cigaretter.

Han var nervös, det såg Billy. Han visste att Johan hade slutat röka sedan många år tillbaka, men tydligen fanns vanan kvar. Tom drog till sig papperskorgen och lade ut snuset.

– Vad är på gång? frågade han Johan. Han hade observerat samma sak som Billy.

– Vår underrättelsetjänst har konstaterat att vi tyvärr inte varit ensamma i Markajärkti, sa Johan. Övriga i rummet tittade frågande på Johan, som fortsatte:

– Av en ren slump så skulle en av våra soldater, Einar Holm, köpa snus när vi hade visning för politikerna förra veckan. Han hade kört till vägskälet där bränslepumpen står. Som ni vet finns ingen butik i Markajärkti, den lades ned för fyra år sedan. Byaföreningen sköter om ett serviceskåp med allehanda ting som tobaksvaror, mjölk, spolarvätska och olika säkringar. Johan tittade upp ett ögonblick och såg på dem.

– Ja, ni förstår, som ett litet serviceskåp för det man oftast saknar, sa han.

Jack visste att närmaste civilisation utanför Markajärkti med ett ICA var Jokkmokk, så han förstod problemet och nickade mot Johan att fortsätta. Johan bläddrade i sitt block och tog till orda på nytt.

– En ortsbo vid namn Pekka Haakala, hade stått och tankat sin fyrhjuling samtidigt som det stod en Audi vid pumpen. Ägaren till bilen var vid betalstationen som servade både skåpet och pumparna. Audi-mannen blev klar och gick förbi Pekka till sin bil, Pekka hälsade artigt på honom. Vid ett senare vittnesmål uppgav Pekka att han tyckte att föraren var underligt klädd. Här bläddrade Johan till nästa sida och fortsatte:

– Han var finklädd och hade en som Pekka uttryckte det: en sådan där Stureplansrock och svarta lågskor. Med

Stureplansrock menade han senare, efter att ha tittat på bilder, en kashmirrock. Johan tittade upp igen och sa:

– Då funderade inte Pekka mer på det, men när han skulle betala med sitt kort, så satt Audi-mannens kvitto kvar i uttaget. Han tog då kvittot i handen och tittade på det, överst hade det stått Sberbank Rossii, samt övriga transaktionsuppgifter som brukar finnas på ett kvitto. Vår snuslöse löjtnant Einar Holm gick bort till Pekka, som han kände sedan tidigare.

Johan tittade upp igen, tog en flaska mineralvatten och hällde upp i ett glas och fortsatte sedan sin berättelse.

– De har ett gäng som spelar lite dragspel, sa han som förklaring till detta.

– Pekka stod där med ryssens kvitto i näven och visade Holm detta. Holm tog kvittot från Pekka med motiveringen, att han var nyfiken på vilken typ av bank det kunde vara i fråga. Pekka påpekade att det satt en grön stripe på bakrutan på ryssens bil från en hyrfirma. Holm sa i vittnesmål att Pekka var förbryllad över att Audi-mannen, som han kallade honom, inte hade hälsat på honom. Pekka Haakala hade tyckt att det tillhörde hyfs då det inte skedde så många möten runt omkring tankstället. När Holm senare kom tillbaka upp till testanläggningen, så var det mitt i avslutningen. Han fick tag i säkerhetsrådgivaren Lars Henriksson, som lovade att följa upp det hela efter det han hade hört Holms historia.

Johan stoppade, pustade ut och drack ur det sista i sitt glas.

– Satan, vad blir det av detta nu? sa Billy.

– Vi i insatsen är ju lite sent informerade, sa Jack. Johan sköt upp sina läsglasögon i pannan.

– Kom så går vi ut och sätter oss, sa han. Jag tror inte att det är för kallt för oss.

Ute på terrassen kunde de se marken nedanför och konstatera att grönsaksodlingarna i lådorna var skördade. Den mörka jorden som var kvar i odlingslådorna, stirrade som stora mörka ögon upp till dem. Dynorna låg kvar i rottingmöblerna, så de satte sig ned. Jack tittade uppfordrande på Johan.

– Vad har vår underrättelse kommit fram till nu då? frågade han. Jack var förbannad över händelsen, risken hade nu avsevärt ökat. Johan såg tillbaka på honom.

– Tur i oturen, så var den här ryssen lite klantig för att vara en person ute i ett sådant här ärende, tror Philip på Must. Han misstänker att det var en person som inte är utbildad för fält, utan en mer av typen brevlådebevakare. Philip jobbar på frågan som vi inte för tillfället har full koll på.

– Det här var inte bra sa Jack, jag måste gå och tänka.

Med bestämda steg gick han ut till toaletterna i foajén och smällde igen dörren efter sig.

28.

Jarow tittade först förvånat på Edita och sedan på fiskelådan. Sedan knäppte han skyndsamt upp de bägge spännena på sidan och slog upp locket.

Ovanpå några fiskedrag låg en mobiltelefon och ringde. Jarow tog upp den, fumlade lite med sina stora fingrar. Han hittade den gröna knappen till sist och tryckte på den.

– Ja, hallå, sa han och tittade samtidigt på de andra.

– Vem är det? hördes en kvinnoröst i telefonen.

– Öh … jo, det är Jarow, Anelinas granne.

– Hej Jarow, det är Irina, det var länge sedan, hur är det? kvittrade hon.

– Ja … jo äh, jag vet faktiskt inte, vi letar efter din mamma, sa Jarow.

– Va? svarade Irina så högt att de andra hörde.

– Edita och jag har varit ute och letat då vi inte sett henne på några dagar, vi är på baren nu och ja … det har hänt en hel del, sa Jarow.

Jarow berättade sedan vad som hade hänt och Irina svarade med tystnad, efter ett tag svarade hon:

– Jag har ringt några gånger utan svar, nu förstår jag varför. Vad otäckt, men vad ska jag göra?

Det hördes att hon inte kunde hålla sig, hon började gråta i telefonen. Jarow blev handfallen och visste inte vad han skulle svara. Han räckte över mobilen till Edita och gestikulerade att hon fick ta över.

– Hej lilla vän, var är du någonstans? sa Edita. Hon reste sig och tittade ut genom det hela fönstret.

– Jag och ungarna är i Sverige, vi sitter på ett tåg och åker norrut, sa Irina.

Edita nickade omedvetet, lättad.

– Sverige, det låter bra. Jag tar Anelinas telefon med mig och laddar den hemma hos oss. Jag måste veta hur det går med dig, du får ringa om några dagar igen, sa Edita.

– Jag måste få reda på var mamma är, ungarna måste få veta, fy vad jobbigt, svarade Irina med gråten i halsen.

– Irina, telefonen har tio procent, jag ringer tillbaka imorgon, hej då vännen, sa Edita och tryckte av.

Fru Kartov hade kommit tillbaka och stod rådvill bredvid bordet med händerna i förklädesfickan.

– Så fyndigt av Anelina, att gömma telefonen i fiskelådan, sa hon och fortsatte:

– Jag pratade nyss med Olew i telefon, han kunde nu bekräfta vart de fört byborna och Anelina.

Jarow tittade frågande upp med en otänd cigarettstump i handen.

– Vad fan säger du, vi var ju där alldeles nyss, han kunde väl sagt något då?

Fru Kartov nickade jakande mot honom och svarade:

– Jag vet, men han väntade på besked och ville inte inge hopp eller fel svar, innan han visste själv, log hon ursäktande.

– Ni förstår, fortsatte hon, ni vet förmodligen inte, att han tillhör vår underrättelsetjänst och jag får inte berätta. Ni får väl gå tillbaka och skälla på honom, muttrade hon sedan.

– Du är alltså en av dem, konstaterade Jarow och tände sin cigarettstump till sist och tittade konstaterande på fru Kartov. Han fick en kort nick till svar. Hon sa:

– Vill ni äta något? Tro det eller ej men jag kan bjuda på ett par skålar fisksoppa Soljanka.

– Vår nationalrätt, sa Edita och sken upp.

Jarow och Edita satt senare och småpratade under måltiden och började lägga ihop två och två. Att den ukrainska underrättelsetjänsten var närvarande i byn kändes bra, en positiv känsla smög sig på, en känsla om att de inte var övergivna. Deras lilla by hade tydligen någon form av betydelse. De tackade sedan för maten och fru Kartov ville att de skulle titta in igen om inte bara för att äta, utan för att kunna byta några ord då och då. Sedan utanför Tranzyt, tog Jarow på sig baskern och sedan knöt han sjaletten åt Edita. Molnen hade lättat och luften kändes renare, doften av diesel kändes inte längre så markant. Jarow tog Edita under armen, de började gå hemåt. Efter en kvart kom de förbi cykeln som låg i diket.

– Min älskade lilla tjuv, sa Edita och log uppmuntrande mot Jarow.

Väl hemma så ställde Jarow in cykeln i garaget bredvid alla sina trälådor.

Edita gick ut och kallade på Igun, han kom fram till Edita och satte sig ned, men han tittade avvaktande på henne. Men när Edita tog fram strömmingen spetsade han öronen och liksom sken upp.

– Ja, du lille gubben, sa hon och strök honom över ryggen. Det kanske blir ändrade planer nu.

Edita luktade på sina händer, gick in och vred på varmvattenkranen av gammal vana innan hon bytte till kallvatten, då varmvattenberedaren var trasig. Hon började energiskt skrubba bort fiskdoften från händerna. Edita hade dubbla känslor i sinnet, hon visste inte om hon skulle få se Anelina mer i livet, samtidigt var det tryggt att veta att Irina var i Sverige. Sverige var ett land som skickade hjälp, det visste hon. Dock visste hon inte hur dan hjälp som var på väg.

29.

Jack hade kommit hem sent från Stockholm till ett tyst hus där alla låg och sov. Det var betydligt mörkare nu om kvällarna och nätterna, så ytterbelysningen hade tänts när taxin släppte av honom vid garaget. Han hade gått ned till källarens tvättrum och klätt av sig naken, slängt allt i tvättmaskinen, ställt sig i duschen och sedan smugit sig upp till Maja i sovrummet. När han lättade på täcket för att krypa ned, såg han att hon låg med ryggen mot honom och att hon var naken. Han la sitt huvud bakom henne på hennes kudde och tog in hennes doft och helt plötsligt kände han sig lycklig. Stockholm fanns inte längre, bara hans Maja. Han rullade tillbaka till sin del av sängen, vände sig om mot sin vägg och blundade, somnade som en medvetslös. Jack började så småningom att drömma, drömmar om att han hoppade fallskärm. Han seglade nedåt mot landningscirkeln där Tom och Billy hojtade skämtsamt och viftade med armarna:

– Du ser ut som en rugguggla! De hånade och skrattade åt honom.

Han landade emellertid snyggt och började dra in linorna till skärmen. Plötsligt var det något som höll emot och drog åt andra hållet. Han blev irriterad.

– Vafan, sa han högt och yrvaket.

– Mamma, mamma, pappa svärde, utropade Sara och tittade på Maja, som satt med ryggen mot sänggaveln och fnissade. Elin var nu på väg upp på ryggen på sin pappa. Sara fortsatte att försöka dra av honom täcket som Jack i sin sömn försökt hålla emot.

– God morgon min älskling, sa Maja och drämde till honom med kudden.

Efter stoj och lek i dubbelsängen, så blev det frukost med Nalle Puh-kex och sylt till flickorna. Mycket kaffe till Jack. Maja visste att stekt ägg och bacon gjorde humöret gott hos sin man, så det var klart att hon lagade det. När hon la upp maten på deras tallrikar, påminde hon Jack om, att han måste ta ett litet samtal med flickorna senare och berätta, att han skulle resa iväg på ett äventyr i sjumilaskogen. Maja var ledig idag och resten av veckan, men hon hade backupp på kvällsjouren fram till helgen. Jack och Maja klädde på ungarna efter frukosten och gick ut till bilen i en hyfsat bra tid. Sara och Elin var på gott humör och satt och tisslade och tasslade i baksätet, Jack och Maja såg inte att de smusslade Nalle Puh-kex från frukosten ned i sina fickor.

Väl framme vid förskolan noterade Jack, att de inte var sena som vanligt. Maja kunde lugnt gå in utan att springa och lämna av barnen i lugn och ro. Det tog sin lilla tid ändå och Jack började fundera på sin resa på måndag till Ukraina. Han, Billy och Tom skulle flyga över Polen tillsammans med understödsteamet, bildörren öppnades plötsligt och Maja hoppade in.

– Sorry, det tog lite tid, sa hon och kastade håret bakåt när hon satte sig ned.

– Inga problem, sa Jack och startade bilen. Klockan var bara nio på morgonen och de hade lite tid för sig själva fram till lunch då barnen bara gjorde halvdagar när mamma och pappa var lediga. De svängde ut från Rörvikens förskola och tog Prinsgatan in mot centrum, sedan höger in på Kungsgatan.

– Jag tänkte ta en sväng förbi systemet innan vi far hem, sa Jack. Det öppnade inte förrän klockan 10, så de fick vänta en liten stund utanför.

Väl hemma och när varorna var sorterade, satte de sig tillsammans i den nästan överdimensionerade soffan framför glasväggen ut mot trädgården. Trädgrenarna där ute såg tunga ut med hängande, nästan tomma grenar som släppte sina orangea och gula löv till marken.

– Berätta, vad händer? sa Maja, hon gillade inte det här med resan.

Hon mindes bakåt hur det var förra gången efter placeringen i Afghanistan. Jack drog upp pläden över dem båda och lade nacken mot soffkanten.

– Vi tar flyget på måndag till Ukraina, han lade näsan i hennes hår, luktade och fortsatte. Vi far med två C-17 plan med alla grejerna, Archer och en understödsenhet med förnödenheter som mat, ammunition och sovplatser. Det är ytterligare tre till i personalen. En bonus är att alla tre är sjukvårdsutbildade, sa han och lade upp fötterna på soffbordet. Det blir totalt tre fordon.

– Får man veta vad ni ska göra? undrade Maja.

– Vi ska spränga bort robotsilos för Putin, sa Jack. Maja suckade, lite som en protest.

– Varför då? Det gör väl ingen skillnad, de finns ju överallt?

– Självklart vet vi det. Jack fortsatte, men nu med en ton av försvar i rösten. Zelensky har ju lyckats med en del räder på ryssarna som du säkert läst och hört om. En del av de ryska makthavarna, inklusive inhemsk press, har börjat att ifrågasätta kompetensen hos ryska armén. Ta det här med smällarna på Krimbron, den sänkta superbåten Moskva och attackerna på deras flygbaser. Jack satte sig upp och tittade på Maja.

– Men vi ska göra det ofattbara, vi ska attackera deras värsta vapen. Då tror vi att det blir en förändring. Putin tvingas att backa och resten av gänget i Kreml har fått en läxa. Det är inte säkert att våra mål uppfyller vad vi har tänkt oss, men detta är vad Zelensky har önskat och han tror på att han kan få ett andrum. Jack lutade sig bakåt igen och tillade:

– Jag misstänker också för egen del, att det är ett test för att prova en ny typ av Archer och framför allt, vår nya ammunition. Maja huttrade till och snodde pläden närmare sig.

– Det här blir värre än Afghanistan, sa hon tyst. Jack nickade i medhåll.

– Definitivt, svarade han och fortsatte. Där var vi mer en passiv vägg mellan oroshärdarna, här är vi synnerligen aktiva. De satt tysta och begrundade vad som sagts. Utanför fönstren låg flickornas leksaker på trädäcket och påminde dem om tvillingarna.

– Vad säger man till två femåringar, du blir ju borta ett tag? sa Maja.

Jack suckade, han hade vid gårdagens resa hem i bilen suttit och begrundat just den fråga. Det var inte en riskfri resa han hade framför sig. I vissa stunder infann sig en ångest inför vad han i verkligheten skulle råka ut för. Maja och tvillingarna var ju hans trygghet, hans liv men å andra sidan hade han den parallella verkligheten som yrke.

– Det får bli en nödlögn, som vi får anpassa alternativt efter som, förekom Maja Jack. De har nog med sitt dagis och det lilla. Vid frukost imorgon berättar du, att du ska åka till jobbet i Stockholm och hjälpa en farbror med ett viktigt jobb. Hon tittade på honom.

– Det är ju förresten sant, sa hon och lyckades med att le.

Jack kände hur han slappnade av och sjönk tillbaka i soffan.

– Du är så … praktisk och rationell, sa han, vände sig mot henne och tittade på henne. Han strök över hennes kind och kände på något sätt att han fått uppskov från en slags skuld. Maja satte sig plötsligt upp över honom i soffan, med benen på var sida om hans. Hon böjde sig fram och tog Jacks huvud i sina händer. Hon kysste honom, lätt först och sedan mer uppfordrande. Jack lät huvudet sjunka bakåt ned i soffryggen. Maja kände sig lite desperat när hon insåg att tiden höll på att rinna ut, att den gled henne ur händerna, för om några dagar skulle Jack vara borta. Maja svankade bakåt med ryggen, drog av sig tröjan på överkroppen, hon vill ha Jacks varma stora händer nu, något att minnas vid. Jack kvicknade till och höll henne om höften, nafsade henne lätt på brösten med läpparna som hon oblygt förevisat honom.

– Hinner vi? sa han lite andfådd.

– Absolut, viskade Maja och strök honom i nacken med båda händerna, tryckte honom mot sig.

30.

Krister satt i telefon och såg sig samtidigt omkring i rummet. Han kände sig nöjd med uppfräschningen av kontoret på Drottninggatan. Det var visserligen fortfarande rörigt med tavlor på golvet och kontorsmateriel som stod fel eller inte var inkopplade. Han vred sig om mot dörren med luren vid örat och såg att Sigrid var på väg in med kappan uppknäppt och handskarna i handen.

– Du, kan jag ringa tillbaka lite senare? sa han och avslutade samtalet.

– Sigrid, kan du komma in till mig om fem minuter? ropade han in mot hennes kontorsrum.

Sigrid stannade upp mitt i rörelsen med kappan på halv stång. Oj, tänkte hon, nu kommer det.

– Ett ögonblick bara, ropade hon tillbaka. Hon förstod att det måste handla om Petri. Han hade efter ett tag hört av sig igen, bett om ursäkt för sitt tidigare utbrott och sagt att han låg sjuk i Covid. Hon hade glömt sin ilska och istället blivit orolig. Då hade han lugnat henne och sagt att han mådde förhållandevis bra. Hon älskade hans röst i telefon, hans lite sexiga brytning från Lettland. Hon ville se honom, men kunde inte gå hem till honom på grund av smittorisken. Hon visste inte heller var han bodde kom hon sedan på. Till sist hade Petri klämt ur sig vad han tänkte om att de väntade ett barn tillsammans. Han var inte redo för att bli pappa just nu, sagt att det nu blev för mycket och sagt hej då. Sigrid satt där då med luren i handen och försökte förstå vad som hände.

Hon hängde upp kappan i sin garderob och gick in till statsministern.

Statsministern pekade på en stol när hon kom in och satte sig ned med benen i kors.

Hon observerade att gardinerna hade kommit upp.

– Snyggt, sa hon och nickade mot fönstren. Statsministern lutade sig bakåt, satte fingertopparna mot varandra och såg upp över glasögonbågarna.

– Jag hoppas att du hann med lunch med din mor i lugn och ro, jag vill inte att Sigrid stressar. Hon ska räcka länge, och så log han som han tyckte, faderligt mot henne.

– Har du träffat och umgåtts med Petri? fortsatte han.

Här förstod Sigrid att hon kunde göra ett val, hon bestämde sig snabbt.

– Nej, men jag har observerat att han inte har synts till på ett tag, sa hon. Statsministern svarade:

– Han har ringt in och sjukanmält sig för Covid, min fråga är om du har träffat honom nyligen och testat dig för Covid?

– Nej, det var ett bra tag sedan jag såg honom här på kontoret, men jag ska givetvis testa mig. Sigrid tänkte på vad Petri sagt i telefon om Covid och blev orolig för barnet. Krister märkte att Sigrid fick något bekymmersamt i ögat och tänkte att nu höll det på att gå för långt.

– Såja nu ska vi inte skrämma upp oss, sa han och fortsatte: Petri blir väl borta ett tag, men jag blir tvungen att rekvirera en ny chaufför. Han började samla ihop lite papper på skrivbordet och Sigrid förstod att hon skulle gå. När hon hade gått, satt statsministern kvar en stund och funderade och ringde sedan upp Philip.

– Jag vill bli kopplad till Philip Berzelius, sa han. Han fick vänta ett tag men sedan hörde han Philips normalt lite kyliga stämma.

– Philip här.

– Min chaufför kan vara smittad av Covid, jag rekommenderar att ni vid ett tillfälle testar er uppe på Must och att ni ser till att vår grupp testas innan de flyger från Luleå. Philip tackade för varningen och sa adjö.

Sigrid tog svängen förbi köket när hon gick tillbaka och satte på vatten till en kopp te. När hon slamrade med kopparna i skåpen fick hon lite dåligt samvete. Det hade först inte känts rätt att ljuga om sina möten med Petri för statsministern, men ju mer hon tänkte på det, så kändes det rätt.

Hon beslöt att hon skulle försöka få tag i Petri själv. Om hon skulle behålla barnet eller inte var ju en privat och gemensam fråga. Hon tog sin varma kopp och gick tillbaka till sitt kontor.

Hennes Apple Watch blippade till, hon har fått ett SMS.

31.

Nikita Narysjkin, hade fått en del att tänka på efter det senaste mötet med Putin. Ordförande för Rysslands säkerhetsråd, Nikolaj Patrusjev, hade på utrikesminister Lavrovs förfrågan inte sett helt sanningsenlig ut när han hade svarat honom. Nikita tyckte att Putins sätt att hantera dagsläget började bli svårtolkat. Han hade hört ryktesvis att Putin gick på starka mediciner, men visste inte sanningshalten i detta. Vad värre var, det ryktades om en maktkamp mellan försvarsminister Sjojgu och oligarken Jevgenij, ledaren för Wagnergruppen. Men han tyckte att han hade viktigare saker i närtid att fundera över. Han måste få ut Vasilev Aronov från Sverige, så att han kunde bli förhörd. Att förhöra honom i Sverige var otänkbart, då personalen på ambassaden inte hade SVR:s specialkompetens.

På hans skrivbord låg ett nyinkommet dokument om Finland. I den fanns uppgifter om att aktiviteter med markprospektering utmed finskryska gränsen hade satts i gång. Finska och svenska företagsloggor hade setts på entreprenadmaskiner i östra Finland och Nikita var konfunderad över detta. Godkännandet av Sveriges och Finlands Nato Ansökningar, skulle ju dröja länge än vad han förstod. Erdoğan skulle fortsätta att obstruera på Putins order, det var Nikita helt övertygad om. Han funderade en stund innan han lyfte på telefonluren och bad om en skyddad telefonlinje till Stockholm, han satte sig bekvämare och väntade.

Han blev sittande så en stund och försökte under tiden organisera sina tankar. De bägge häktade informatörerna eller spionerna, om man nu skulle vara ärlig, hade blivit lagförda och dömda. Samtidigt hade rättegången för svenskarnas del blivit en pinsam historia, det hade påvisats hur naiv svensk säkerhetspolis kan vara.

Deras hämnd på ryssarna hade blivit livstid respektive tio år för de inblandade. Nikita var glad att Vasilev, själva kärnan, inte var häktad ännu. De hade ännu en chans att få tag i honom och klämma ut det sista ur honom.

– Ja, Viktor här, svarade Viktor Tatarintsev plötsligt och väckte honom ur funderandet.

– Goddag herr ambassadör, sa Nikita och lutade sig bakåt i den knarrande kontorsstolen.

– Du blev väl inte förvånad över att jag hörde av mig?

– Knappast, men vi kan inte ta något på telefon, du får snart diplomatpost, svarade Viktor och avbröt sedan samtalet.

Nikita satt kvar med en tyst telefonlur i handen och kände sig dum. Detta borde han begripit själv, att inte rusa iväg som en unge. Han smällde irriterat luren på bordstelefonen med en smäll. Ambassadör Viktor Tatarintsev satt i andra änden och stirrade på telefonen han nyss hade lagt på, han var i bryderi. Inte likt Nikita att rusa i väg på detta vis. Men han förstod samtidigt, att Moskva undrade vart Vasilev hade tagit vägen.

Via en mellanhand visste Viktor, att Vasilev på något sätt hade listat ut att svenskarna höll på med något i ett litet samhälle i norra Sverige, Boden och farit dit. Men sedan hade han inte hört av sig. Det var oroligt på ryska ambassaden i Sverige, man misstänkte att svenskarna fått tag i Vasilev. Om det förhöll sig så, skulle än mer genant diplomati vara i görande. Inte bra, men det var bara att avvakta.

32.

Det var måndag kväll och full aktivitet på F21. Det var ett lätt regndis med glittrande droppar som speglade sig mot strålkastarna. De hängde som smycken på stängsel eller flöt ut som små sjöar på den svarta asfalten.

Två Globemaster C-17, inlånade från USA, stod som två valar med bakportarna öppna, det rådde full aktivitet med att lasta. Planen var tankade och lastningen skulle snart vara avklarad. Jack stod med sitt manskap tillsammans med den övriga gruppen och övervakade det hela, mest för deras egen nyfikenhets skull. Alla visste innerst inne att de som embarkerade flygplanen var proffs och snart var det dags att själva gå ombord.

En bekräftelse på detta var att en figur kom gåendes emot gruppen. Det visade sig att det var den lastansvarige som meddelade att tiden var minus 30 minuter. Han gjorde honnör och avgick mot expeditionen, de följde efter.

Engelbrekt satt i vanlig ordning med en cigarr i mungipan och bolmade och sa:

– Jaha, alla lediga. Han sög in ett nytt rökmoln. Har alla lämnat sina brev till anhöriga? Han fick ett unisont ”ja, general” som svar. Då fortsatte han:

– Jag kan vidare meddela att vi har amerikanerna med oss. NASA har fått våra koder och de vet om vår uppgift och kommer med en viss förtjusning att följa oss på färden. Enda smolken i bägaren för dem är att det var vår idé från början. Han skrattade gott åt detta och fortsatte:

– Vi har till slut nu fått våra preliminära geopunkter på vår färdväg, men jag har väntat på att lämna ut dem för att minska risken för obehörig påverkan. Jack har fått dessa nu under dagen, Jack nickade som bekräftelse på detta.

– Okej vänner, innan det är dags att utgå så ska alla ta en Covid-spruta, sa Engelbrekt och körde fimpen i ett ölglas.

Ute var det nu annorlunda, det var fortfarande fuktig dimma, men det var mörkare då all onödig belysning var släckt. Bakgaveln på planen var fortfarande öppen och grönt ledljus mötte soldaterna för att föra dem på rätt väg. Jack tog sin grupp uppför rampen, motorerna var på och det var ett våldsamt oväsen.

Med hjälp av internkommunikationen, så hamnade alla på rätt plats. Hydrauliken surrade när bakgaveln sedan höjdes och stängdes. En lätt vibration kändes genom planet. Det kändes på sitsarna när varvtalet ökade på motorerna, de ökades ytterligare och kände när bromsarna släppte, då de började taxa ut. Billy klappade Jack på armen och frågade:

– Du glömde väl inte att ta med det extra kanonröret till Archer?

Jack svarade och samtidigt skakade han på huvudet:

– Nej, det är det långa ”avloppsröret” som du sitter på och pekar ned mellan benen.

Alla skrymslen inne i planet var ockuperade med förnödenheter, så en del sittplatser för manskap hade fått sin speciella karaktär av det skälet.

Alla visste att de bara hade detta fönster in i Ukraina och bara ett ut ur Polen, så inget fick glömmas. Allt skulle in och ut enligt en detaljerad plan för att på så sätt försöka undvika Putins ögon. De lyfte och gick snabbt upp på åtta tusen meter.

På Radio Västerbotten/Norrbotten hade man under gångna veckan meddelat i massmedia, att det var förhöjd flygaktivitet under måndagskvällen på grund av att Jas Gripen skulle nattöva över Västerbotten och Norrbotten. Radiomeddelandet skulle informera om, att det var den årliga övningen och därmed förhoppningsvis minska människors oro, att det inte hade något med världsläget att göra. Tom tänkte att folket skulle bara veta om den sprängkraft, stor som en liten atombomb flög över deras huvuden. Han skakade för sig själv på huvudet åt detta, drog upp huvan på sin hoodie och somnade efter ett tag. Billy tittade på Jack och nickade mot Tom. Jack gäspade övertydligt, klappade med handen demonstrativt över munnen och lade igen ögonen han också.

Billy satt ensam kvar och tittade, han hade aldrig kunnat somna på ett flyg, inte ens på fylleresa till Manchester för att se på fotboll.

33.

Philip Berzelius koncentrerade sig. Han behövde tänka och det gjorde han bäst när han satt i sin soffa på Döbelns gränd i Gamla stan. Huset i sig självt, var ett arvegods efter hans far. Hans takvåning bjöd på mycket ljus och en behagligt tyst atmosfär och en väl avvägd blandning av gammalt och nytt. För något år sedan lät han helrenovera lägenheten med fönsterbyte, en pansardörr och skjutbana med en längd på 30 meter. Huset var förvisso K-märkt, men efter en donation till Nationalmuseum, hade det löst sig med det.

Skjutbanan i lägenheten hade han fått Must att betala med ett så kallat ”slaskkonto” detta för att få de specifika krav han ställde på ett komfortabelt boende. Arbetsmiljö är ju viktigt i Sverige och han var ju socialdemokrat.

I sitt jobb på Must hade han tagit sig vissa friheter. Ett var att ta med sig sekretessbelagda arbeten hem. Att sitta hemma i lugn och ro och att ha tillgång till världen globalt, var ett måste för honom. Philip var i bryderier angående de lagförda ryska spionerna, hur detta spioneri kunde ha utvecklats under så lång tid som under 10 år. Philip såg detta som sitt eget misslyckande och var nu besatt av att vända den lilla rest av värdighet han hade kvar, till något som kunde slå tillbaka direkt på Putin. När det uppdagats, att jägarna från Boden ej hade varit ensamma i Markajärkti några veckor tidigare, hade han även tagit den upplysningen som ett eget misslyckande som spätt på de övriga.

Att han nyligen hade varit i Ryssland som Börje, utan att ha blivit röjd, såg han nu i efterhand som ren tur, samtidigt som ett bevis på att FSB var lika misskött som Rysslands krigsmakt för övrigt. Korruptionen hade tagit en stor kaka av det ryska samväldet och skickat det i botten. Men sedan dök det upp, som nu, en särskild händelse i Sverige. Must hade åkt dit med byxorna nere.

Philip gick ut i köket och gjorde en espresso, han passade på att sätta på diskmaskinen. Han stod vid köksbänken och tittade ut genom köksfönstret ner mot Skeppsbron.

Philip väntade på att hans gamla mor, som nu snart skulle fylla åttiofyra år, skulle ringa och önska att de skulle ta en promenad ute i det vackra vädret. Han skänkte sin mor en varm tanke samtidigt som han drog upp persiennerna. Efter händelsen i Boden hade han begärt in kvittot som suttit i kortläsaren vid bränslepumpen, det som ryssen slarvigt låtit sitta kvar. I Ryssland är det mesta till salu om man bara vet var man ska leta. I Moskva, vid Kafé Pikasol, finns det en marknad som precis som i Sverige säljer mat, kläder, prylar och stulna registerutdrag. Ett eget kapitalistiskt system i symbios med det statliga, där allt finns till salu.

En rolig detalj nu i sammanhanget, tyckte Philip, var att Sberbank Rossii, inte ligger många kvarter från Pikasol. Från sitt eget privata nätverk i Moskva, hade Philip beställt filer från ryska motsvarigheten till svenska Skatteverket på en person som hette Vasilev Aronov. Efter fjorton dagar hade han fått en USB-sticka i ett omärkt kuvert till sin postbox på Folkungagatan.

Must har hela tiden bevakning på ryska ambassaden i Stockholm. Philip hade, efter ett letande i alla register, kommit fram till att en anställd på ambassaden som hette Vasilev Aronov, hade ett svenskt körkort. Körkortsbilden hade givit vid handen att det tillhörde en man som liknade Petri Kuznetsov, statsministerns chaufför. Sambandet hade snart klarnat. När Must senare gjorde besök på statsministerns kontor, detta i sken som en uppföljning av den vanliga säkerhetsprövningen, kom man i samtal med statsministerns sekreterare Sigrid.

Sigrid hade då visat sig vara en intressant person. När Petris namn kom upp i en något av Philip tillrättalagd diskussion, så visade det sig att hon vid flera tillfällen hade ätit lunch med Petri. I den samtalston som fördes, misstänkte Philip, att det var något mer än lunch som rådde mellan Petri och Sigrid. Sigrid beskrev Petri som en glad och charmig person, men som tyvärr hade insjuknat i Corona och låg hemma och var sjuk.

Philip ställde ifrån sig sin kaffekopp på köksbänken, gick in till soffbordet och slog upp sin laptop. Han öppnade Musts utredning och sammanfattning av samtalet med Sigrid och läste vidare. SMS-trafik hade under en längre tid skett mellan Sigrid och chauffören med ett svenskt mobilnummer, det betalades av ett konto med ett rysk IBAN-nummer. Märkligt tänkte Philip, var inte det ryska IBAN med i sanktionerna? Men å andra sidan om Sigrids och ryssens kontakt pågått under en längre tid, så kanske det inte har kommit med i sanktionen. Eller så var inte detta konto viktigt nog. Telefonen ringde, Philip tog mobilen och svarade.

– Philip Berzelius.

– Hej Philip gubben min Har du tittat ut idag, ett så fantastiskt väder, kuttrade Gunhild.

– Hej mor, vad sägs om lunch på Frantzén om en timme och en stilla promenad hem så långt du orkar sedan? svarade Philip. Han hade varit förberedd på samtalet.

– Oh, det låter gott min pojke, då ska jag säga till fru Nilsson att hon kan ta dagens kycklingsoppa till imorgon istället. Jag har kappan på om en timme. Jag vill inte bli hämtad i den där hemska sportbilen, ta pappas Bentley i stället. Du har väl inte sålt den, hoppas jag? sa Gunhild.

Philip tittade i taket. Den gamla bilen från 1974 stod kvar i källargaraget och kostade en mindre förmögenhet i P-avgifter.

– Nej mor vi säger så, kappan på om en timme, sa han och avslutade samtalet.

Philip hade fått en idé precis innan hans mor ringde. Han hade bokat bord på Restaurang Frantzén till lunch, för att med lite tur, så skulle de stöta på Sigrid och hennes mor där. Sedan måste en aktion mot Vasilev Aronov alias Petri Kuznetsov planeras. Philip förmodade att ryssens boende var under namnet Petri Kuznetsov och det svenska aliaset troligen var för post och annat utskick. Han tillbringade resterande timmen till att leta och fann till slut postboxen dit Petris körkort hade skickats, han häpnade då och log åt detta avslöjande. Vasilevs postbox låg på Folkungagatan, precis som hans egen.

34.

FSB-chefen Alexander Bortnikov var nöjd, i hans värld var nöjdhet ett unikum för välmående, men något sällsynt på Lubjankatorget. Med dagens post hade han fått ett dokument från Sverige. Han bröt sigillet, sköt ned sina glasögon på näsan, lutade kontorsstolen i viloläge och läste:

”Kamrat, vi har här följt den svenska rättvisans absurditet och tillskansat oss två förluster av tre möjliga. Vi har dock en man kvar i spelläge och efter kontroll, finner vi ingen skugga som faller över honom. Covid har spelat oss i händerna på ett positivt sätt och hans rörlighet är fullt disponibel. Emellertid har det visat sig att Must har visat intresse för personal på svenska statsministerns kontor. Med detta i åtanke, måste vi nu under en kort tid maximera vår egen insats, innan vi löper risken att förlora även honom.

Angående händelserna i norra Sverige som ej informerats oss på ett korrekt sätt, så ämnar vi skicka tillbaka Vasilev Aronov till Boden och sedan över till finska sidan, för vidare transport till Sankt Petersburg. Vi har noterat rörelse vid finska gränsen mot oss med svensk handräckning och vi vill också undersöka hur i Natos intresse detta spelar en roll. Nikita Narysjkin har kopia på detta brev. /Viktor”

Alexander lade ifrån brevet på skrivbordet, drog ut den vänstra skrivbordslådan och tog sitt paket Marlboro, tände och sög girigt på en cigarett. När det blå rökmolnet hade nått taket, hade han hunnit att gå ett varv runt rummet. Han stannade framför fönstret och tittade oseende ut i djupa tankar. Han sammanfattade skrivelsen som sammantaget positiv, att Vasilev på något sätt hållit sig under svenskarnas radar och kanske får möjlighet att kontakta ambassaden. Han tyckte inte om Viktors brevkopia till Narysjkin, det skulle göra att hans vidare handling och beslut stod under bevakning av utrikesavdelningen.

Han vände sig om och gick tillbaka till skrivbordet och satte sig ned igen, drog ut nedersta lådan till höger och lade upp fötterna på dess kant och funderade vidare. FSB som han representerade var av Putins gamla skola, med kära hantlangare ända från tiden i Sankt Petersburg. Om detta hade skötts efter nuvarande författning, som det egentligen skulle ha gjort, så skulle läget varit tvärtom. SVR hade hand om utrikesavdelningen och Alexander hade hand om inhemsk information FSB. Nu var det på något konstigt sätt tvärtom.

Alexander började ana oråd på grund av detta för sin egen del. Skulle det vara så att Putin hade någon form av maktspel med Nikita Narysjkin på SVR och fått med sig ambassadören i Sverige mot honom Alexander? Detta tåldes att tänka på.

– Jävla Viktor, sa han högt och fimpade cigaretten hårt i blomfatet på skrivbordet.

Alexander bestämde sig för att begära ett möte hos presidenten för att informera sig om läget, de var ju ändå gamla kollegor.

35.

Det sprakade till i internkommunikationen.

– Femton minuter till landning.

Efter mellanlandning i Stockholm och extra lastning med fika, så hade alla intagit sina positioner igen och Tom hade sovit vidare. Den extra lastningen var viktig.

Radaranläggningen Arthur var en viktig del av Archer, själva ögat och hjärnan. Det sades att Arthur kunde se en euro på femton mils avstånd. Den var monterad på Hägglunds bandvagn BV 208 och nu var den med. För att minska tid och exponering, så var det bestämt att de skulle lufttanka vid passagen över Polen.

Den enda som märkte av detta var Billy, då rytmen i flygningen blev annorlunda och ljudet vid tillfället påminde Billy om när han försökte lufta elementen hemma hos sin mor. Billy skänkte henne en tanke, hon var nu riktigt dålig i Covid och det var jobbigt att lämna henne ensam.

Ingen kunde se ut ur planet men av ändrade motorljud, så förstod alla att inflygningen hade börjat, det var dags för säkerhetskontroll av last och mannar. Bill sparkade till Tom lätt på kängan och Tom lyfte på ena ögat och gjorde ett tecken tillbaka.

– Jag är vaken, sa han och gäspade.

Klockan var nu 03.12 och planen landade mjukt efter varandra på Lvivs flygplats i Ukraina. I Lviv skulle gruppen stanna i ett dygn för att invänta nästa natt och samtidigt nyttja väntan med att byta kanonröret på Archer, till den grövre sorten. Detta på grund av att under de två sista dygnen, så hade Putin skruvat upp det politiska läget med hot om kärnvapen. Rysslands utrikesminister Lavrov hade suttit i rysk TV med den stora offerkoftan på och beklagat sig över att Ryssland var trängda av västmakternas vapenleveranser till Ukraina. För Jacks mannar handlade det nu i första hand om, att slå ut en av Rysslands distansrobotar i sin silo, för att skapa oreda för Putin. Putin skulle dra i handbromsen och ge tid för eftertanke.

De båda stora C-17 planen taxade bort från landningsbanan och ställdes i mörker bakom ett komplex av hangarer. En ukrainsk styrka bildade skydd för flygplanen och ett befäl visade den svenska gruppen inklusive besättning natthärbärge inne på flygområdet. Under natten byttes kanonröret till det grövre på Archer med hjälp av en mobil travers och Jack blev imponerad av effektiviteten och smidigheten i samspelet med ukrainska tekniker.

Klockan led mot 05.00 och svenskarna hamnade till slut i säng. Jack försökte koppla av men hade svårt för detta och efter ett tag satte han sig i köket med en kopp kaffe för att varva ned. Det enda han såg där han satt och tittade ut genom det skitiga fönstret, var en vägg i korrugerad plåt som sakta blev ljusare av morgonsolen. En fågel började sjunga, han fick ge sig till slut och gick och lade sig.

Senare vid frukost så blev det tillfälle att återförenas med underhållsgruppen som inkluderade radaranläggningen Arthur. Under trevligt tjafs, så kunde gruppen glira med varandra om varandras kompetens och man bytte tankar, strategier och man läste kartor. Jack ringde till Must och fick det sista om ryssarnas posteringar och ytterligare GPS-punkter att se upp med.

Jack samlade gruppen för att gå en inspektionsrunda sent på eftermiddagen och för att se hur slutmonteringen på Archer hade gått. De kom fram till flygplanen samtidigt som den sista inlastningen höll på att avslutas och lastsäkras. Jack tittade upp mot himlen, den hade börjat att ändra färg och vinden hade ökat något. Tom och Billy skickades till flygtornet för att få nästa dygns väderlek. Det blev sen middag för att man ville ha en välfylld mage att flyga på. Vid middagen blev det en annan stämning, det var nu krigstillstånd och tonen var helt annan. Jack ställde sig upp och begärde tystnad.

– Jag vill nu att icke militär personal lämnar rummet, sa han sedan.

När civilisterna hade gått, så var det bara den svenska gruppen och piloterna kvar. Jack gick fram till kortsidan av rummet där alla kunde se honom och fortsatte med sin genomgång.

– Vi har fått klartecken från det ukrainska luftfartsverket, att landningsbanan i Poltava är reparerad efter de sista ryska bombningarna och går att användas. Landningsbanan är ganska kort för våra flygplan, så det blir en brysk och tvär landning, men myndigheten har lagt nytt toppskikt på banan och lovar att den står pall för planens tvärnit. Vi kommer att lyfta härifrån med transpondrarna avslagna och vi flyger på låg höjd hela resan. Ukrainska luftvärnet har från Sverige fått den nya typen av Patriot GEM-T, som nu ska vara placerade på marken efter vår rutt, detta som skydd för oss om vi blir upptäckta av ryskt flyg. Vi landar tre timmar efter vår start och avlastning sker skyndsamt med flygmotorer påslagna hela tiden.

Jack gick till kökskranen och spolade kallt vatten i ett glas som han svepte i ett drag och fortsatte sedan, han var torr i halsen märkte han.

– Jag har här flera bilder på hur det ser ut på flygplatsen, så ni kan se själva lite om hur det ser ut. Han avbröt sig och delade ut dem och fortsatte sedan.

– Det finns inga hangarer i den storleksordningen som duger åt oss, så vårt flyg startar och återvänder till Polen med en gång. Vi lyfter klockan 02.30 och vi ses vid planen minus 30 minuter. Vi vilar nu och glöm inte att gå på toan! Jack log när han sa det sista.

Bill kom släntrandes fram med en kaffemugg.

– Hur är det chefen, lite som Afghanistan va? Jack vände sig mot honom och svarade:

– Nja, detta har känslan av något större, jag menar … han tystnade och tänkte efter.

– Det är mycket mer som gäller denna gång och det känns som vi har större påverkan på en betydligt kortare tid. Du vet, vi hoppar fram och ropar bu, slår till och försvinner lika snabbt.

– Du förresten, kan du och Tom be att alla plockar ur sina SIM-kort ur telefonerna när vi bordar i natt?

– Aj aj kapten, sa Billy med en slarvig honnör. Inga problem men Tom snarkar väl redan vid det här laget.

36.

Restaurang Frantzén hade blivit Sigrids favorit, dels för att hennes familj stadigt frekventerade stället på söndagarna och för att hon ofta ätit där tillsammans med Petri.

Det var en gåta för henne, hur en chaufför kunnat klara denna uppgradering av matställe från Max Hamburgare till denna ekonomiska nivå. Hon såg det som ett av Petris många sätt att visa sin kärlek till henne. Den öppna miljön på Frantzén och insynen till restaurangens tillredning av mat, tillsammans med den sobra kanske lite hårda inredningen, var för Sigrid det som gav henne känslan av lugn och hemtrevlig känsla.

Sigrid var sen idag. Det tog mycket tid för henne att följa med Krister på alla möten och det resulterade att lunchen kunde förskjutas en timme fram eller tillbaka. Sigrid satt nu vid sitt bord och begrundade sitt glas med vitt vin. Hon hade bestämt sig för att ta ledigt resten av fredagen i tidskompensation.

Ett sms från Petri på förmiddagen, efter mötet med Krister, hade givit vid handen att han verkat ångerfull i sitt korta uttryck i telefon sist. Han hade nu en önskan om ett möte. Glatt hade hon svarat att de kunde ses på det gamla favoritstället och han hade accepterat med en glad emoji. Molly kom fram och frågade om det var för två eller en person som lunchen gällde.

– För två, svarade Sigrid med ett leende.

– Då avvaktar vi tills din gäst kommer, sa Molly och gick vidare.

Sigrid tittade ned på sin Gucci Diamantissima som hon fått av sin far när hon fick tjänsten hos statsministern. Den var helsvart med guldoblate och diamantinfattningar. När Sigrid ville vara riktigt fin tog hon på sig den klockan, den gav ett vackert intryck på hennes arm och hon kände sig syndigt lyxig. Hennes andra klocka, en AppleWatch, var lite mer för arbete och fick vara kvar hemma. Klockan var nu 13.15. Om en liten stund skulle Petri komma. Så kom Petri in och hängde av sig i foajén, tittade sig i spegeln, körde handen genom håret och drog till sin slipsknut ordentligt. Sigrid observerade honom hela tiden. Han hade magrat såg hon, stackaren fyllde inte ut kostymen. Petri upptäckte henne och sken upp samtidigt som han gick mot hennes bord, drog ut stolen och satte sig ner.

– Hej min sköna, det var länge sedan, sa han och liksom sjönk ihop som om han hade kommit i mål efter en lång resa. Sigrid sträckte ömt ut sina bägge händer och tog hans i sina.

– Älskling, du ser helt förstörd ut, hur mår du?

– Tack för det, sa han och log snett. Men jag har precis blivit frisk från Corona, ljög han.

Molly kom och tog beställningarna. Det blev oxrullader med en soppa till förrätt.

– Vatten först och sedan ett rödvin i mellanklassen, sa Sigrid och tittade på Petri som nickade instämmande.

Petri böjde sig fram, lade armbågarna på bordet och visste inte riktigt hur han skulle börja. Han var förälskad i Sigrid och inombords hade han först blivit glad över det väntade barnet. Efter denna eufori av den första lyckokänslan hade han blivit riktigt rädd och reagerat negativt på Sigrids försök till närmanden. Han hade då fått en känsla, att befinna sig i ingenmansland mellan kärleken och sin arbetsgivare på FSB, eller om en poet skulle ha uttryckt det: mellan dåtid och framtiden. Hans sinne och tankar fastnade i en tillbakablick där han satt vid bordet.

I hela sitt liv, från barn fram till nu, hade han inte haft ett liv som han själv fått välja. Han var en nadjint, en horunge. Han blev född utomäktenskapligt som Vasilev vid floden Jenisejs västra strand i en by som hette Yartsevo. Modern och hans mormor hade inte kunnat behålla honom på grund av att de levde i extrem fattigdom. Han hade till slut hamnat i ett barnhem, då inte myndigheterna ville ha några gatubarn. På barnhemmet hade man uppmärksammat honom som en klok liten pojke och att han var street smart, han klarade sig alltid.

Vid flera tillfällen hade personalen sett honom klara av äldre pojkar, när han gick i något som kunde liknas vid folkskola. Han blev heller aldrig påkommen med stöld vilkct var ovanligt. Dct cnda som husmor hade funderat över, hade Petri förstått, var att han aldrig frågat efter sin mor eller varifrån han kom. Hon hade frågat honom om det, han mindes hennes försiktiga frågor om detta. Under olika omständigheter, kom han vid femton år i kontakt med regionens polismästare i Yartsevo som då brukligt hade kontakt med FSB. Major Travtjenko kom på detta sätt, att bli den unge Vasilev Aronovs mentor, utbildare och fadersfigur. När Vasilev var i tjugoårsåldern blev han skickad till FSB:s kontor i Riga som student och blev utbildad till underrättelseofficer. Där var han sedan tio år innan han kom till Sverige.

I Sverige fick han jobb efter många om och men på ett limousineföretag i Stockholm, tack vare fina, men falska referenser utställda från FSB.

– Jaha, sa Sigrid, lite otåligt uppfordrande. Väntar du på någon mer innan du ska börja prata?

Hon log retfullt mot Petri och trevade under bordet med ett ben mellan hans. Molly hade observerat paret vid bordet och fattat intresse. Hon tog en handduk och ett glas och började förstrött putsa detta. Hon tyckte att det var ett omaka par och förstod att återstoden av middagen kunde bli intressant. Hon med dyr klocka och han i en för stor kostym, säkert från Dressman.

Det slog i ytterdörren, ja ha och här kommer grevinnan och betjänten, såg hon när en äldre dam ledsagades av en man genom restaurangen. Hon hängde upp vinglaset, tog sitt proffsiga leende och gick dem till mötes.

– Men välkommen Gunhild, det var inte igår, sa hon med ett inställsamt leende. De kindpussades. Molly ledsagade Gunhild och Philip Berzelius till ett bord lite diskret åt sidan.

– Och sonen har du med dig, kuttrade Molly och förärade Philip ett blixtrande leende. Gunhild såg roat på, passa dig min son tänkte hon.

Molly tände ett bordsljus och ställde frågan om vad som önskades att äta. Menyn var helt överflödig. Efter några minuter var saken avgjord och hon försvann bort till köket för att lägga beställningen. Under tiden hade

Philip förstrött sett sig runt lokalen och uppmärksammat paret två bord bort. Det här blir intressant, mumlade han för sig själv lite högt. Gunhild som hört hans mummel sa:

– Ja, verkligen, men vår kära lilla Molly kan man nu lita på. Tänk jag minns när hon hade dukat fel med besticken då vi firade med prins Bertil. Han beställde hummer och Molly trodde man gröpte ur dem med en tesked. Gunhild skrattade vid minnet. Mor hör det hon vill höra, tänkte Philip roat. Petri gjorde tummen upp när deras mat kom in, hällde upp mer vin och höjde glaset till en skål.

– Till oss Sigrid, sa han och lade till:

– Till oss alla tre.

Sigrid förstod vad han ville ha sagt men inte hur han skulle lösa det.

– Skål, svarade hon emellertid och fortsatte:

– Jaha, kommer du tillbaka till oss på jobbet nu när du är frisk?

Petri fortsatte att äta och hon avvaktade hans svar. På vägen till Restaurang Frantzén hade Petri brottats med sin verklighet och hur det förhöll sig med det liv han nu levde och hur han hade levt tidigare. För sig själv hade han erkänt att hans världsbild höll på att falla samman, dels av hemlandets krig med Ukraina och omvärldens starka negativa reaktion på detta. Petri hade nu levt så länge i den fria världen, att han inte längre var opåverkbar.

Rysslands Stockholmsambassadör Viktor hade han i friskt minne. Viktor hade uppmanat honom att via Finland ta sig tillbaka till Ryssland när svenskarna hade häktat de bägge kamraterna. Det hade gjort honom orolig för att bli tvingad till krigstjänst, det ville han definitivt inte. Petri ville av hela sitt hjärta ta tag i den lycka som han nu hade på andra sidan av bordet.

– Det här var verkligen gott, bättre än den mat jag ätit på sistone, sa han för att säga något och tittade på Sigrid.

– Ny blus? nickade han ner mot hennes bröst. Sigrid blev generad.

– Men Petri, sa hon och rodnade och bägge skrattade.

Philip Berzelius, som satt två bord bort, tyckte det var intressant att en efterspanad spion satt och skrattade helt öppet på en av stans lyxrestauranger. Han torkade munnen med servetten och ursäktade sig för sin mor och reste sig upp, lade servetten jämte tallriken och gick mot det skrattande paret.

– Nej men se Sigrid, sa han med ett leende. Jag tyckte att jag kände igen dig! Sigrid hade sett honom komma och såg upp.

– Ursäkta, men jag är lite ställd, med vem har jag den äran? sa hon.

– Jag heter Philip och ska jag vara helt ärlig så är det din far jag känner på riktigt. Dig har jag tyvärr bara en flyktig kännedom om. Han fortsatte:

– Av ert unisont klingande härliga skratt, så kunde jag inte avhålla mig att åtminstone gå fram och hälsa på dig. Jag vill skicka en hälsning med dig till din mor från mig och min mor Gunhild, som sitter vid mitt bord. Han nickade mot Gunhild, log och bockade sig lätt. När Philip skulle gå tillbaka till sitt bord, så stoppade han sig i rörelsen som om av en händelse och frågade:

– Ditt sällskap, är det en kavaljer eller en släkting? Petri hade då vridit ansiktet åt Philips håll, tittade på honom och sa:

– Jag är hennes kusin från Göteborg på genomresa.

Petri vände sitt ansikte tillbaka mot Sigrid och Philip gick tillbaka till sitt bord. Philip såg inte minen Sigrid gav till Petri.

– Vad var det där? sa hon förvånat. Petri hade nu bestämt sig och sa:

– Kära Sigrid, vi måste prata, jag har så mycket som jag måste säga dig men jag kan inte göra det här. Sigrid fick tillbaka sin friska ansiktsfärg.

– Jag tycker vi tar kaffet hos mig, sa hon.

– Visst är det där Ingegerds dotter? sa Gunhild till Philip och vinkade till sig Molly.

– Kan vi få två kaffe och gott tilltugg till det? sa hon och fortsatte:

– Hon är en vacker flicka Philip, helt i din stil och pappan är ju justitieministern.

Philip suckade över hennes kommentar och tog fram sin mobil och skickade ett SMS till Jona Peltonen på Must. Han var helt säker nu på hur han skulle gå vidare med Petri alias Vasilev Aronov. Det märktes att lunchtiden var på väg att ta slut för de flesta och det började bli mindre folk i lokalen. Philip hoppades att någon från Must skulle hinna ta posto utanför restaurangen under tiden han tog sin ömma moder under armen och hjälpte henne på med kappan.

– Vi tar Bentleyn hem Philip, jag är för mätt för att gå, sa Gunhild.

37.

Poltava kändes inte som en trevlig plats, när de efter ytterligare några timmar korsat stora delar av Ukraina. Själva landningen var smått dramatisk efter att piloterna tvingats gå ned på en knappt flygsäker höjd. Detta för att kunna ta hela den korta landningsbanan i anspråk. Med full reversering på åtta flygmotorer, var gruppen tacksamma för sina hörselskydd. Då det var fråga om två stora C-17 Globemasterplan, så kunde bara landningen ske med ett plan i taget medan det andra låg på väntetid någon mil västerut.

Efter landning skulle man nyttja ankomstplatta H som låg i motsats till själva civila flygplatsen, detta för att senare kunna få en snabbare avfärd från själva flygplatsen. Nackdelen här var att platta H var avsedd för helikoptrar och var således mycket mindre i antal kvadratmeter. De kunde därför bara komma åt med ett plan åt gången och lasta av. Nu krävdes ett exceptionellt samarbete för att få ned tiden med planen på marken då flygplatsen stod under raketbeskjutning av ryssarna.

När bakre porten var nedsänkt, lastades surrat gods av med hjälp av truckar som kördes av ukrainsk militär, efter det körde Tom ut Archer.

Tom körde rakt mot H-plattans västra ände mellan två servicehallar tills asfalten tog slut och stannade där. Personal med truckar hjälpte då skyndsamt att ladda halva magasinet med superhydrofoniska AI-granater då dessa skulle användas först.

Dessa granater var helt okända för den svenska regeringen då Karl-Otto Engelbrekt inte velat ha någon diskussion om att ta dem till Ukraina. Enligt honom skulle dessa granater vara avgörande för en lyckad expedition. Det som var godkänt av regeringen att skicka till Ukraina var Excalibur, men Engelbrekt hade gjort en specialdeal med SAAB och Ericsson, då de hade utvecklat denna nya typ av hypersonisk AI-granat. Det var en svensk variant av den amerikanska GB-30. Att ta upp detta med svenska regeringen skulle bara leda till en massa tjafs och tidsspillan, tyckte Karl-Otto. Den andra hälften i magasinet laddas som vanligt med Excalibur.

Det tog sexton minuter att tömma planet och få ut det på startbanan igen och göra klart för start. Tio minuter senare landade C-17 nummer två på landningsbanan och allt gjordes om en gång till. Tjugofem minuter senare lyfte det andra planet mot himlen och försvann mot Polen och gruppen embarkerade då samtliga tre fordon.

De vinkade hejdå med full last och körde mot E40 österut. När de kom till samhället Lisne skulle de ta E105 mot ryska gränsen. Där låg den lilla byn Hoptivka, som skulle bli deras bas under aktionen. Den beräknade tiden till Lisne var cirka tjugofyra och en halv timme, denna beräkning var rent teoretisk, då ingen visste omständigheterna om att ta sig dit. Tom började med att ta första körningen av Volvon. Jack fick nu ned pulsen och började streama musik från sin Spotify-lista. Det blev ”Life on Mars” med David Bowie.

Dagen grydde med en röd rodnad på himlen och landskapet började sakta skönjas. De såg att ryssarna hade gått illa åt det mesta. Fläckvis var nästan allt raserat men det fanns öar med bebyggelse, som hade klarat sig ganska bra. Invånarna hade visat stor uppfinningsrikedom med sitt sätt att reparera sina hus och tvättiderna tycktes vara konstant då tvätt hängde överallt på tork. Den dåliga vägen var reparerad på många ställen och var ibland bara enfilig. Det gjorde att bandvagnen med radaranläggningen, endast med lite flyt, kunde hålla en någorlunda jämn fart i sjuttio kilometer. Jack satt och tänkte på Billy, den stackaren skulle köra den okomfortabla, bullrande och stötiga bandvagnen.

Över internkommunikationen bestämdes att de skulle ta en genväg förbi Charkiv på nordvästra sidan, detta för att söka skydd för matuppehåll och för att ha en överläggning om taktiken. Gryningen övergick till dag, det blev snabbt ljust ute och hotet från det ryska flyget blev alltmer överhängande. Billy och Lilly, som var operatörer på Arthur-anläggningen, hade fullt upp med att kontrollera alla aktiva signalprogram som var i gång.

Ukrainarna hade återtagit nuvarande landområde från ryssarna, så det var förhållandevis ganska lugnt intalade de sig. Lugnet kom av vetskapen i, att en hopsamlad rest av ukrainska soldater som ansvarade för luftvärn och artilleri fanns i regionen och de visste i sin tur att svenskarna var där de var nu. Ukrainarna hade upprättat kontakt med svenskarna och deras sambandsman skulle mötas vid Lisne. Jack var dock mer oroad än han ville visa. Skulle de bli upptäckta innan, så skulle de vara lätta mål som sittande ankor. De hade fel eldrör och fel ammunition på Archer för att kunna slå tillbaka mot ryskt flyg eller robotar. De var helt i ukrainarnas välvilja att skydda dem.

Efter ett tag plockade Jack fram kartor på området och fick sig en tankeställare. Fram till Lisne var sträckan ganska skyddad av skog, vilket gav bra visuellt skydd för upptäckt. Men efter Lisne såg Jack med förfäran att det var ett platt landskap med bara åkrar så långt ögat nådde. Instinktivt förstod han att de skulle bli tvingade att köra sista sträckan i mörker och måste stå stilla i skogen innan Lisne i väntan på skymningen.

– Tom jag ser att vi har fått problem, han slog med handen mot kartbladet och fortsatte. Sista biten går över de berömda ukrainska kornåkrarna. Tom tittade på honom.

– Och? sa han och tittade frågande på Jack.

– Vi måste uppmärksamma ukrainarna på det innan vi kommer till Lisne, vi behöver uppbackning av dem. Efter Lisne måste vi löpa gatlopp till vår destination dessutom i mörker och då är vi helt oskyddade. Svenskarnas konvoj skulle alltså köra utan yttre ljus. Med bara hjälp av nattkikare på hjälmarna skulle de se vägen och omgivningarna i grönt skimmer, det skulle fungera men var tröttsamt.

– Ta kontakt med dem och be om handräckning om vi skulle bli attackerade, sa Tom.

Senare i komradion med ukrainarna hörde Jack en röst med dålig engelska på en knastrande mottagning, säga att ukrainarna var under konfrontation med ryssarna öster om Charkiv. Det var ett pulserande dovt ljud i bakgrunden, men till slut kunde de avtala tid och plats för möte om cirka sju timmar.

38.

Sigrid tittade på Petri och funderade om inte en promenad tillsammans hem till lägenheten skulle vara trevligt. Att promenera tänkte hon, är en bra kombination om man ska prata, reda ut saker och umgås. De var i ett likaläge och skulle det falla i god jord, så vore det inte dumt med ett avslut i lägenheten.

Hon fick mysiga bilder i huvudet och log för sig själv åt dem.

– Vad ler du åt nu då? undrade Petri.

– Jag tänker på Herr Berzelius, att han är så gullig med sin mor, svarade Sigrid och fortsatte:

– Känner du som jag att vi är färdiga här?

Petri satte ifrån sig sin tomma kaffekopp och borstade diskret bort lite kaksmulor i knät.

– Jo, vad känner du för en promenad? Det skulle vara trevligt att gå och prata lite, sa han och såg på henne.

– Och sedan skulle jag vilja undersöka din vackra blus lite mer ingående. Sigrid slog till Petri lite lätt på handen.

– Din charmör, skrattade hon när hon vände sig om och tittade efter Molly.

– Sätter du upp detta på pappa? frågade hon Molly som gjorde tummen upp.

De tog sina ytterplagg och hjälptes åt med att få på dem. Det var kyligt ute och Sigrid drog halsduken lite hårdare om sig. Sigrid tittade på Petri, hon har aldrig tidigare sett honom med stickad mössa, kom hon på, det var oftast en skärmmössa. När de till sist kom ut på trottoaren, svängde de åt höger och började gå mot Gamla Brogatan, tog därifrån höger igen och fortsatte mot Hötorget.

– Du, Sigrid, började Petri. Han förstod nu att det var nu eller aldrig.

– Jag har en ganska speciell historia att berätta för dig och det kommer att ta en stund för dig att smälta.

Sigrid tittade förbryllat åt sidan på honom.

– Fortsätt, sa hon och de gick nu arm i arm.

– Jag kommer närmast från Riga som jag nog har nämnt för dig. Du har undrat över min brytning, men jag är från början född i Ryssland. Vad jag har förstått, är jag vad ni i Sverige ibland kallar för en oäkting, född utomäktenskapligt. Han tystnade, han hade känt en ryckning i Sigrids arm när han sa oäkting.

En svart Volkswagen Caravelle körde hastigt upp jämsides med Sigrid och Petri. Fyra män med balaklavor stod plötsligt omkring dem och en femte drog upp sidodörren på bilen.

– Hej Vasilev Aronov, sa han som stod närmast till Petri på engelska. Petri blev askgrå i ansiktet.

– Vi vill att du snällt följer med, fortsatte han som började att prata och pekade på dörröppningen. Två man föste Sigrid åt sidan och tog Petri under armarna och formligen lyfte in honom i bilen, dörren drogs igen och bilen accelererade i väg. Det hela hade tagit 20 sekunder. Chockad stod Sigrid ensam kvar med uppspärrade ögon.

I folkabussen satt Petri mellan två män, han var nu rädd och genomsvettig och han förstod inte hur ryssarna kunde ha förstått vilka planer han hade haft. Han fick en svart mössa över ögonen så att han inte kunde se, allt blev bara mörkt. Petri trodde att han skulle dö, man lekte inte med Viktor på ryska ambassaden.

Det var tyst i bilen, det enda han hörde var tickandet vid övergångsställen, plingandet från cyklister och bruset från trafiken. De körde, uppskattade han, i en kvart då bilen till slut saktade in, svängde höger och stod stilla.

Ett monotont ljud hördes som om en metallport höjdes och bilen fortsatte nedåt. Bilen svängde vänster, backade och stannade, motorn slogs av. Dörrarna for upp, han lyftes ur och ställdes ned på vad han kunde förstå ett hårt betonggolv. Han hörde att ytterligare dörrar öppnades, kände en hand mot ryggen och förstod att han skulle gå framåt.

– Stopp, sa någon och han stannade. Petri kände sig svimfärdig, det är nu det ska ske tänkte han. Han väntade på ett kallt stål i nacken.

– Ta av dig ytterkläderna, sa Jona Peltonen på engelska bakom honom. Han gjorde så och blev nedpressad på en stol. Någon drog av honom mössan och han blinkade mot det starka ljuset från taket. Han såg en medelålders man sittandes framför honom bakom ett skrivbord.

– Välkommen till oss och jag ber om ursäkt att det skedde lite bryskt så här efter maten, sa Philip Berzelius.

39.

Olew stod framför sin affär och kliade sig i huvudet. Skymningen var på ingång och han tänkte utnyttja det sista dagsljuset till att reparera träskivorna som satt för de trasiga fönstren. Han gick för att hämta en stege som han hade i en container på baksidan med ett stort lås på.

Olew ställde sig och kände igenom sina fickor efter nyckeln till det stora hänglåset. Vad många inte visste var att i containern förvarade han vapen och ammunition åt sina kamrater. Soldaterna ville ha ett förråd en bit ifrån stridslinjen, om de blev utmanövrerade skulle de inte förlora allt på ett enda bräde.

Olew hade märkt en ökning av luftvärnsrobotar som hade kommit från Sverige. Det stod sprayat '103A SAAB' på lådorna med svart färg. Olew hittade efter ett tag stegen, bar ut den och lade den på marken utanför. Han vände sig om och började skjuta igen dörrarna.

När han skulle sätta tillbaka hänglåset, hörde han att ett fordon hade stannat på andra sidan byggnaden och stod nu med motorn på tomgång. Han tittade upp mot himlen och lyssnade, han lät stegen ligga på marken och började försiktigt gå tillbaka runt byggnaden. Han kom fram till hörnet och tittade försiktigt fram. Solen stod nu lågt och han fick de sista strålarna i ögonen och kunde inte se klart och han fick skydda ögonen med handen. Till slut såg han att det stod en liten person framför dörren in till affären. Som väl är dörren låst, tänkte han.

– Hallå Olew? hörde han en tunn röst genom motorljudet från den gamla Toyotabussen som kommit. Det kan inte stämma tänkte Olew, men han tog risken och svarade:

– Är det du Anelina?

Hon vände sig om och började gå mot Olew. Så kände han igen sjaletten på hennes huvud, det blommiga mönstret som han hade sett henne med sist. Hon kom emot honom och Olew gick fram och kramade instinktivt om henne.

– Var fan har du varit? fick han ur sig fast han visste.

Motorn på Toyotan stängdes av och dörren öppnades och en ung man i rysk uniform steg ur. Olew stelnade till.

– Det är lugnt, sa Anelina, han är med mig.

Olew höjde handen mot ryssen, visade att han skulle stanna där han var och sätta sig i bilen igen. Anelina stod mitt emot Olew och började berätta:

– När jag blev tagen av ryssarna utanför restaurangen, så blev vi körda till en skola en bit in på andra sidan. Där fanns en hel del barn där när vi kom dit och jag trodde att det var skolbarnen som gick i skolan vi kom till.

Hon tittade ned i marken, tog ett långt andetag och fortsatte sedan:

– Efter någon dag, så förstod vi att det var barn från Ukraina som tagits tillfånga och hölls i förvar där, tills de skulle bli skickade längre in i Ryssland. Våra ukrainska soldater har ovetandes i sina attacker på ryssarna, satt käppar i hjulet för denna ryska aktion. Barnen, jag tror att det var runt tjugo stycken som blivit kvar, de flesta kom från vår by. Troligen hade deras föräldrar blivit dödade.

Hon tystnade. När Anelina sagt det sista så började tårarna rinna på hennes smutsiga kinder. Olew tittade med stora ögon på henne.

– Fortsätt, sa han. Hon fortsatte med sin berättelse.

– Soldaterna som vaktade skolan skulle både se till att vi hölls inom området och att vi fick något att äta. Jag är urless på hårt svart bröd, tillade hon med ett leende.

– Men, jag kunde börja prata lite med en av dem efter ett tag, Anton heter han, det är han som sitter i bilen. Hon nickade mot Toyotan.

– Stridsmoralen är ganska låg hos många ryssar och få vet vad de gör här. Att vakta stulna barn var inget som Anton ville ha något att göra med. Anelina tystnade och slog ned blicken.

– Har du en cigarett? frågade hon sedan. Olew tittade förvånat på henne.

– Du har förändrats, sa han roat och tog fram sitt paket och bjöd henne.

– Jag är en gammal tant och gör som jag vill, sa hon och tog ett demonstrativt bloss.

Hon var tyst medan hon rökte men tog ny sats:

– Vi har barn i bilen, sa hon. Olew snodde då runt och tittade mot bilen.

– Vad fan säger du? sa han och började gå med henne mot bilen.

Nu steg Anton ut ur bilen igen, ställde sig bredvid och tog av sig mössan och slog ned blicken, ett tecken på att han var passiv.

– Har du rymt från ryssarna med alla barnen? frågade Olew Anelina.

– Nej, bara fem stycken och ja, Anton hjälpte mig, och en annan kvinna är med på detta. Det satt mycket riktigt en kvinna bland barnen i baksätet. Det började skymma ordentligt nu, Olew ville inte att gårdsbelysningen skulle avslöja vad som försiggick utanför sin affär.

– Vi kan inte stå här till allmän beskådan, vi måste gå in i affären.

Han nickade till Anton som en bekräftelse om att en tillfällig fred rådde mellan dem. Barnen sov eller var halvsovande, så de fick försiktigt få ut dem ur bilen och gick tillsammans in i affären.

Olew gick in på sitt kontor och ringde till fru Kartov på restaurant Tranzyt, han blev sittande med henne i telefon i tio minuter och lade sedan på. Han tittade på fluglortarna på lamptråden en stund och gick sedan ut i butiken. Han tog Anelina i armen och tog henne åt sidan.

– Här kan ni inte vara. Ni ska gå ut i bilen igen och åka bort till fru Kartov. Hon tar emot er, hon ordnar med logi för er i natt till barnen och kvinnan ni hade med er. Vi får lösa resten under morgondagen. Olew gick till Anton som stod lite åt sidan.

– Så du har deserterat från din armé? sa han. Anton nickade jakande.

– Då har jag en uppgift åt dig. Du ska köra efter Anelinas anvisningar och sedan komma rakt tillbaka hit, förstår du?

Anton nickade igen. De upprepade proceduren med barnen och Anton startade bilen. I ett blågrått dieselmoln körde de iväg.

Olew stod ensam kvar och tittade efter dem, det var mörkt nu. Dieseldoften efter den gamla Toyotan adderades till all annan dålig lukt som kom av kriget. Han var fascinerad av Anelina, vilken krutgumma hon var och en överlevare av Guds nåde. Han glömde jobbet med stegen och träskivorna, gick in och ringde sitt befäl Jacob. Efter det samtalet hade han blivit alldeles matt. När Olew hade berättat sin historia om de ryska barnen, så fick han av Jacob en historia tillbaka. Jacob var på väg till byn med en grupp på tjugo man som skulle iordningställa ett skogsområde strax öster om byn med skyddsvallar och kamouflering.

– Det är dags att gå ut i containern och plocka fram robotarna, sa han till Olew.

Han fick också order om att ta Anton i förvar tills soldaterna kunde ta honom till förhör. Samtalet avslutades med att Olew fick reda på att det skulle komma ett svenskt motoriserat förband på besök. Olew lade upp fötterna på skrivbordet, tände ytterligare en cigarett och väntade på Anton.

Han funderade och kom plötsligt på en sak, tog telefonen och ringde till Anelinas granne Edita och förberedde henne på att Anelina kommit tillbaka, att hon behöver mat och en säng.

– Och du kan ju se om du får tag i katten, avslutade han samtalet med.

I andra änden av telefonen stod Edita och förstod att hon hade blivit bönhörd.

– JAROW! skrek hon högt av lycka över att Anelina var tillbaka. Hon tog tag i bordskanten och satte sig ned och kände en lyckotår på kinden. Igun, som låg på bordet och putsade sig, stannade upp i görandet och tittade på henne med stora ögon.

40.

Petri satt med nedsjunkna axlar och kände av hur läget var. Rummet var kalt och golvet luktade plastmatta. Han hade direkt känt igen mannen bakom skrivbordet. Om han skulle beskriva mannens utseende för någon annan, så skulle han sagt att han såg lite tysk ut. Med klara blå ögon, lite kantiga kinder och ett kraftigt kortklippt ljust grått hår, som troligen varit ganska rågblont när han var yngre. Hans ögon ser lite sorgliga ut, tänkte Petri, men Petri var ändå på sin vakt.

– Är du självmordsbenägen? frågade Philip plötsligt. I annat fall är du en amatör, det kan läggas till dig som en fördel.

Philip såg på Petri, en man som många kvinnor skulle springa benen av sig för, tänkte han ett kort ögonblick. Petri, Philip tänkte fortsätta att titulera honom med det namnet, var lite mörk i huden, hade rådjursögon och en snygg kort skäggväxt. Om man nu inte skulle ta honom för en ryss så kunde han vara en norditalienare.

Hans klädkonto var dock skralt, konstaterade Philip, så han antog att Sigrid hade upptäckt andra kvaliteter i denne man. Var är Kashmirrocken? undrade Philip, han försökte att inte dra på munnen åt det.

– Att gå på restaurang med Sigrid är knappast diskret, förstod du inte att du skulle hamna här, sa Philip i en undrande ton. Petri hade fortfarande inte sagt ett ord. Men rädslan han hade haft i bilen hade lugnat ned sig, svenskarna behandlar inte sina fångar som vi gör, det visste han eller trodde han sig veta, rättade han sig.

– Nej, jag vet inte varför jag är här, svarade Petri. Jag är bara en chaufför.

Philips strategi var att konfrontera Petri med klara fakta, så han gjorde det.

Han började med Sigrid och slutade med Petris dubbla medborgarskap och hans körkort. Som grädde på moset visade han domarna på de ryska spionerna, som nu var inlåsta. Philip var klar och lutade sig bakåt. När han hade sagt Sigrids namn, hade han sett ett blänk i Petris ögon. Det här kan gå, tänkte han. Petri sa inte ett ljud, han hade ännu inte bestämt sig. Philip fortsatte.

– Vill du att vi meddelar Viktor på din ambassad? frågade han Petri. Ännu vet ingen var du är och det är nog till din fördel, vi kan bjuda på det. Philip knäppte händerna över magen och avvaktade. Det blev tysta leken ett tag. Petri satt och funderade på om svenskarna förstod, att det var han som hade försett ryssarna med uppgifter från den svenske statsministerns kontor. Motvilligt kom han på att läget som han nu var i, kunde bli en utväg från det liv han levde och ville komma ifrån. Han tänkte på Sigrid, vad skulle hon tycka om honom, om det kom fram att han var en rysk spion? Han började må lite illa bara av den tanken.

– Okej, sa Philip. Vi gör så här, vi sätter dig i häktet, så får du sitta där tills du berättar om ditt förehavande med de bägge informatörerna som vi satt bakom lås och bom. Under tiden så ska jag hämta Sigrid och prata lite med henne om hennes bekantskap med dig, ska vi säga så? avslutade Philip.

Det tog skruv såg han då Petri spärrade upp ögonen, det här ville han inte, det syntes klart. Philip avvaktade ytterligare, böjde sig fram och lade ned bägge armarna framför sig mot bordet och knäppte händerna. Det blev tysta leken igen.

– Okej, sa Petri med en hörbar suck. Vad vill du veta?

– Vill du ha kaffe eller något annat? frågade Philip och sken upp. Jävla amatör, tänkte han.

41.

Jacks lilla pluton kom fram till skogskanten, de hade svårigheter att hitta en undanskymd plats då lövskogen var fullvuxen utan undervegetation. Gruppen hade underskattat tiden och låg nu ett dygn efter planerad tid. Klockan var runt fyra på morgonen en dag senare. Att passera Charkiv hade blivit en utmaning, då staden och vägarna var förstörda eller bara hjälpligt reparerade. Tom körde helt sonika av vägen in bland träden och fortsatte några kilometer med ett sicksackande och stannade. Av den ukrainska sergeanten hade de fått koordinater till en mötesplats, men Jack skickade ny på deras position.

De gick ut och sträckte på benen och gjorde toalettbesök, fixade fika och väntade. Det var tyst och mörkt och det duggregnade lite, ett perfekt väder för att underlätta deras förehavanden.

– Hör ni fåglarna? sa Lilly plötsligt och tittade mot himlen. Jag trodde inte att de skulle leva här med tanke på allt skjutande.

– Ah, våran alldeles egen lilla ornitolog, kraxade Bill och började nynna Povel Ramels visa: Se, där simmar en smörgås med ungarna sju och där gökar göken sin fru, började han och fick en boxning på axeln till svar av Lilly.

– Skönt att ni orkar, sa Tom. Han satte ned kaffekoppen och lystrade, de andra stannade också upp och spände öronen. De hörde ett motorljud.

– Okej, avvakta, sprid ut er, sa Tom.

Han fällde ned sina goggles och tittade mot ljudet. Då såg han i grönt skimmer en fyrhjuling sicksacka mellan träden med ett litet avskärmat ljus. När den var cirka sjuttiofem meter bort så stannade den och tystnade.

– Jag går och möter, sa Jack och började gå mot besökaren.

Jack gick i en rund båge, så han skulle komma upp bakifrån till den som satt på fyrhjulingen, nu kände han cigarrettdoft.

– Välkommen till Ukraina, sa ukrainaren och vände sig om med fimpen i mungipan.

Jack fällde upp sina goggles, gick fram och hälsade på honom.

– Det är jag som är Jack, följ med mig till de andra, sa han.

När de återvände, hälsade alla på Jacob och samlades sedan inne i Volvon. Där fällde man upp sovplatserna så blev det gott om utrymme. De pratade lite om det aktuella läget och till slut så frågade den nyanlände:

– Vi har fått uppgifter från krigsministeriet om er, men inte exakt vad ni gör här?

Det blev tyst en stund och till slut började Jack att trevande förklara och sammanfattade efter en stund vad man var ute efter. Att de med ett nytt svenskt utvecklat vapen ska spränga en eller några robotsilos och på så sätt förvärra läget för Putin. Den ukrainska sergeanten Jacob tittade sig tvivlande omkring sig och sa:

– Med den där krokodilen? sa han och pekade tvivlande på Archer.

– Japp, sa Jack. Han kände sig lite förnärmad av Jacobs nedlåtande ton. Jacob ville gå ut och röka och titta, så alla gick ut. Det blev då lite trångt i dörren. Sedan, under några bloss, förklarade han vilken väg de skulle ta nästa natt. Det fanns en väg, genom landskapet med åkrar, som var skyddad med en allé på bägge sidor ända fram till byn Hoptivka. Han lade till att det var full fart som gällde och inga raster. Vid upptäckt, så skulle de vara chanslösa då ukrainarna var engagerade med ryssarna på andra sidan av Charkiv. Jack nickade att han hade förstått och av Jacobs ansiktsuttryck, såg Jack att det skulle komma mer.

– Jag ser att ni har med er en kvinna, ni måste se till att hon bär kniv, sa Jacob tyst och tittade upp på Jack. Lilly lystrade och tittade intresserat på Jacob som nu vände sig emot henne.

– Du måste alltid ha kniv som du kommer åt på sekunden om du blir tagen av ryssarna, för om du inte hinner skjuta först, är du ett våldtäktsoffer. Speciellt om de förstår att du är en utlänning.

Lilly såg chockad ut, detta scenario hade hon inte funderat på. Hon förstod nu att detta var en realitet som inte kunde negligeras. Jacob sa farväl och väl mött i Hoptivka. Efter en stund hörde de fyrhjulingen köra i väg och de stod kvar och begrundade vad som sagts.

– Hur kändes det där Lilly? frågade Billy tyst, hennes partner i bandvagnen.

– Du ska veta, att du har tre skyddande musketörer från och med nu som vaktar dig.

Lilly skakade bara på huvudet, det var inte läge för Billys dåliga skämt.

42.

Alexander Bortnikov tog telefonen och slog ett kortnummer till Putins sekreterare.

– Da, hörde han henne svara.

– Är han där? frågade Alexander.

– Ett ögonblick, det blev tyst i två minuter.

– Nej, han är inte här, men han ber om att få återkomma.

– Kan han ringa mig idag? frågade Alexander.

– Det får framtiden utvisa, sa sekreteraren torrt och bröt linjen.

Alexander blev förbannad av bemötandet, detta var inte likt Putin. Som vanligt, när han blev upprörd så rotade han efter sina Marlboro, de låg i högra lådan på hans skrivbord. Alexander hade många obesvarade frågor om läget. Om turken i Ankara och på vilket sätt de skulle hantera svenskarna. Nikita Narysjkin, på utrikes inhämtning, litade han inte heller på.

Putin hade, i sitt två timmar långa årliga tal till nationen, fått hela Duman att somna. Det enda man fick höra var att hotet om kärnvapen skulle förverkligas om väst skulle skicka tanks till Ukraina och att det för övrigt inte finns skäl till någon större oro.

Alexander visste att Putin inte talade sanning om kärnvapen, en sådan eskalering skulle vara självmord. Nej, det var bättre att mala på i nuläget, även som det beskrivits i massmedia som en köttkvarn. Vi håller ju stånd och får några meter här och där. Men väst hade ändå trotsat Putin och skickat stridsvagnar till ukrainarna.

Av Putin ville Alexander få reda på vad han skulle göra med Vasilev, efter att han förhörts och tagits om hand i Sankt Petersburg. Han misstänkte att det bästa sättet att göra sig av med honom var att skicka honom till fronten i Ukraina.

Alexander blåste ut ett blått rökmoln upp mot taket och tittade på gardinerna i fönstren. Den hemtrevliga gröna färgen började att slå mot beige. Dags att få dem bytta tänkte han, tur att inte någon såg detta snusk och förfall. Han tittade på klockan, alla hade inte gått hem än, men vem kunde ge honom ärliga svar?

43.

– Jag vill söka asyl, sa Petri, han var nu uppe från källaren igen och fortsatte: Jag är en politisk flykting som riskerar att dö i Ukraina om jag skickas till Ryssland.

Smart, tänkte Philip, nickade förstående och erbjöd Petri kaffe med fika. Philip hade tagit med sig Petri upp till sitt kontor och ställt en vakt utanför ifall om något skulle gå snett, den lille fan kunde ju hitta på något.

– Jaha, du vill ha asyl, sa Philip, harklade sig och tittade över sina läsglasögon, som han hade längst ned på näsan. Han inbillade sig att han på så sätt gjorde ett mer godmodigt intryck i stället för det han egentligen kände: en charad av serien ”Beck”. Petri tittade sig runt i rummet, han var mer van vid ryska tjänstemän och deras behandling. Just nu visste han inte riktigt hur han skulle börja.

– Jo, Putin skickar alla till fronten nu och jag vill inte hamna där, sa han lite trevande.

– Skulle inte tro det, inföll Philip och började en egen utläggning.

– Du kanske inte vet, men vi har en ganska god koll på dig och dina förehavanden. Du har ju skadat oss på det grövsta, det inser du nog. Jag kan också upplysa dig om att du riskerar utvisning, det skulle ju vara det enklaste för oss med tanke på vad du nyss sa. Men du kanske chansar hellre på 12 år i ett svenskt fängelse. Philip sa det sista med ironi.

– Rena härbärget för en som du kan jag tänka mig.

Det blev tyst i rummet en stund. Petri förstod att det var kolera eller pest som erbjöds, ett lysrör i taket surrade och blinkade irriterande. Petri trodde att hans liv med Sigrid var förverkat, han böjde sig fram och lade sina armar uppgivet på knäna.

– Kan vi göra en deal? frågade han till slut.

Där kom det. Philip tyckte att det hade gått mycket fortare än han kunnat tro, han misstänkte att Sigrid låg Petri i fatet. Philips erfarenheter av att förhöra och knäcka fångar hade mycket att förtälja, men det här borde bli en promenad i parken, misstänkte han.

– Jag tänker ta in en som för protokoll, så vi kan ta det från början sedan, sa Philip.

Han slog ett kortnummer på telefonen och Jona kom in och ställde sig ledigt innanför dörren. Det här med protokoll var också en charad, kontoret var under inspelning med ljudupptagning.

– Kan du sätta dig bredvid vår vän här och ta anteckningar? frågade Philip.

Jona tog papper och penna från Philips skrivbord och slog sig ned. Syftet var att förminska Petri, lite som att sitta lågt framför rektorns kateder.

– Du måste nu berätta varifrån och på vems räkning du arbetar för, dina förehavanden och på vems order, du ska vara så utförlig du kan. Vi tar raster och du ska vara medveten om att du kommer vara här på obestämd tid, tills vi vet vad din farmor heter, sa Philip.

Det tog två dagar med hårda förhör av Petri. I slutet var han mycket trött och orolig, men han intalade sig att det var värt det. På Must hade man till slut kommit till slutsatsen att de hade användning av Petri. Han skulle bli deras trojan på ryska ambassaden. ”Tuffe Viktor” skulle få tillrättalagd information.

På fredagen veckan efter, satt de i det kala, ursprungliga förhörsrummet i källaren, Philip, Petri och en man från försvarsstaben.

– Vi kan ge dig asyl på ett antal villkor, började Philip.

Petri sken upp och rätade på ryggen.

– I nuläget gäller det, att nu jobbar du för mig, accepterar du detta får du ny identitet och asyl. Under närmsta tiden kommer du att ha en skugga på dig och ditt liv kommer vi se som på en realityserie i TV.

Petri visste inte hur han skulle reagera på detta.

– Vad innebär det att arbeta för dig? frågade han skeptiskt.

– Det innebär att du kommer att släppas så småningom och då ska du gå till Viktor på ryska ambassaden här i Stockholm och servera honom en massa skit, sa Philip och log. Han tog av sig glasögonen, ångrade sig och sköt upp dem i pannan.

– Vi måste nu ha lite planeringstid och under tiden får du sitta i din cell med kontaktförbud, men du kommer få fantastisk god mat, riktiga kläder och en god bok, sa Philip och ställde sig upp. Till Jona sa han:

– Kan du be någon att byta det förbannade lysröret?

44.

Jarow kom springande från uthuset när han hörde Edita skrika i högan sky. Helvete tänkte han, nu är hon skjuten. Under sin väg från garaget hade han målat upp alla helvetets kval i sin fantasivärld. Och mycket riktigt, hon satt där i köket med tårarna rinnande från ögonen med katten på bordet.

– Älskling, var är du träffad? skrek han och sjönk ned vid hennes sida.

Edita tittade oförstående på honom.

– Din tok, sa hon och fortsatte:

– Anelina har kommit tillbaka, hon är i restaurangen. Olew har ringt.

– Vad? frågade Jarow förvånat och tände lampan över köksbordet, det hade blivit skymning ute nu.

Berätta, sa han och skakade Edita lätt på armen.

Edita berättade kortfattat vad Olew sagt i telefon och avslutade med att hon skulle leta rätt på Igun.

– Strunt i katten, vi måste hämta Anelina, sa Jarow. Han hjälpte Edita upp från stolen och hämtade ytterkläderna.

Väl ute, tände Jarow en liten ficklampa, batterierna var på upphällningen men gav ett lagom avskärmat ljus. De såg gropar och hinder, men knatade snabbt på för det var en bit att gå. Det var i dagsljus och inte om kvällen de hade erfarenhet av vägen, så det blev lite omständligt. Efter ett tag när de passerade affären, observerade Jarow att det stod en Toyotabuss utanför den. De såg bortåt vägen att ljuset var tänt i restaurangen hos fru Kartov, de fick lite extra energi av detta. Fru Kartov kom och öppnade efter att Edita energiskt knackat på.

– Nämen se, där är ni ju, sa fru Kartov glatt.

Jarow och Edita såg över fru Kartovs axel, att det var barn i restaurangen, de låg lite utspridda här och var. I bardelen satt Anelina och en kvinna och åt lite mat, det såg ut som en omelett med spenat. Anelina vände sig om när hon hörde välbekanta röster och sken upp, vinkade till sig Edita och Jarow.

– Kom och hälsa på min nya väninna Anja, sa hon. Anelina fick först en kram av Jarow som tittade bort och strök väck en tår i ögat när han höll om sin gamla granne. Han nickade sedan åt Anja i en hälsning.

– Vi trodde att ryssarna dödat dig, sa Edita till Anelina.

– Nej då, men vi blev satta i hårt arbete, sa Anelina och så började hon upprepa sin historia om vad som hade hänt. När hon slutat, tittade hon på Anja och klappade om henne.

– Det skulle inte gått utan dig, vi får lägga ett gott ord för Anton också.

De vuxna satt tysta där i baren och tittade ut i lokalen. Vad märkligt tänkte fru Kartov, hur ett rum kan förändras med barn som ligger som utspillda russin. Det annars livliga och nästan stökiga rummet hade blivit så rofyllt.

– Hur gör vi imorgon? undrade Jarow och tittade på fru Kartov. Har du mat så du kan ge dem frukost? Fru

Kartov nickade och sa att gröt skulle göra susen, hon hade gott om kornmjöl och hon lade till, att hon till och med hade sylt. Det hade gått bud till familjer som fortfarande hade något som kunde liknas vid ett hem, som hade tak och hela väggar med en fungerande spis. Nästkommande morgon skulle barnen i första hand placeras ut på ställen som låg närmast där de kom ifrån.

– Det måste lösa sig, sa fru Kartov bestämt.

Alla var mycket trötta. Man ordnade det praktiska med sovplatser och Jarow, Edita och Anelina började sin vandring hemåt. Väl hemma på gatan där de bodde, så bestämdes det att, eller rättare sagt, övertalades Anelina att flytta in hos Edita och Jarow. Efter det som hade hänt kändes det som att de var en familj nu.

Anelina satte sin telefon på laddning och genast kom en massa sms upp på skärmen från Irina. Hon lade sig ned på sängen i rummet jämte köket. Hon var för trött för att svara, hon somnade med kappan på. Anelina sov till en början hårt och drömlöst men sedan kom det undermedvetna ikapp och drömmarna kom smygande.

Hon var åter en liten flicka och hade fått en ny klänning att ha i skolan till höstterminen. Mamma hade varit så stolt, för hon hade sytt den själv. Anelina var lycklig. Klänningen hade en fin tunn pälskant runt halslinningen, den var så härlig att stryka över med handen. Anelina log i sin dröm och smekte Igors päls, för han hade hittat tillbaka till sin mattes säng.

Det blev morgon i affären och Olew vaknade tidigt som vanligt. Han tog bort täcket för fönstret och stod i långkalsonger och en T-shirt och tittade ut. Anton hade hållit sitt ord kvällen före och kommit tillbaka. De hade suttit i pentryt innanför affären och pratat. Anton hade då förklarat hur det hela gått till i byn på andra sidan gränsen. Hur och varför han tagit sitt beslut att hjälpa Anelina och Anja. Olew måste medge att han var lite imponerad över hur de hade agerat, men påminde sig själv om att inte släppa denna desertör in på livet, man visste aldrig vilka som verkligen var det de utgav sig för att vara. Det fick senare bli något för sergeant Jacob att styra med.

Olew hörde sin mage kurra och gick för att starta kaffebryggaren, han fortsatte sedan ut till frysdiskarna och plockade ihop lite frukost. När han gick förbi städskrubben knackade han på dörren, låste upp och sa att kaffet var klart om fem minuter.

Olew levde nu ensam då hans hustru dött i cancer för tio år sedan. Sabina hade varit motorn, glädjen och arbetskamraten i affären. När han nu tittade sig omkring såg han att hon saknades mer än någonsin, han fick dåligt samvete och började röja upp det värsta i vad Sabina skulle kallat för ungkarlslyan. Anton kom in och satte sig, han såg glåmig och lite borttappad ut, han är inte mer än tjugo år, tänkte Olew.

– Hungrig? frågade Olew sedan och höll upp ett stycke bröd åt Anton.

– Jag har inte ätit på ett dygn, svarade Anton. Vi fick problem med leveranserna. Olew log åt detta.

– Det var skönt att höra, svarade Olew. Ät ordentligt nu, jag har order att hålla dig inlåst tills vidare och jag kan inte ta några risker än med dig.

Han förklarade att läget var ju som det var, att han var ryss hur snäll han än verkade att vara. Anton nickade förstående. När Anton väl var inlåst i skrubben igen, kom

Olew ihåg stegen som låg på baksidan och vad han skulle fortsätta att göra.

45.

Det började bli dags för Jacks grupp att åka fram till byn Hoptivka, som var deras mål. På morgonen inne i den kombinerade sov- och köksavdelningen började mannarna att röra på sig. Jack låg och tittade upp i sängbottnen på överslafen ovanför hans. Han log lite åt sig själv när han kom att tänka på Kalle Ankas jul på julafton, där de åkte husvagn. Kalle hade till och med haft ett badkar i husvagnen, det saknades ju här.

Lilly och Billy hade hand om övervakningen dygnet runt och det kändes som en trygghet för alla. Det kombinerade laser- och datasystemet läste av allt som rörde sig inom en kilometer och vägde över 75 kg. Över den vikten så fick Billy en puls i örat som krävde att han kontrollerade hur det stod till i verkligheten.

All personal sov med öronsnäcka. Blev det fara å färde, så fick alla en signal i örat. Stealth-tekniken gjorde dem osynliga för fiendens radarspaning, så de sov i regel gott om nätterna. Billy och Lilly sov själva växelvis inne i Arthur. Tom gick över med frukost till dem och för att checka läget.

– Vi samlas vid Archer om 20 minuter, sa han och lämnade kaffet med en slarvig honnör.

På väg tillbaka kom han att beundra Billy och Lilly, att de kunde hålla isär arbete och fysisk attraktion, vilket skulle vara påtaglig i det lilla utrymmet, trodde han. Lilly var snygg, smart och mycket charmig.

På en fyrtiotvå tums TV-skärm, som hängde provisoriskt på sidan av Archer, kunde de få upp direkta satellit bilder på topografin fram till Hoptivka. Radarspaningen talade om att ryska anhopningar var på östra sidan av Charkiv och att de angreps hårt av de ukrainska styrkorna. De själva skulle passera i skuggan av de ukrainska trupperna nordöst genom skogen, som nästan sträcker sig fram till ryska gränsen.

Vid den lilla byn Mali Prokhody, skulle de hålla nordväst ut på en enfilig väg kantad med en trädallé på bägge sidor. Det såg nästan för bra ut, bara de inte körde fast på traktorvägarna mellan åkrarna näst sista biten.

De satte upp och gav sig iväg. Det var tidigt och fortfarande dunkelt, så de fällde ned sina goggles och vägen blev ett gröndis i sin bildupplösning. Tom körde Archer först, sedan följde Billy i bandvagnen och sist kom Volvon, alla med hundra meters mellanrum för att minimera ljud och fiendens engagemang av något slag. Skogen var en fantastisk plats, med höga stora lövträd med tjocka stammar och nästan ingen undervegetation, och sikten var god. Lilly hade full koll på var ukrainarna och ryssarna var, eftersom hon var uppkopplad till en satellit. Hon tyckte det var som att titta på ett Playstation-spel.

Det tog ett par timmar innan de var framme vid skogens slut, där de skulle vika av över åkrarna. Det var dags att stanna för att ta en paus och som väl var, så var det nu molnigt och ingen måne lyste över dem. Nu måste man undersöka om bärigheten skulle hålla för deras fordon, ifall marken var tillräckligt frusen. Jack och Billy beslöt att åka fram till den enfiliga vägen, men det skulle säkert kosta två timmar i tid. Men om de inte gjorde det, kunde de sitta fast i leran till allas beskådan. Tom kom med ett förslag:

– Ta bandvagnen och se hur den beter sig, den är ju lättast, den har ju band i stället för hjul, sa han.

– Bra idé, sa Jack. Skulle det bli för sankt, så går det även att rulla ut stålnät att köra på om det blir för mjukt. Billy och Tom gick bort till bandvagnen, hoppade in och gav sig av.

Det blev en spänd väntan, de kunde i tystnaden höra skottsalvor, bombkrevader och såg ljussken efter robotnedslag. Uppdraget kändes i denna stund mycket påtagligt, allt hade kommit nära dem.

I och med att bandvagnen åkte iväg med radarsystemet kände de sig nakna, eftersom de inte längre hade några uppgifter om hur det såg ut i närområdet. Lilly, som alltid hade koll på läget, stod ju här och väntade med de andra. Soldaterna hade omedvetet bildat en ring runt henne, och de log lite åt varandra när de själva insåg det. Lilly låtsades som ingenting.

Billy och Tom kom tillbaka efter drygt en timme. Liksom Hans och Greta hade de noterat gps-punkter längs vägen som de blivit rekommenderade att följa, så det var bara att fortsätta baserat på den information de hade. De satte sig i sina fordon och fortsatte att köra, med bandvagnen framför Archer.

46.

Den svenske statsministern gick småvisslande omkring i sitt nyrenoverade residens. Han njöt av hur stilfullt allt blivit. Han hade precis avslutat ett samtal från Philip och hade lite tid över innan Britt-Inger skulle dyka upp. Nu gick han med lysande ögon likt ett barn på julafton och besiktigade alla rum. Allt doftade så härligt nytt. Det var slutet på veckan och han var själv i huset. Ett rum han tidigare missat var tvättstugan. Att det var så roligt att tvätta, det var en helt ny upplevelse. Han såg nöjt på alla tekniska maskiner med sina blinkande och ljudande knappar i grönt färgskimmer. Statsministern fantiserade nu om, om han släckte all takbelysning, så var han i ett rymdskepp.

Han stannade till och lyssnade, det var någon som bankade på dörren ut mot Strömgatan. Inte bra, för han hade precis startat tvättmaskinen och slängt in den sista smutstvätten, även det han haft på sig. I panik tittade han sig omkring och såg till sist, att det låg något i torktumlaren. Han öppnade luckan efter diverse knapptryckningar med signaler och fick till sist ut plagget som legat kvar, sin frus rosa silkeskimono. Kvickt fick han på sig den, sprang upp för trappan och gick försiktigt mot ytterdörren. Då glaset var av etsat konstglas, så såg han inte klart ut vem som stod där. Statsministern väntade på mycket viktiga uppdateringar från den ukrainska presidenten med bud, därför tog han chansen och öppnade dörren. Där stod en gråtande Sigrid.

– Jag visste inte vart jag kunde gå, det har skett något hemskt, sa hon med tårarna och mascaran rinnande nedför kinden. Statsministern hyschade åt henne och tittade snabbt sig omkring, drog in Sigrid och stängde dörren.

– Vad i hela friden är det du säger? frågade han samtidigt han med en hand försökte styra ihop det trånga plagget han hade på sig.

Sigrid tittade konfunderad på sin arbetsgivare i rosa silke och visste inte hur hon skulle fortsätta. Statsministern såg hennes belägenhet och sa förklarande att han tvättar. Sigrid höjde blicken från det rosa tyget och sa:

– Några har kidnappat Petri, det gick så fort, de förde bort honom i en skåpbil. De hade svarta masker på sig, avslutade hon med uppspärrade ögon.

– Du får ta det från början, sa statsministern.

Sigrid berättade hulkande sin berättelse med start på Restaurang Frantzén. När hon slutat så rann tårarna igen. Statsministern hade hört samma historia, fast i en annan tappning av Philip för cirka femton minuter sedan.

– Varför äter du middag med Petri, är han inte sjuk? frågade han.

– Jo, men han är på benen igen, sa Sigrid mellan tårarna.

– Har du något ihop med min chaufför? fortsatte statsministern. Det var lika gott att köra på, när hon hade garden nere, tänkte han. Sigrid slog ned blicken och blev tyst, skrapade med skon mot en mattkant och sa:

– Jag väntar hans barn. Jaha, då vad det sagt.

– Kom, vi går till köket, sa statsministern och tog Sigrid i armen. I köket satte de sig ned och tittade på varandra.

– Hur länge har det här förhållandet pågått? frågade han medan han reste sig upp för att göra i ordning en espresso, en blank och fantastisk maskin hann han tänka.

– Snart ett år, svarade hon och tystnade.

– Oj, det verkar seriöst, sa statsministern, samtidigt som han vände sig om.

– Ja, jag trodde att Petri skulle fria till mig idag, sa Sigrid.

Statsministern dukade fram koppar, kaffe och kakor. Plötsligt kom han på sig om vad han hade på sig.

– Ett ögonblick, sa han och lämnade hastigt köket.

Sigrid satt kvar och tittade sig runt, hon kände sig nu lite lugnare. Hon hade inte hunnit att underrätta mamma Ingegerd ännu, där skulle dammluckorna öppnas förstod hon. Statsministern kom tillbaka iförd sin vanliga ljusblå skjorta med upprullade ärmar och ett par jeans. Han förstod att Sigrids belägenhet hade två sidor. Det ena var Sigrids familjs ställning och sociala nätverk och inte minst Sveriges justitieministers säkerhet.

– Kära Sigrid, sa han och hällde upp kaffet. Vet man om detta hemma i din familj?

– Mamma vet att jag är gravid men inte pappa, han skulle få en hjärtattack, svarade hon.

– På så sätt, sa statsministern och rörde om i koppen. Det vill vi ju inte att han ska få, sa han.

Sigrid tittade ned i bordet.

– Nej, sa hon tyst.

– Då föreslår jag följande, att du går hem i lugn och ro, så ska jag reda upp den här historien till det bästa. Det krav jag har på dig är att du håller tyst. Du får inte på något vis tala med någon om vad som har hänt idag, varken på Frantzén eller här hemma hos mig. Förstår du allvaret i det jag säger? sa Statsministern.

– Ja, sa Sigrid.

De satt kvar en stund i köket och försökte småprata så gott det gick, till slut reste sig Sigrid och gjorde sig klar att gå hem. Statsministern följde henne ned till dörren och höll upp den.

– Jag ringer dig i mitten på nästa vecka, så ordnar vi upp allt detta, lovade han.

– Du är snäll Krister, sa hon och blinkade med ena ögat, men du passade inte i rosa.

Hon log, vände och gick. Statsministern gick upp och ringde Philip.

47.

Åkrarna de körde över var inte plöjda, vilket Jack tacksamt noterade. Stubbarna efter slåttern och rotsystemet var fortfarande kvar och hjälpte till att hålla bärigheten för fordonen riktigt bra, då även nattfrosten hade gjort marken ganska hård. Lilly meddelade oroligt att det var ökad rysk robotaktivitet över deras huvuden. På cirka 200 meters höjd ovanför gruppen, såg hon röda punkter på sin skärm. Jack svarade, att det var bara att fortsätta som innan, antingen var de målet eller inte, att stanna skulle inte göra saken säkrare, snarare tvärtom. Han försökte att låta kallare än han var.

Lilly meddelade efter några minuter att robotarna gick mot östra Charkiv, ett meddelande som gjorde att de kunde andas ut. Efter en timme hade de, utan större problem, skumpat ut till den enfiliga vägen och där höll de åt höger. Tom hade börjat att se trött ut och man kom överens om att Jack skulle köra sista biten. Kortegen gjorde ett kort uppehåll, så att alla kunde göra frivilliga byten om så behövdes.

– Glöm inte att pissa också, sa Billy, typiskt Billy.

Vägen var nästan fem meter bred och belagd med oljegrus, det var bara att tacka och ta emot. När de kört arton kilometer, kom de fram till en helikopterplatta som låg på vänster sida, där skulle de vika av till vänster och sedan vara framme.

När de passerade ett litet skogsområde kom gruppen fram till en betongbefästning, bestående av vallar som sträckte sig mot nordost, uppifrån skulle det liknas vid en hästsko. Jack körde runt och in med Archer, resten av fordonen stannade utanför. Planen var att Archer skulle stå ensam i skydd, resten av fordonen en bit ifrån.

Arthur, radarsystemet, skulle in till byn någon kilometer bort. Allt för att inte bli utslagna i en attack på samma gång. Nu blev det en hel del att göra innan de kunde gå i vila. Sergeant Jacob kom släntrande fram och hälsade.

– Ni klarade er, sa han när de senare stod och såg på när allt installerades.

– Vi blev lite oroliga av ryssrobotarna, sa Jack.

– Ja du, en del av dem kom tyvärr fram, sa Jacob och tog ett bloss.

– Jag hörde att ni kommer att få förstärkning med nya stridsvagnar och lite annat smått och gott, sa Jack.

– Tyvärr tar det sin tid innan de blir verklighet här, det ska utbildas och åter utbildas.

Jacob tog ett nytt bloss och fortsatte:

– Men vi har gott om Patriot från er svenskar.

Det ljusnade snabbt nu och det bröts för frukost och vila. Billy kom till Jack och undrade om han och Lilly kunde fara vidare.

– Gör så, jag och Tom kommer efter om en stund, svarade Jack. Jacob instruerade alla om färdvägen och sa att han skulle följa efter, han hade en person att hämta upp.

Nu blev det lite av lugnet innan stormen. Jack hade order att inleda engagemang nästa dygn, det skulle vara kort men intensivt. På kvällen, samma dag som ankomsten, beslöt Jack att hela gruppen skulle åka in till byn för en gemensam middag, tillsammans med dem i den ukrainska gruppen som kunde undvaras.

Ukrainarna var dock aldrig lediga, sades det. Sergeant Jacob hade påstått, att det faktiskt fanns en restaurang som kunde leverera riktigt hyfsad mat. Svenskarna tog service-Volvon in till byn med en av Jacobs soldater som vägvisare. Han hade svårt att ge väganvisningar samtidigt, han hade ständiga frågor om inredningen och tekniken i bilen.

Till slut började Jack nästan att skratta av hans påstridiga nyfikenhet.

– Om du bjuder på en öl så ska du få mycket teknik med dig hem ikväll så att du inte kan sova, sa han.

– Fru Kartov har mycket öl. Hon är barsk i humöret men har vita änglavingar, muttrade då soldaten.

Det var inte helt ovanligt med utlänningar på den ukrainska sidan av kriget. I samband med vapenleveranser som skickades från väst, krävdes det utbildning på de olika vapenslagen och instruktörerna följde alltid med. Att det var svenskar nu var lite ovanligt, det var mest britter och polacker annars. Det blev god stämning mellan alla och fru Kartov lagade förvånansvärt god mat, trots den knappa tillgången på råvaror. Vid åttatiden öppnades ytterdörren och Olew kom in. Han letade med ögonen efter någon och sken upp när han fick syn på Jacob. Jack såg honom också när han kom mot bardisken där de satt.

– Ta en stol Olew, sa Jacob och gav plats. Jack flyttade på sig så att alla tre fick rum.

– Det här är Olew, handlaren i byn, sa Jacob till Jack som nickade tillbaka och presenterade sig själv.

– Jaha, ni är svenskarna vi väntat på? sa Olew på knagglig engelska. Han vände sig sedan mot Jacob.

– Jag har ryssen i handfängsel ute i bilen, han nickade mot ytterdörren.

– Han får bli kvar där tills vi är klara här, svarade Jacob. Jack tittade på de bägge männen, nu med höjda ögonbryn. Olew såg det och förklarade.

– Det hände en incident igår och det slutade med att vi fick en ryss på halsen, Anton heter han. Han är faktiskt riktigt trevlig trots att han är ryss, muttrade han.

Olew drog lite på munnen, men sedan återberättade han händelsen från gårdagskvällen. Jack trodde knappt sina öron när Olew slutat och tog en klunk öl.

– Jodå, så är det, sa Jacob. Här är det olika grader i helvetet.

Det blev en stunds tystnad i begrundandet av Olews berättelse. Fru Kartov kom förbi och tog deras tallrikar, hon log varmt åt Olew.

– Du är min hjälte, sa hon och svepte vidare.

Jacob och Jack log roat åt Olew. Olew harklade sig och ville byta ämne.

– Vi har hört att ni svenskar skulle komma och det är vi mycket tacksamma för, men att ni bara har med er en enda kanon verkar lite fattigt, sa han och tittade utmanade på Jack. Jacob föll in i tysta leken och tittade på Jack. Jaha, då vad det dags tänkte Jack, inte mer än rättvist.

– Det är visserligen som ni säger bara en kanon, sa Jack, men det är något mer än en vanlig kanon, eller hur man nu ska uttrycka det. Har ni sett filmen ”Kanonerna på Navarone”? frågade han. Olew och Jacob nickade jakande.

– Okej, sa Jack. Kanonen vi har med oss är i paritet med den, fast uppdaterad för framtiden. Det blev tyst nu i lokalen, då fler hade hört vad som sades i baren.

– Vill ni ha den korta visionen för tolvåringar eller den långa som för Zelensky? undrade Jack och såg sig omkring.

– Jag är inne på min tredje öl, sa någon.

– Ta den för tolvåringar, haha. Det blev instämmande skratt.

– Kanonen heter Archer och har just nu en diameter på 230 mm. Vi har med oss en speciell granat med en tvåstegsfunktion, i själva uppskjutandet och i själva nedslaget. Granaten är AI-styrd. Vi smäller i väg granaten 15 mil upp i luften med hjälp av två detonationer, en för att lyfta granaten en bit upp i eldröret och en andra för att trycka iväg den med ljudets hastighet. Jack observerade att slamret från tallrikar och glas avstannat och det var knäpptyst i restaurangen. Sedan fortsatte han:

– Vid uppnådd höjd vänder granaten nedåt, faller mot målet med hjälp av tyngdlagen och styrning från oss. Anslagskraften är tio ton per kvadratcentimeter på målet.

– Vad är det för sprängmedel? frågade någon.

– Inget, sa Jack. Ett förvånat mummel uppstod då.

– Jag skall förklara, sa Jack. Granaten i sig själv väger ca 47 kilo, den har en invändig cirkulär avlång hålighet med en rörlig kolv av uran, den rör sig framåt 150 mm av själva anslaget. Effekten är att den gör ett prydligt hål med radien 100 mm på vad som helst, pansarplåt, betong eller vad som ni kan tänka er.

– I vad är vi hjälpta av ett prydligt hål? frågade en lite skeptisk, flera mumlande instämmande.

– Hålet i sig självt är poängen med det uppdrag vi har, men tyvärr kan jag inte berätta mer om det just nu.

Protester hördes, ölglas hamrade i borden.

– Men, sa Jack och höll upp en hand. Innan vi reser härifrån så ska ni få veta allt.

Många började naturligtvis att spekulera, men fortsatte att äta och dricka vidare.

Fru Kartov gled runt i lokalen och serverade. Hon kom fram till Olew igen och sa skrattande, att Anelina hade hittat sin älskade Igun i sängen nu på morgonen.

– Aldrig har det fula kräket varit så sött, hälsade hon.

Jack tittade på henne men förstod ingenting.

48.

Vladimir Putin kände en begynnande huvudvärk när han vaknade, och kände direkt att han behövde något som kunde lindra. Han tog med sig ett dricksglas in på toaletten och fyllde det till hälften med vatten. I sitt sängbord hittade han till slut ett huvudvärkspulver som han hällde i koppen, tog en tandborste och rörde om med skaftet. När det slutade bubbla tog han det i ett svep och kände efter ett tag att det skulle bli bättre. Vladimir hade känt sig hängig under sista veckan, innerst inne visste han vad det berodde på. Allt gick tungt nu. Han mindes med bister min tillbaka i september två år tidigare, då han och Sjojgu med en flaska vodka hade kommit på idén om det storryska riket. Sjojgu, tänkte han nu, vilken korrumperad pajas. Han hade inte ens en militär utbildning och ändå satt han där rund och ful, en jävla rest från Boris Jeltsin.

Huvudvärken började sakta släppa. Vladimir visste att hans största svaghet var att han hade ett omättligt kontrollbehov. Detta kom sig av att om man inte hade det, så var man ingen i Kreml. Han kom att tänka på Alexander som hade sökt honom i olika omgångar. Men han ville avvakta med att återkomma till honom, tills han kände sig säkrare på honom. Vladimir kände dock innerst inne att detta var fel. Alexander var ju en av hans äldsta vänner, tänkte han skamset. Ringer han igen så ska jag svara rättade han sig.

Han hade fått en mjölig smak i munnen efter huvudvärkspulvret, så han gick in på toaletten igen och drack mer vatten för att sedan skölja ur munnen. Han såg sig själv i spegeln och beslöt sig då för att raka sig. Under tiden han gjorde detta seglade hans tankar i väg.

Han hatade hur allt gått honom ur händerna de första dagarna då Kiev låg som en liten hora på ryggen, hon skulle bara tas på några dagar. Det hade han fått säkra underrättelser om. Det visade sig snart hur fel alla uppgifter hade varit, hans stridsvagnar rullade i kolonn rakt i armarna på Ukrainas armé. Förödelsen blev enorm, över hälften av hans stridsvagnar blev demolerade och resten hade bara tur som hann komma i säkerhet.

Han hade rakat sig klart och gjorde rent rakhyveln, han var noga med sådant, allt ska vara snyggt och rent. Vladimir började att klä på sig, han böjde sig ned och letade efter sina strumpor, men hittade bara en. Under sitt sökande efter den andra sockan funderade han vidare på hur allt hade utvecklats.

Om att den där jävla Zelensky, som nyss hade varit hos USA:s president Biden och sedan blivit inbjuden till FN. Zelensky hade kommit från en TV-serie direkt till att få möjlighet att förverkliga sin roll i verkligheten. Det hade fått honom att baxna. Han gillade inte att känna sig som nummer två, hela tiden ett steg efter. Vladimir lade sig ned på knä, lyfte sängkappan åt sidan och hittade socka nummer två och en vacker brösthållare. Han tog den och satte sig upp igen på sängkanten med den försiktigt i handen, han luktade på den, mmm Alinas doft. Han var hemma hos sin nyaste kärlek Alina och hennes doft var underbar. Hennes residens låg med utsikt ut över Kaspiska havet vid staden Karbadinka. Vladimir erkände för sig själv hur svag han var för henne och att han verkligen trivdes med henne, både i det dagliga livet och som älskarinna. Vladimir skämdes lite, men fick medge för sig själv att han gillade kvinnor över lag. Man kunde ha dem lite som balsam ibland att trösta sig med, eller som eskorter när det var fest.

Efter att ha fått på sig sin skjorta tog han sina byxor i handen och gick bort till Alinas sovrumsdörr för att knacka på, om han hade tur skulle han få på sig byxorna lite senare.

Vid lunchen tog paret en promenad i parken. Alina tog honom under armen och pratade om framtiden, om hur hon ville att deras relation skulle bli. Vladimir lyssnade med ett halvt öra och klämde in ett instämmande hummande när han kände att det behövdes. Det vore ju oartigt om det bara blev Alinas monolog. Vladimir hade sakta, undan för undan, fått en idé när de gick omkring på småvägarna mellan träden och statyerna i den stora parken.

Han skulle göra som den där Zelensky. Vladimir hade följt sin fiende på YouTube, hur han for omkring och dunkade sina soldater på ryggen, höll tal på det ena stället efter det andra. Han tyckte inte om att han inte hade tänkt ut det själv. Sociala medier hade stor påverkan, det vore idiotiskt att inte nyttja detta. Tv och radio kontrollerade han ju redan innan, men det var ju inte riktigt samma sak, det fick han medge. När han kom tillbaka hem skulle han ringa Alexander Bortnikov och bolla nya idéer med honom.

Vladimir log för sig själv och kände sig bättre till mods vid denna tanke. Han började nu konversera på riktigt med Alina, som förvånat tittade på honom och undrade varifrån han plötsligt fått luft.

49.

Efter sitt besök hos Alina skulle Putin senare åka till sitt eget residens Gelendzjik. Det var bara sextio kilometer mellan de olika herresätena. I vanlig ordning nyttjade han sitt pansartåg, nu var det viktigt att vara ytterst försiktig och inte ta några risker. På tåget fanns ett kommunikationssystem som skulle vara krypterat och säkert, det tänkte han utnyttja. Putin gick till sin fåtölj i mittersta vagnen, drog ned rullgardinen lite då solen stod lågt och ringde Alexander. Det tog tid innan signalerna kom fram och någon svarade.

– Ja, det är Vladimir här, du har sökt mig, sa han i sin ämbetsmannamässiga ton när Alexander svarat.

Det blev lite slammer i telefonen då Alexander satte ned fötterna på golvet, fimpade sin cigarett och smällde igen nedersta skrivbordslådan. Han hade blivit överraskad av samtalet.

– Alldeles riktigt min president, jag hade några frågor, fick han till sist fram.

– Se så min vän, Vladimir räcker så här, sa Putin låtsat godmodigt.

Aha, tänkte Alexander nu på sin vakt, nu är det något han behöver hjälp med.

– Vad var det du ville mig och vad är det som är så bråttom? frågade Putin.

– När vår informatör på svenska statsministerns kontor i Stockholm hör av sig till vår ambassad, till Viktor, vad ska jag göra med honom? Jag hade tänkt att skicka honom till Sankt Petersburg via Finland, vi behöver förhöra honom, sa Alexander. Han tog sedan ny sats:

– Hur långt har ni kommit med turken i Ankara och Natofrågan? Finnarna och svenskarna har något på gång utmed hela gränsen mot oss, det grävs och gjuts. Han tystnade och avvaktade Putin.

– Det är lite känsligt med Erdoğan förstår du, han måste spela dubbelt med oss och amerikanarna. Vi har inte råd att mista all olja Erdoğan köper av oss och han vill ha nya flygplan från USA. Vi ligger lågt och ser hur det blir efter han är omvald. Putin fortsatte:

– När det gäller finnar och svenskar, så har säkert din informatör en del att berätta, se till att få ur honom så mycket du kan och skicka honom till Ukraina sedan, sa Putin. Det blev tyst en stund då Alexander smälte det han hade hört. Han låter lite rosslig i telefon, tänkte Putin samtidigt.

– Har du börjat träna än? frågade Putin för att fortsätta samtalet. Eller röker du fortfarande en massa skit, tänk på din andedräkt, din fru kan ju tro att hon kysser dig i röven, skrattade Putin road över sin kommentar.

– Tack för dina direktiv, de skall bli utförda med den största omsorg som vanligt, sa Alexander och lät kränkt.

– Vänta vänta, sa Putin och sträckte sig i fåtöljen. Jag bara skojar med dig min gamle vän. Innan du lägger på, så skulle jag vilja ha en åsikt från dig.

– Jag lyssnar, sa Alexander buttert.

– Vad säger du om att jag åker tåg till fronten och inspirerar våra soldater, jag vill höja moralen lite, sa Putin och avvaktade.

– Hur svarar man på frågan, är det en kuggfråga eller en ärlig fråga? tänkte Alexander.

Han avvaktade med att svara.

– Ja, du hörde rätt, sa Putin efter någon minut.

– Jag skulle avråda, sa Alexander till slut. Med en sådan handling kan man inte ha tur två gånger, om man tänker på att Zelensky redan har gjort samma sak.

Det var en snygg och säker pik, jag är lojal mot Putin, samtidigt får han veta att han är steget efter Zelensky. Alexander log och såg sina nikotingula tänder reflekteras i bildskärmen framför honom.

– Min tanke är att spela på Zelenskys planhalva, han har ju faktiskt bevisat att det fungerar, lite moteld här på honom skulle inte skada, sa Putin och tittade nu på klockan. Putin var hungrig, Alina hade sugit musten ur honom erkände han för sig själv belåtet.

– Jaha, vi säger så, sa Putin. Det var i och för sig vänligt, jag känner din omtanke. Men jag kan ju inte rida en kosackhäst med bar överkropp i kampanjer och sedan vika ner mig för en jävla charmör från nån TV serie, skrattade Putin.

– Du får hjälpa mig med planeringen, så det blir säkert och bra. Vi säger så, sa Putin och avslutade samtalet. Han skulle vara framme vid Gelendzjik om 20 minuter. Det var grått och dystert ute nu, solen hade gått i moln, men snart är det sommar, tänkte Putin hoppfullt. Han rätade nöjt på sig i sin fåtölj efter samtalet med Alexander. Om Alexander hade trott att hans lustighet hade gått Putin förbi hade han trott fel. Det kurrade fortfarande i magen på Vladimir men han tänkte vänta med maten. Han skulle precis lyfta på telefonluren igen och beställa mat till ankomsten hemma, då plötsligt tåget skakade till och tappade fart.

50.

– Jag har fått besked från Esrange, sa Lilly på internkommunikationen. Det lät lite burkigt konstaterade hon men fortsatte:

– Vår egen satellit ligger nu perfekt och följer jordrotationen, sa hon.

Det var det meddelandet gruppen väntade in för att kunna fortsätta sin aktion. Visserligen hade de god kontakt med NASA, men Lilly hade krävt och sagt att det var mer fördelaktigt med en egen satellit från Esrange.

– Jag har en klar bild nu, fortsatte Lilly. Det är dags för första skott om 2 minuter, över till Archer.

Billy och Lilly satt i bandvagnen bakom Olews affär inne i byn och hade alla skärmar och data i full display. Det var varmt, så dörren stod öppen till Olews förtjusning. Han kunde stå utanför och se in.

Tom och Jack satt i Archer ute i hästskon som hängde i luften på åtta hydrauliska ben likt en spindel för att reducera rekylerna.

Jacob och en del av hans män satt på muren en bit ifrån. Det var som om en cirkus kommit till Hoptivka, tänkte sergeant Jacob.

– Okej, sa Jack. Inväntar satellitens målangivelse.

I magasinet låg de AI-styrda hypersoniska granaterna beredda. Det blev en tyst väntan någon minut.

– Jag har fått exakt måldata, skickar dem nu, hördes Lilly efter en stund.

– Jag programmerar, svarade Jack och gjorde så.

Det Lilly och Billy såg på sina skärmar var ett kargt område inne i Ryssland. De följde en röd prick som stannade lite utanför ett samhälle, eller i alla fall en större anhopning av byggnader. Billy zoomade in bilden tills de kunde se något som liknade tre jättestora avloppsbrunnar med lock på marken.

– Det ser ut som trekammarbrunnar på en jävligt stor grisfarm, sa Billy lågt. Den röda pricken låg på det mittersta locket.

– Skott går, sa Tom och tryckte på knappen. Det som följde var att Archer sjönk lite mot marken på grund av rekylen, ett dubbelt åskdån ljöd över Hoptivka och sedan tystnad.

Ukrainarna som satt på muren utanför med hörselproppar i öronen, ryckte till lite genant och log sedan mot varandra.

– Vilken jävla smäll! sa Jacob glatt och tog ett nytt bloss. Lilly hördes efter en stund i internkommunikationen.

– Projektilen når vändpunkten nu och vänder nedåt. Hon fortsatte:

– Nu går det undan, jag låser på målet klockan två, en meter in på locket.

Detta var en mycket specifik åtgärd man hade resonerat sig fram till. I och med att man inte visste om det fanns kärnvapenspetsar på de ryska robotarna, ville man inte göra ett hål centrerat i mitten, utan i ytterkant uppifrån och ned. På så sätt försökte de att undvika att träffa själva den eventuella kärnladdningen, bara sprätta upp tingesten ut med hela sidan som en konservburk. Lilly såg på sin skärm hur det mittersta locket kom närmare och närmare, nedslaget var perfekt. Hon zoomade sedan ut och konstaterade att det var en träff. Satelliten låg kvar över målet och skickade bilder i fin kontrast och upplösning tillbaka till dem. Det de såg var att samtliga tre lock stod rakt upp och att det bolmade ut något som såg ut som ånga eller brandrök ur dem. När de hade zoomat ut ytterligare, reagerade Billy på något nere i högra skärmkanten.

– Vad är det där? frågade han Lilly och pekade på bildskärmen med en penna. Lilly dirigerade om satelliten något. Efter en liten stund kunde hon centrera in bilden på det Billy hade pekat på.

– Det ser ut som ett tåg, sa hon eftertänksamt efter en liten stund.

– Märkligt, hon var tyst en stund samtidigt hon scannade av området flera mil runt området där tåget befann sig. Billy tog upp det ryska järnvägsnätet på sin skärm och studerade det. Det han såg fick honom att le.

– Du, Lilly, den sträckan finns inte i deras officiella järnvägsnät, sa han.

Lilly såg att det fanns två mycket stora byggnader i angränsning till järnvägsspåret. Tanken slog dem samtidigt om vad de såg, de tittade på varandra och Billy kontaktade Jack.

– Billy här, sa han.

– Kom, sa Jack.

– Jag tror att Putin är ute och åker tåg, sa Billy.

– Vad? Kan du utveckla, svarade Jack. Och det gjorde Billy.

– Ge mig nya data på främre och bakre loket, sa Jack till Lilly.

Han fick dem efter någon minut. Jack matade in beräkningarna och gjorde klart för ett dubbelskott.

– Okej, då kör vi, sa han, tittade på Tom och tryckte på knappen igen.

– Satan vad det small! sa Jacob ännu gladare utanför och tände en ny cigarett. Lilly sa efter en stund:

– Projektilerna har nu nått vändpunkten. Låsta på ett och fyra.

Hon zoomade in igen. Det hon nu såg, var ett tåg som i hyfsad fart rusade fram i ett grått landskap med träd som säkert var vackra gröna skogar om sommaren. Hon såg att hennes röda prickar var i mitten på varje lok och kom närmare och närmare. Plötsligt dammade det till på taket på loken och elektriska gnistor och eld slog ut på sidorna. Tåget saktade in efter några hundra meter och stannade.

– Woow! skrek Billy och gjorde high-five med Lilly. Jack och Tom hade följt det hela på mindre skärmar inne i Archer och pustade ut. Officiellt så var de klara med uppgiften redan när de slog ut silorna i första skedet. Nu skulle de byta kanonrör till vanlig standard och utbilda Jacob och hans gäng.

– Billy här, hörde de åter i lurarna efter ett tag.

– Ja, sa Tom och tittade på Jack med höjda ögonbryn.

– Lilly säger, att det ena stället på bilderna ser ut som Putins slott, det är en fyrkantig borggård med en fontän mitt i. Jag googlade stället och det ser ut att vara så. Det ser ut som en fontän som sprutar vatten och i mitten står en staty. Tom såg fortfarande på Jack, nu kommer det, tänkte han, bara Billy har sådana här ingivelser … Jack nickade i samförstånd och väntade på vad som komma skulle.

– Och vad har du för tankar om det, Billy? sa Jack. Billy var tyst men kunde inte hålla sig.

– Vi sätter en spränggranat i fontänen! sa han och höll andan.

Visserligen var detta helt utanför ramarna på deras arbetsbeskrivning, men de kunde ju inte heller ringa hem och fråga om lov. De enades att ta risken, de var ju ändå där för att skrämma skitstöveln enades de om.

51.

Den automatiska bromsen på tåget slog till så pass kraftigt, att Putin fick hålla i sig i karmarna på fåtöljen.

– Vad i helvete var det? skrek han rakt ut. Som om han var bönhörd kom en FSB-major inrusande och ställde sig i givakt.

– Min president, sa han.

Tåget stod nu stilla mitt ute i ingenting, Putin kunde inte se ut.

– Helvete, sa Putin igen och tänkte på sina sönderskjutna stridsvagnar utanför Kiev.

– Lediga, fick han fram. Vad händer?

– Bägge loken brinner min president, fick han som svar.

Vladimir blev rädd för första gången på mycket, mycket länge. Han ville ut ur tåget så fort som möjligt och söka skydd. När han tog klivet ned från tågvagnen, observerade han att säkerhetsfolket redan var ute och med hjälp av starka lampor undersökte omgivningarna. Den automatiska brandsläckningen gjorde sitt jobb och till sist var allt bara en rökfylld plats. Det var snart mörkt och fukten på marken gjorde Putins italienska lågskor genomblöta.

– Min president, hörde han sin FSB-man på nytt.

– Ni har telefon, han räckte över en mobiltelefon

– Ja, sa han och försökte låta stadig när han tog emot telefonen.

– Hej, detta är Nikolaj Patrusjev, jag har fått information från Rysslands strategiska försvar, att tre robotsilos har sprängts för cirka 10 minuter sedan.

–Vad?! skrek Vladimir och tog stöd mot järnvägsvagnen med handen.

– Jo, så är det, denna gång kan vi nog inte skylla på några rökare i personalen, sa Nikolaj, men ångrade sig snabbt. Han harklade sig fort och sa:

– Vi behöver vår president här i Moskva snarast för att kunna utvärdera vad vi ska göra.

Vladimir såg sig omkring som i ett vakuum, utan någon fast massa att sätta ögonen på. Han var alldeles tom i huvudet. Efter en djup inandning, så vände han sig mot Gelendzjik, sitt vackra slott för att få kraft och styrka för att orka svara, men då för att se en kraftig ljusblixt och höra en detonation. Vladimir tappade mobiltelefonen och satte sig ned på rälsen med fötterna rakt ut.

– Min president, hallå? lät det från mobilen i gruset.

Vem gjorde detta? surrade det i Vladimirs huvud. Han jämrade sig men samtidigt så kände han vreden stiga.

52.

Uppe på Must var man väl medveten om, att tiden var knapp för att ha någon nytta av Petri. Överhuvudtaget gällde det att återföra honom så snart som möjligt till ryssarna. Skulle Must bli sittande med Petri för länge, skulle han få svårt att förklara för sina överordnade var han hållit hus och de kunde bli misstänksamma och ana oråd. En annan fråga var, vilken typ av information ville Must ge till Viktor på ryska ambassaden? En önskan var ju att Petri skulle få något tillbaka, men det kanske var ett önsketänkande. Petri var en risk för Must själva, han kunde ju vara sin husse trogen trots sitt prekära läge med Sigrid.

– Jag tycker att vi släpper honom, sa Philip till säkerhetsrådgivaren Lars Henriksson som hade kallats upp till Must.

– Petri är en risk för alla inblandade. Skulle ryssarna ta honom har vi ett problem mindre och skulle han komma tillbaka är det ju bara att utnyttja honom så länge det går. Om han kommer tillbaka så har vi en trojan att utbilda, det var länge sedan vi hade den möjligheten.

– Jag håller med dig, sa Lars. Vi hämtar upp honom ur källaren och släpper honom.

De enades om att om Petri skulle komma tillbaka, så skulle de utvärdera läget på nytt. Philip ringde till statsministern och förklarade, att hans gamle chaufför Petri var frisk från Covid och skulle återinföras i tjänst. Krister, som ibland kunde lägga ihop två plus två, förstod andemeningen i det sagda och sa att det var trevligt att få tillbaka sin gamle trotjänare.

– Men, fortsatte han. Hur handskas vi med Sigrid?

– Jag ska tänka ut något, sa Philip och avslutade samtalet. Philip lutade sig tillbaka i sin skrivbordsfåtölj och funderade på vad han skulle informera Petri om. Han hade skickat efter Petri och Jona skulle väl dyka upp med honom om en kvart trodde han. När vakten placerade Petri på en stol tretton minuter senare på Philips kontor, såg han hoppfull ut, han ville tro att de kommit till vägs ände. Där hade han rätt visade det sig. Philip förklarade läget för honom och frågade om Petri kände sig bekväm med det. Det var viktigt att Petri var det, annars så skulle han få svårt att agera när han var utsläppt från Must.

– Men hur kommer omgivningen och Sigrid reagera på allt detta? Det var ju omskakande nog för Sigrid när ni tog mig, undrade Petri och skruvade på sig.

– När det gäller Sigrid, så får du en historia här som kan fungera.

Philip förklarade för Petri, att han hade spelskulder till ett lokalt ryskt gäng i Stockholm och de hade tröttnat på obetalda skulder. Petri hade blivit inplockad av dem för att han skulle förstå allvaret.

– Hur övertygande var de? frågade Petri och oroligt.

– Det blir du varse om innan du är ute på gatan, sa Philip lite barskt tillbaka.

– Statsministern hälsar att du är välkommen tillbaka, och han är också införstådd med din situation. Philip tystnade och tittade avvaktande på Petri.

– Är vi överens? frågade han när tiden gått ett tag. Petri nickade jakande.

– Du ska nu bege dig till ryska ambassaden som om inget har hänt, förklara lite om Coronasjukan och om de släpper ut dig igen kommer du hit. Du får inte kontakta Sigrid, sa Philip.

– Okej, sa Petri och ställde sig upp, han förstod att allt var klart för denna gång. Philip kallade på Jona Peltonen och sa att Petri skulle ledas ut ur huset, men först efter vad de tidigare pratat om, Jona log och sa, att ordern var uppfattad. De kom ner på bottenplan via hissen bredvid toaletterna.

– Du kanske ska gå in där och samla ihop dig, du ser förjävlig ut, sa Jona och pekade mot toaletterna.

– Du har rätt, nickade Petri och gick dit.

– Jag väntar, sa Jona och ställde sig med armarna demonstrativt i kors.

Petri gick in och konstaterade att han inte var ensam eftersom det lyste rött på en av båsdörrarna. Petri gick fram till handfatet och började spola kallt vatten för att skölja av sitt ansikte.

Han hörde att toalettdörren öppnades bakom honom och skulle precis vända sig om, då han fick ett hårt slag i ansiktet, så att han segnade ner och slocknade på golvet. Jona Peltonen som stod kvar ute i foajén såg att en kollega från Must kom ut från toaletten, de nickade i samförstånd, sedan var han borta. Efter en stund kom Petri ut med en blånad på kinden.

– Gick det bra? frågade Jona roat. Petri nickade och höll en våt pappershandduk med lite blod mot kinden.

– Du förstår väl att du inte kan komma hem hel och ren från en konfrontation med Stockholms undre värld, skrockade Jona och klappade Petri uppmuntrande på armen. Petri nickade igen och sedan fick han en ögonbindel och förpassades ned i garaget för vidare färd ned på stan. Han blev avsatt inte långt ifrån en hamburgerrestaurang.

Det var inget kul väder i Stockholm. Regnet öste ner, stormen ven och det fullt kaos. Petri frös i sina kläder och ville skynda sig hem för att byta om, speciellt till sina grövre kängor. Han hade blivit utslängd från Must före lunchen och nu var han riktigt hungrig. Petri sökte sig omkring efter ett öppet matställe och började gå nedåt gatan, han fann att det var bara Max hamburgare som låg närmast.

Han gick in, gjorde en beställning och satte sig längst in i lokalen. Det kändes smått surrealistiskt för honom att sitta här bland normala människor, titta på mammor med barnvagnar och lastbilschaufförer som jäktade vidare.

Regnet rann nedför glasrutorna och världen utanför blev randig. Petri kände behov av att nollställa sig, att ta ett steg tillbaka och tänka efter. ”1289 är klar”, hörde han långt borta, han gick och hämtade maten. Han öppnade kartongen och tog en tugga, blundade och njöt.

I bakhuvudet hade han haft Sigrid mest hela tiden, han var orolig över hur hon tagit allt som hade hänt. Hon måste vara mycket orolig, konstaterade han för sig själv. Efter att ha tuggat i sig hamburgaren och stripsen, sköljde han ned allt med vatten, knölade ihop servetten och trodde sig ha kommit till en slutsats. Han tänkte bryta sitt löfte med att inte kontakta Sigrid. Han tog upp sin telefon och ringde henne.

– Ja, det är Sigrid, svarade hon och Petri kände det som bomull om hjärtat.

– Hej, det är jag, sa han. Det blev tyst.

– Petri, är det du? Lever du? frågade hon.

– Ja, det är jag och allt är okej, jag har inte gott om tid att prata. Jag vill träffa dig på Scandic Sjöfartshotellet på Katarinavägen ikväll.

– Men vad har hänt? frågade hon oroligt.

– Vi tar det då, sa Petri och avslutade med: jag älskar dig, vi syns klockan 19.00, och knäppte av samtalet. Det gäller att hålla samtalet kort om någon vill spåra, han var ju en spion. I andra änden satt Sigrid och tittade in i väggen och försökte att få ihop det.

– Sigrid, kan du komma hit ett slag om du har tid, hörde hon statsministern ropa långt borta och hon reste sig upp. När hon kom in på hans kontor, sa han:

– Kan du sätta sig lite här en stund? Han pekade på soffgruppen som var ämnat för privata överläggningar. Jag vill återkomma till när du kom förbi och jag tvättade, sa han och gjorde citattecken i luften och log samtidigt. Sigrid förstod.

– Jag har pratat med polisen och de har övervakningsbilder på vad som hände utanför Frantzén och regnumret på deras bil. Jag har fått lugnande besked från polisen, att de är förövarna på spåren och att Petri snart är tillbaka hos oss. Sigrid tittade på honom, så märkligt att du säger det nu tänkte hon. Högt, sa hon:

– Åh så skönt, då är det bara att vänta, hon reste sig och gick. Hon log på vägen ut.

53.

Det politiska schackrandet pågick som vanligt i den svenska politiken, dock nu med en viss förbittring, då både Turkiet och Ungern välkomnat Finland till Nato. Generat hade den svenska statsministern ringt sin vän Pekka Haavisto och gratulerat honom. Att ringa Sanna, deras president, orkade han inte med just nu. Philip Berzelius kände sig djupt moloken över sakernas tillstånd. Han försökte koncentrera sig på annat. Han undrade hur det gick för Petri, de hade ingenting hört från hans övervakare. Men som om han hade varit bönhörd, ringde telefonen. Han lättade på slipsknuten och svarade.

– Ja?

– Hej, Jon Pålson här, har du sett i Expressen? frågade han.

– Nej, svarade Philip, men vänta. Han bytte webbsida och började skanna av sidorna tills han hittade det.

– Nu ser jag, sa Philip. ”President Putin attackerad inne i Ryssland” stod det med versaler.

”Sent på onsdagen attackerades Vladimir Putins pansartåg, inga dödade eller skadade. En verifierad säker källa bekräftar, att bägge loken träffats av ännu ej oidentifierade föremål som gått rakt igenom draglok och eftersläpande lok. På de bägge utbrända loken har man hittat ett decimeterstort hål som gått rakt genom hela tågkonstruktionen ända ned i järnvägssyllarna som rälsen ligger på. Ukraina har inte bekräftat händelsen." slut citat.

Samtidigt som denna händelse låg det en film ute på YouTube från Putins slott Gelendzjik, där en busslast med turister från Belarus funnits på plats, som en del i sin resa om historiska ryska byggnader. Mobilklippet visade när palatsets majestätiska fontän träffas av en blixt från himlen och blev till en stor hög av sten och grus.

– Oj, vad det enda Philip fick ur sig. Jon avvaktade tyst i andra änden.

– Jag kan inte utesluta ett samband, sa Philip till slut.

– Nej, sa Jon, det verkar som att vi kanske ska begära ut bilderna från Esrange.

– Precis, det verkar som, ja hur ska jag formulera det, Jack är på gång, kan man säga, sa Philip.

Philip satt en stund efter samtalet och klickade med en penna tanksprit, vad fan hade Jack hittat på nu? Ryssarna hade varit förtegna om eventuella händelser, men händelser av sådan här dignitet skulle i längden omöjligt kunna hemlighållas. Philip fick en idé och kontaktade seismologiska institutet. Efter ett tag fick han tag i en tuggummituggande kvinna som kunde verifiera att ett seismologiskt utfall hade skett, en trea på Richterskalan. Hon kunde inte förklara varför, då området inte var av sådan beskaffenhet att detta skulle vara en möjlighet. Nu blir det intressant, tänkte Philip och lyfte luren igen och ringde till strålsäkerhetsmyndigheten. Jo då, ett radioaktivt utsläppsmål hade observerats, men man var inte riktigt säkra än vart de skulle lokalisera utsläppet från.

– Det fanns inga kraftverk ännu som rapporterat störningar, men man kan ju inte veta med ryssarna, fick han till svar i luren som avslutning.

– Precis, sa Philip.

54.

Petri hade uppsökt en Teliabutik, efter det att han slängt sin telefon i en papperskorg på en SL-buss. Med nytt kontantkort sms:ade han Sigrid en glad emoji och ett P, så hon fick hans nya telefonnummer.

Han hade nu tid att fördriva tills dess att klockan skulle bli 19.00. Han förmodade att han skulle vara skuggad och vidtagit åtgärderna därefter. Petri tittade ned på sin klädsel och fann att den inte var lämpad för det tilltagande blöta vädret. Han måste ha sina kängor, bättre ytterkläder och mer kontanter. Svartensgatan där hans lägenhet låg, var inte mer än fyra-fem kvarter från hotellet där han och Sigrid skulle träffas på kvällen, så han beslöt att han skulle rekognosera läget. Petri trodde, att om han närmade sig Svartensgatan från Roddargatan, skulle han ha störst chans att inte bli upptäckt.

Den dåliga väderleken visade sig vara till hans fördel, sikten var dålig och regnet gjorde att det inte var så mycket folk ute, han tackade vädergudarna i det tysta och fortsatte. Som han hade tänkt sig, tog han sig in via bakgårdarna till Svartensgatan, ingen skulle kunna se honom när han förflyttade sig. Via källargångarna från huset bredvid, tog han sig upp till sin egen trappuppgång och vidare med hiss till våningsplanet ovanför sitt eget. Där satte han sig ned i fönster- smygen och avvaktade. Han hade full syn över sin egen port och fritt synfält åt båda hållen av gatan. Han satt där och observerade bilarna nedanför men fann inget som störde honom. Han beslöt att efter en stund gå ned till sin lägenhet. Väl inne tände han inga ljus, slängde av sig sina blöta skor och lät reklamen innanför dörren ligga kvar.

Petri kände pulsen gå ned, det var varmt och skönt i lägenheten och han beslöt sig för att ta ett varmt bad då han kände sig frusen. Petri tog en avkapad rörbit han hade liggandes på hatthyllan och satte den under dörrhandtaget mot golvet, så att det inte gick att trycka handtaget nedåt.

Inne i badrummet kunde han tända ljuset då det inte fanns några fönster, han klädde av sig och kröp ned. Äntligen hemma tänkte han när varmvattnet omslöt honom. Han kom på en sak, tog upp mobilen från badkarskanten och skrev till Sigrid: ”Se dig över axeln, du kan vara skuggad.”

Han beslöt att ge sig iväg i god tid till Scandic, gjorde samma arrangemang som tidigare och var där en halvtimme tidigare än utsatt tid. Han betalade för ett dubbelrum och tog sin nästan tomma resväska med sig till hissen och åkte upp. Petri kalkylerade kallt med, att det skulle ta åtminstone ett dygn innan Philip skulle förstå vad som varit i görningen. På vägen tillbaka ned till foajén observerade han förvånat att takterrassen var öppen och uppvärmd med gasolvärmare till gästernas stora belåtenhet. Han såg att det var mycket vackert att sitta i denna glasbubbla och se ut över delar av strömmen och Stockholm. Här kunde han ha ett fint avslut på kvällen med Sigrid, tänkte han.

Sigrid kom in i foajén och tittade sig omkring. Hon fick syn på Petri och sken upp, hon hade målat sina vackra läppar i en blodröd färg, såg Petri belåtet och gick henne till mötes. Petri tog hennes ytterkläder och lämnade dem i garderoben, bjöd henne armen och så gick de till restaurangen.

– Vilket mysigt ställe, så överraskande, sa Sigrid och såg sig omkring, för det var första gången hon var där.

Restaurangen hade många sittgrupper, alla vackert dukade med blommor och levande ljus. Färgskalan gick i grå ton på ett sobert vis och en vägg hade en fondtapet föreställande ett fram/backslag från ett fartyg på tapeten. När de satt sig ned, lade Petri sina händer på bordet med handflatorna uppåt och Sigrid lade sina i hans. Äntligen tänkte båda, nu var det som allt kunde ta sin början. Sigrid kände Petris ben under bordet, hur hennes ben fångades in, hon rodnade och blev varm. De satt där och tittade på varandra under denna första beröring för, som det kändes, evigheter sedan.

– Välkomna, här har jag menyn på kvällens läckerheter, sa en servitris plötsligt. Det var inte lätt att bestämma sig, det fanns så mycket gott, men de beställde medelhavsmenyn och en flaska vitt vin.

– Har du halkat? frågade Sigrid och strök Petri med handen på kinden.

På nytt satt Petri och begrundade vad han skulle säga, precis som sist på Frantzén. Han valde Musts historia, vad som helst utom FSB tänkte han och började att berätta. Från barndomen till chaufförsjobbet, men att det var ryssar som tagit honom, detta för att han var skyldig dem pengar.

– Ditt blåmärke? frågade Sigrid. Petri nickade.

– Är du skyldig dem mycket? frågade hon.

– Ja, sa Petri, men jag har en plan för att lösa detta.

De åt en stund, båda begrundade vad som sagts. Sigrid tänkte när hon såg på Petri, att det var något som lyfts ifrån honom, han hade inte samma veck i pannan som sist på Frantzén.

– Du har en plan, sa hon till Petri.

– Precis, svarade Petri.

Han snurrade på sitt vinglas och berättade, att han varit i kontakt med Sigrids arbetsgivare och tipsat honom om dessa kriminella ryssar. Krister hade i sin tur tagit kontakt med en man högt upp i någon form av säkerhetstjänst som återkom till Petri.

– Det var han som kom fram till oss sist på Frantzén visade det sig. Vilket sammanträffande, sa Petri ironiskt och gjorde ett låtsat förvånat uttryck med ögonen. Vilken otrolig historia allt hade blivit.

– Hur slutar detta nu då? sa Sigrid och lade ifrån sig servetten. Hon tog en mun vin, satte ned glaset och strök över glasets fot med fingret.

– Jo, jag ska vara en slags informant åt Philip Berzelius. Jag är ju själv ryss och har tillträde till deras ambassad, så det ska väl bli ett slags samarbete dem emellan, med mig i mitten, kan jag tänka mig, sa Petri.

Han kände att han höll på att bli varm i kroppen, att han höll på att klara nålsögat.

– Jag är så glad för din skull, eller rättare sagt för vår skull, sa Sigrid till slut och log.

Petri pustade ut inombords och smilade lite fånigt tillbaka.

– Du, vi tar hissen upp till terrassen och tar kaffe och en sängfösare, sa han och fingrade förstrött på saltkaret.

– Sängfösare? sa Sigrid roat och tittade på honom med förhoppning.

– Precis, sa Petri, han hade nu fått samma tankar.

De gick via garderoben och hämtade upp Sigrids kappa, tog hissen upp till Petris våningsplan och vidare till hans rum för att lämna den. Ljuset från staden lyste upp hotellrummet så inget behövde tändas.

– Hur mår barnet? frågade Petri och kramade Sigrid bakifrån.

– Du får väl känna efter … riktigt noga, sa Sigrid i en knappt hörbar utandning.

Petri kände sig lite berusad, inte bara av vinet.

Efter att ha haft känslan av att kastas fram och tillbaka, så stod han här nu i ett försiktigt upplyst rum med näsan i håret på sin Sigrid. Han strök henne försiktigt utmed hennes armar och kände hur svala och sköna de var. Sigrid tryckte sig bakåt och Petri kunde inte låta bli att reagera på beröringen av henne. Försiktigt som hon vore av glas flyttade han händerna och smekte henne över magen och uppåt över hennes bröst. Han njöt av den härliga känslan av att inte vara ett jagat villebråd, utan bara vara Petri. Det blev inget av med besök på terrassen och inget kaffe, planerna hade snabbt förändrats.

55.

Senare på kvällen hade Vladimir Putin blivit upphämtad med helikopter för färd till den närliggande flygplatsen. Där väntade ett privatplan mot Moskva.

Han hade omskakad suttit och tittat ned på Gelendzjik när de lyfte med helikoptern. Uppe från luften kunde han se ned på den för honom kränkande synen på bombningen av hans fontän. Putin var förbryllad och rädd, men han var inte dummare än att han förstod varningen. Förstörelsen av fontänen var personligt riktad mot honom. Denna gång din fontän, nästa gång är det du. Han skakade på huvudet, vilka de än var, så sköt de sönder tre silos och jag sitter här och ojar mig över den satans fontänen. Rotorljudet från helikoptern var rytmiskt och han hoppades att det skulle söva honom till ro, men inte, han var vaken fram till de landade på flygplatsen.

Nästa morgon i Moskva, klockan sju, blev han bryskt väckt av telefonen när Nikolaj Patrusjev ringde.

– God morgon min president, började han. Jag undrar om det inte är läge för att sammankalla delar av säkerhetsrådet med tanke på gårdagen?

Putin blev förargad på sig själv över att han ännu inte hade hunnit tänka tanken själv.

– Jag sitter här och skriftligen sammanfattar en utsaga om gårdagens händelser, men jag har ännu inte fått adekvat information om skadorna på robotanläggningarna. Du ser, käre vän, att jag är på banan, ljög han..

– På så sätt, sa Nikolaj kallt och sa:

– Nu på morgonen, så twittrade Volodymyr Zelensky följande: ”Rysslands President är som satan själv, och nu likt Frankenstein har han fått en påle rakt i hjärtat”. Slut citat. Här avvaktade Nikolaj med tystnad och hörde presidentens tunga inandning.

– Jag vill ha ett möte med säkerhetsrådet. Se till att fixa det, sa Putin och avbröt samtalet.

Putin scrollade sedan i sin mobil och hittade tweeten, men inte nog med det. På YouTube kunde han se ett utlagt filmklipp från en turist från Belarus som filmat fontänen på Gelendzjik och hur hela turistgruppen blivit vittne till förstörelsen. Putin fick svårt att andas för andra gången på ett dygn.

Han lade sig ned på sängen, på tvären nu, då han hade tvingats sig upp i sittställning med fötterna på golvet. Han började att fundera på händelserna på sista tiden och fram till nutid. Det var klart att bruset från sociala medier hade gått igenom många spärrfilter, det blev att öka trycket på oppositionen.

Putin bävade för vilka krafter han igen måste ge sig i kast med. Han återkom hela tiden till om vem det var som åstadkommit denna skada, inga förluster i människoliv, men ännu oöverskådliga materiella och framför allt i prestige. Om inte innan, så kommer den splittrade oppositionen finna nya gemensamma krafter, något att ta upp i säkerhetsrådet med inrikesministern.

Putin satte sig upp igen och gjorde sina rituella morgonrutiner. När han såg sig i spegeln med tandborsten i munnen så tänkte han att han hade haft tur, jag kan fortfarande borsta mina tänder.

56.

Olew gick glatt visslande omkring i affären och sorterade in torrvaror på hyllor, lysrören surrade muntert i taket idag och inte irriterat som det oftast brukade vara. Det var gott om kunder som vallfärdat dit, både för att skvallra och för att handla de nya varorna.

Kanonmullret öster om Charkiv hade inte tystat helt, men var nu på en sporadisk nivå. Det svenska paret som bodde i bandvagnen bakom affären hade tilldragit sig en viss uppmärksamhet när de var inne och handlat. Olew hade viskat i smyg för kunderna, om vad som hade hänt igår och visade film på mobilen från YouTube.

– Ja jävlar, det skulle bara vara Putins huvud i stället för en fontän, skrockade han och pekade diskret på resterna av den sönderskjutna fontänen med tummen.

På Tranzyt hade Jack samlat Lilly, Billy och Tom för att äta och överväga vad som skulle ske härnäst. Lilly ville flytta in på Tranzyt och fru Kartov hade lovat att iordningställa ett gästrum till henne. Fru Kartov var lite stolt över, hur snabbt hon lärde sig att hantera översättningsappen på en smartphone. ”Och din kamrat Billy?” skrev hon och blinkade med ena ögat. ”Inte ännu”, skrev Lilly tillbaka och spände ögat i tanten. Regeringen eller rättare sagt, Karl-Otto Engelbrekt och Philip Berzelius hade gett ett förslag, att man skulle utbilda ukrainsk personal på Archer och Arthur, för att sedan kunna lämna över systemet till ukrainarna. På så sätt skulle det finnas en viss kompetens när liknande försvarsmateriel skulle levereras senare.

– Vi skulle kunna börja med lite prickskytte, myste Billy belåtet. Jack nickade.

– Vi når lätt öster om Charkiv härifrån, skjutavståndet passar perfekt, sa han.

– Lilly, fortsatte han, ligger den svenska satelliten kvar i samma omloppsbana?

– Ja, än har inte ryssarna lokaliserat den, men det är en tidsfråga innan de försöker att plocka ner den. Jag ska försöka styra den över rumänskt vatten, landa den där så snart det går och skicka hem den eller förstöra den, svarade hon medan hon funderade om hon skulle fråga Fru Kartov om en extra madrass åt Billy inne hos henne.

Hon tyckte mycket om Billy, erkände hon för sig själv, när hon satt och tittade på honom mellan tuggorna när hon åt.

– Jag tror inte att Securitate är kontaktade än, sa Lilly och fortsatte att äta.

– Jag ska be Jacob att plocka ut några lämpliga aspiranter, sa Jack.

– Har du hört från Stockholm än? undrade Billy till Jack där han satt och surfade på YouTube.

– Ja, men vi vill hålla kommunikationen så sparsam som möjligt. Putin är förbannad och letar efter ansvariga, vi ska låta tiden gå först innan vi normaliserar kontakterna med Stockholm, svarade Jack.

Fru Kartov kom med kaffe och när hon serverade försökte hon konversera på lite hemmagjord engelska. Efter ett tag förstod Tom att hon undrade om hur den svenska migrationsmyndigheten fungerade. Fru Kartov hade en bekant, fru Anelina från igår om de mindes, vars dotter Irina fanns i Sverige. Tom berättade att många ukrainska flyktingar, speciellt de med rätt utbildning, fick snabbspår in i det svenska samhället. Fru Kartov nickade att hon förstått. När hon kom ut i köket tog hon sin telefon och ringde till Anelina.

– Hej, det är fru Kartov. Visst hade Irina en sjuksköterskeutbildning? frågade hon Anelina som precis hade kommit in, efter att hon varit ute i hönshuset och lagat rutor.

– Vad är det du undrar? sa Anelina förbryllat.

– Svenskarna som sitter här och äter, berättade om, att flyktingar med rätt utbildning kan snabbt få jobb i Sverige, sa fru Kartov. Igun kom in och sa på sitt kattspråk att han ville ha mat och strök sig mot Anelinas ben.

– Jag ska fråga om det när Irina ringer, sa Anelina, tackade och lade på. Kom Igun, det finns några fiskbitar kvar från Olew, sa hon till katten. Anelina tittade ut mot vägen utanför, hon hade observerat mer trafik från Charkiv med flera egna soldater, det var helt klart något i görningen.

Jack lämnade restaurangen, tog en jeep och åkte bort till Jacob som var tillsammans med sin posterade pluton vid Archer. Han informerade Jacob om svenskarnas beslut, Jacob sken upp.

– Äntligen, sa han.

– Ta din valda grupp och möt oss på Tranzyt i eftermiddag, så börjar vi där med att gå igenom den teoretiska delen, sa Jack. Jacob gjorde en slarvig honnör som svar och gick tillbaka till sin pluton. Jack åkte på tillbakavägen förbi Olews affär. Utanför stod många cyklar och mopeder så att han hade nästan svårt att komma in.

– Du tycks vara populär, sa han till Olew som muntert sken upp.

– Nya varor och Lilly har gjort stället populärt, de är väldigt nyfikna. Jag tror att de har lagt ihop ett och ett angående smällarna borta vid kanonen och vad de sett på YouTube, skrockade Olew nöjt.

– Jag har hört om ditt lager i containern, sa Jack. Det är dags att plocka fram det nu.

– Åh, på så sätt, sa Olew och sken upp.

Jack gick ut och konstaterade att solen nu stod högt och att luften faktiskt var ganska klar. Han gick bort utmed husväggen och satte sig ned på två personbilshjul som låg staplade där. Gräset trängde ut ur fälghålen. Han lutade ryggen mot den varma väggen, tog fram sin telefon och vägde den i handen, nu skulle han göra det han förbjudit alla andra. Jack hade inte hört av sig hem sedan han hade rest och han längtade ihjäl sig. Han hörde signalen gå fram, men han kom bara till röstbrevlådan. ”Hej, det är mammas telefon, hon är inte hemma. Klart slut.” hörde Jack Elins röstmeddelande. Det kändes så långt till Boden.

57.

Petri stod utanför den ryska ambassaden och väntade på att bli insläppt, han var mycket nervös. Vakten hade meddelat via det raspiga ljudet från högtalaren, att han fick vänta medan han tog kontakt med ambassadören, det tog nästan femton minuter. Petri blev förvånad när han såg att det var Viktor själv som kom för att släppa in honom.

När Petri hörde dörrarna sluta sig bakom honom och bruset från trafiken utanför försvann, började han att ångra sig.

– Ser man på, kamrat Petri gör oss den äran, sa Viktor lite ironiskt och puffade till honom lätt på axeln. Det var ett tag sedan. Viktor tittade Petri stint i ögonen.

– Vi går in här, sa han samtidigt som han pekade på dörren till ett kontorsrum.

– Var i helvete har du hållit hus? sa Viktor när dörren stängts bakom honom. Han gjorde en gest att de kunde sätta sig ned. Rummet var kalt och intetsägande med frostat glas i fönsterbågarna, det förstärkte den känslan.

– När jag kom hem från Boden blev jag mycket sjuk i Covid och hamnade, tack vare grannen på Karolinska sjukhuset. Jag meddelade min arbetsgivare på svenska statsministerns kontor, om vad som hänt innan jag gick hit. Då fick jag reda på att jag hade blivit utbytt, men av någon anledning så ville den svenska statsministern ha tillbaka mig igen. Petri log nervöst när han sagt det där sista till Viktor.

– Jag fick tillbaka jobbet och börjar där om en vecka.

Petri fortsatte efter att han samlat sig, han kom just att tänka på blåmärkena i ansiktet.

– Jag fick problem med hörseln och balansen efter Covid, därav mitt ansikte, man kan få olika följder av infektionen.

Viktor tittade på honom hela tiden i ögonen samtidigt som han snurrade och knackade sin cigarettändare rytmiskt i bordet. Han förblev tyst och fundersam.

– Du har ställt till det, började han. Du har inte blivit avhörd efter ditt uppdrag i Boden. Putin är förbannad. Du sitter inne med mycket viktig och känslig information om du gjort ditt jobb rätt. Så viktig, att Putin ska skicka ett par extra diplomater hit för att hämta dig till Moskva.

När Viktor sa diplomater, gjorde han citationstecken i luften. Petri visste vad det betydde, inte bra. Viktor ställde sig upp och ställde sig bakom sin stol med händerna på ryggstödet.

– Nu ska du göra följande, började han och lutade sig hotfullt mot Petri. Du ska gå till din arbetsgivare och tacka så mycket för vänligheten, men tacka nej till jobbet för att du har fått ett nytt mycket bättre betalt. Sedan far du hem till din lägenhet och avslutar dina andra civila åtaganden. Du ska infinna dig här i övermorgon eftermiddag i vakten.

Viktor släppte Petri med blicken, rättade till slipsen och gick ut ur rummet. Petri satt förstummad kvar. Han konstaterade dock, att han skulle bli utsläppt ur ambassaden, det var alltid något. När ytterdörrarna vid vakten åter slog igen bakom honom, såg han sig omkring med andra ögon. Nu var det hans egna landsmän, som var efter honom och inte svenskarna.

Viktor gick fundersamt uppför trappan till sitt kontor efter mötet med Petri, han var glad över att han valt en slipover under kavajen, det var kyligt på grund av att de inte betalt energiräkningarna. Satans embargo, muttrade han. Ambassadsekreteraren hade ställt fram svenskt fika på skrivbordet. Viktor erkände att han gillade svenskt fika, Ikea och Zlatan. Han ställde sig framför fönstret med händerna på ryggen och funderade på vad Petri hade berättat. Att den jäveln inte hade kontaktat ambassaden tidigare bekymrade honom, var det så svårt? Men å andra sidan så visste han inte så mycket om hur livet utanför grindarna var.

Petri hade sett rädd ut, han skulle säkert göra det han blev tillsagd, han var ju fostrad i FSB sedan han var en liten skit. Han tog den krypterade telefonen och ringde FSB i Sankt Petersburg.

– Paketet är klart för avhämtning i morgon, sa han.

– Petrow kommer med en kollega från Helsingfors och hjälper till, fick han som svar.

Ute på Gjörwellsgatan började Petri få ordning på sina tankar, det var dags att spalta upp en bucket list över det närmsta dygnet. Han bestämde sig för att gå mot Dagens Nyheter för att få tag i en taxi, där fick han till slut napp. Han satte sig i bilen och bad chauffören att avvakta. Petri hade ändrat sig, ringde telefonnumret han fått av säkerhetsmannen som slog ned honom på toaletten. Lappen med numret hade prydligt stuckit upp ur bröstfickan på honom när han hade vaknat.

– Ja, fick han som svar.

– Det är Petri, jag vill bli hämtad.

– Var? svarade rösten.

– Dagens Nyheter, svarade Petri och lutade sig tillbaka i sätet.

Den tidigare proceduren upprepades, dock inte under hot. Efter en halvtimme satt han på stolen i källaren framför Berzelius. Lysröret i taket var utbytt såg Petri och doften av kaffe neutraliserade plastdoften från golvet, konstaterade han belåtet. Berzelius hade ett veck i pannan som han inte hade haft förut.

– Du kom tillbaka snabbt, sa Philip i en konstaterande ton och böjde sig fram i stolen. Hur ska jag uppfatta det? Petri suckade, nu blev det jobbigt.

– Viktor ska skicka mig till Sankt Petersburg i övermorgon, efter det hamnar jag med största säkerhet i Ukraina. Ukraina har blivit som en kvarn man vill mala ned allt man vill bli av med, sa Petri.

– Du sitter i skiten med andra ord. Du har bränt ljuset i båda ändarna som vi säger här i Sverige, konstaterade Philip sakligt. Petri nickade att han förstod.

– För att du ska ha en chans att behålla livet, så måste vi plocka sönder dig i bitar. Ja, bildligt talat alltså, sa han när han såg Petris förskräckta ansikte. Philip förklarade:

– Din avrapportering på ryska ambassaden ska du hålla här, vi ska avprogrammera dig. Det enda som ska vara kvar av FSB i dig blir ditt yttre, vi måste ju tänka på Sigrid, sa Philip med ett försök till lustighet. Han fortsatte:

– Vi vet, att du redan har avvikit från ditt tidigare löfte om att inte kontakta Sigrid, men vi räknade kallt med att du inte skulle kunna hålla dig. Avlöpte det väl?

Petri slog ut med händerna och redogjorde delar av kvällen på Scandic, det var för sent nu i vilket fall, det förstod han.

– Jag kontaktar Sigrid med en förklaring om ditt nya försvinnande, nu ska du ner i källaren igen. Philip tryckte på en knapp på telefonen, mötet var slut.

58.

På begäran av Vladimir Putin var säkerhetsrådet åter samlat. Alla satt och såg ned på det vackra fiskbensmönstrade ekgolvet i väntan på att presidenten skulle göra en sen entré, som han alltid gjorde. Precis när utrikesministern Sergej Lavrov i vanlig ordning skulle putsa sina glasögon, öppnades dubbeldörrarna och Putin kom in och satte sig vid kortändan av bordet. Han ser inte frisk ut, konstaterade Nikolaj Patrusjev. Han såg att Putin också var irriterad, nu skulle Narysjkin få sig en omgång. Han log belåtet åt detta.

– Vad flinar du åt? Vi befinner oss inte i ett komiskt läge, eller hur Nikolaj? sa Putin och spände ögonen i honom och slog till i bordet med handen.

– Nej min president, jag ber om ursäkt, svarade han dämpat.

– Har du en förklaring till senaste dygnets händelser? frågade Putin. Han såg uppfordrande sig omkring.

– Har någon annan det? fortsatte han.

Det var knäpptyst i rummet, Putin höll sig försiktigt med ena handen i bordet, den darrade.

– Våra inhämtande organisationer står med brallorna nere, konstaterar jag, fortsatte Putin. Det är inte nog med detta, jag konstaterar samtidigt att vi blir attackerade på ett sätt där vi inte har vetskap om ursprunget. Jag tvingats till att läsa i västerländsk press, om hur vi hånas för att vi tycks plocka fram stridsvagnar från förra seklet, och att lyxbåtar i paritet med min egen beläggs med kvarstad i europeiska hamnar. Putin hade nu en röd färg i ansiktet när han fortsatte:

– Jag känner mig förrådd på min egen planhalva, förstår ni det? Paraderna på torget här utanför är ett jävla hån. Han lutade sig tillbaka mot ryggstödet och lugnade ner sig.

– Jag ber om ordet, sa Nikolaj.

Lavrov sköt upp sina glasögon och tittade på honom med intresse, nu blir det intressant.

– Ja? sa Putin frågande.

– Jag har fått en preliminär skaderapport som lyder följande. Slutsatsen är att alla skador har tillfogats med samma typ av vapen, en för oss helt okänd typ av granat. Vi har insamlat mikroskopiska fragment, vi vet ännu inte betydelsen av dem. Nikolaj såg upp men var inte färdig.

– Men, vi har med hjälp av vårt industrispionage i Sverige hittat något som vi vill forska vidare på.

Han lade rapporten belåtet på bordet.

Det här var något nytt, det förstod alla i rummet. De kom att tänka på de bägge fängslade informatörerna i Sverige, och de väntade på information från den tredje informatören som inte hade blivit avhörd.

Lavrov höjde handen.

– Jag kan informera er om att Vasilev Aronov ska vara på väg till Moskva enligt information från Sankt Petersburg. Ett jävla ljus i tunneln tänkte Putin lättat.

59.

Anelina och Edita satt och språkade vid köksbordet. Jarows och Editas hem var förhållandevis oskadat och Anelina trivdes med att ha sällskap. De satt och pratade om fru Kartovs telefonsamtal om Irinas utbildning.

– Det är för sorgligt, vi hade behövt Irina här och nu, sa Edita och rörde om i kaffekoppen. Anelina nickade instämmande.

– Nu är det bara vi gamla kvinnor som är kvar, tänk om vi hade haft samma möjlighet till arbete, sa hon. Anelina berättade att Irina hade hört av sig på morgonen, att hon hade det bra och att svenskarna hade sagt att de behövde sjuksköterskor.

– Tänka sig, sa hon, ett sådant rikt land och så har de också ont om sjuksköterskor. Jag får inte ihop det, sa hon och smackade bekymmersamt med tungan.

Kvinnorna tittade ut och såg när Jarow kom cyklandes på sin nystulna damcykel.

– Jaha, han har bråttom igen. Han ränner borta hos svenskarna ideligen. konstaterade Edita.

Det small till i väggen när Jarow ställde ifrån sig cykeln mot den och kom in.

– Finns det kaffe kvar? frågade han och satte sig ned.

– Det är bara fyra plusgrader ute och du svettas, muttrade Edita.

Olew berättade, att svenskarna skulle snart ge sig av och att de skulle lämna kvar sina grejer här hos dem. Han såg sig om efter sin kaffekopp och fortsatte:

– Jacobs mannar är på fru Kartovs restaurang och pluggar på hur apparaterna fungerar. Tänk om man hade varit ung ändå. Han hittade kaffet och värmde på i mikron.

– Svenskarna ska vara glada att du inte är där, du skulle ha stulit kanonen, skämtade Edita. Jarow tittade buttert på henne men förblev tyst och hällde ut kaffet på fatet. Anelina pratade vidare om Irina som om hon ingenting hört. Tom och Jack hade händerna fulla på Tranzyt, de var tacksamma att engelskan fungerade så bra, att inlärningen inte mötte några hinder. Fru Kartov kände sig nöjd mitt i eländet, alla skulle äta och några ville ha gästrum. Det skulle bli tomt när utlänningarna åkte tillbaka, men hon var tacksam för all hjälp till Ukraina och för sina extra pengar.

Jack och Jacob var överens om, att det var dags att inhämta information från Lilly, om var ryssarnas försörjningslinjer fanns. De kom också överens om att de borde prata med Olew, han hade ju stor lokalkännedom. Vädret var så pass bra, att bägge tyckte att en skön promenad till affären inte skulle göra skada. Förvånat knäppte de upp översta knapparna på sina jackor när de kom ut, vädret var ömsom vin, ömsom vatten.

– Nå, hur känns det att vara här hos oss? Det har ju faktiskt nästan gått en månad nu sedan ni kom, undrade Jacob och tände sin tionde cigarett efter frukost.

– Tja, jag är ju fostrad i det militära, pappa var i Kongo som FN-soldat, så jag halkade in i det. Tack och lov, så har jag en tålig fru. Sist var jag i Afghanistan. Som svar på din fråga, så längtar jag hem mycket mer än tidigare, så den här resan är min sista, svarade Jack.

Tjälen hade släppt och vägen hade börjat att bli lerig, så de fick ta en omväg genom att gå ut på ängen som låg bredvid. Jack höjde blicken och såg sig omkring när han sagt det där sista.

– Afghanistan säger du, en viss skillnad på krigföring menar jag. Här har du faktiskt valt sida, du bor inte här men skjuter ändå för att döda, sa Jacob.

Jack blev tyst en stund innan han svarade.

– Jag är ju här för att Sverige har tagit ett politiskt beslut. Du är här för att försvara ditt land och dina nära. Personligen känner jag en stor solidaritet för er rätt till försvar och anser även att det är ett försvar för demokratin.

Jack vände sig mot Jacob, bort från åkrar som väntar på att brukas och fortsatte:

– Det svåra med mina uppdrag är att varje gång jag ska ge mig iväg känns det väldigt jobbigt, men när jag väl har lämnat hemmet, så går det på automatik. En sak som jag gruvar mig för, är när mina småflickor verkligen vill veta vad jag gör. De började gå igen och affären låg nu inom synhåll.

– Det vi håller på med, är ett moraliskt dilemma, fortsatte han. Vi ska förstöra ryssarnas materiel och försörjning i första hand. Stryker det med några stackars ryska pojkar på kuppen, är det ingenting att göra något åt. Jag kan leva med det.

Jacob nickade och tog ännu ett bloss, fimpade sedan mot klacken och öppnade dörren in till affären. Inne i affären stod Anton och plockade varor. Jack tittade frågande på Jacob som tittade bort när han samtidigt höjde sin hand till en hälsning.

– Ja ja, Anton är mitt moraliska dilemma, sa Jacob. Jag kan inte glömma vad han gjorde för Anelina och barnen, så jag har inte skrivit någon rapport om honom att skicka vidare. Jack klappade då Jacob kamratligt på axeln. Det var lugnt för tillfället men de såg inte till Olew.

– Han är troligen med svenskarna borta vid kanonen, sa Anton till Jacob och fortsatte sedan med arbetet. Olew har fått en arvinge till, tänkte Jacob medan de gick ut igen.

Under veckorna som gått, hade Jack börjat förstå, att operationen de just påbörjat, visade sig bli större än han anat från början. Lilly hade presenterat en hel del skjutmål kopplat till väg 14K-30 mellan byarna Yasnyye Zori och Nechayevka. Byarna låg inne i Ryssland på skjut avstånd från Hoptivka. Ryssarna använde denna rutt till att bunkra drivmedel och vapensystem av olika slag, i trygg föreställning om sin osårbarhet. Lilly hade markerat åtminstone ett femtontal mål, som sammantaget skulle strypa stor del av ryssarnas livsuppehållande förnödenheter för de förband som attackerade östra Ukraina.

Lilly hade ett resonemang om varför deras satellit inte hade blivit utstörd eller förstörd. Det byggde på, att den svenska satelliten låg tillsammans med andra internationella satelliter och därför var det i praktiken omöjligt att förstöra den, utan att skada till exempel Elon Musks SpaceX.

Ett ofrånkomligt resultat av ukrainarnas kommande attack var ökad rysk flygspaning. Här skulle satelliten ge dem ett mycket stort försprång i antal varningar. Archer hade aldrig använts som luftvärn, då själva konstruktionen med stödben tog tid att ändra till ny skjutposition. I huvudsak fick man lita på ukrainarnas patriotrobotar, som deras säkraste skydd. Jack förklarade för Jacob att efter deras nästa attack var saken klar, svenskarnas engagemang i byn var färdigt och de skulle återvända hem till Sverige. Svenska regeringen skulle ta ett nytt beslut om vad som senare skulle hända. Bakom affären stod bandvagnen med stridsledningen. Dörren var öppen och Jack och Jacob kunde se, att två ukrainska män satt framför skärmarna med hörlurarna på.

Billy och Lilly satt utanför, tätt bredvid varandra i campingstolar och njöt av solen som behagat visa sig.

– Hejsan, här var det lugnt, sa Jacob.

Jacob tände sin femtielfte cigarett och lutade sig mot husväggen.

– Det ser ut som att ni har det lite lugnare nu, sa han och drog ett nytt bloss.

– Ja, Tom har ju lämnat över till er borta vid Archer, så det har blivit lugnare för oss, svarade Billy honom.

– Det börjar att dra ihop sig för examensprovet för våra ukrainare. Jacob funderade en stund innan han sa:

– Är det dags att informera vår egen stab om starttid?

Lilly svarade, att läget var perfekt, att logistiken var trimmad och att det fanns risk för att väntan skulle gå över till rastlöshet. Hon föreslog gryningen nästa morgon, då var det också klart väder. Jack och Jakob gick vidare till Tom och Archer för att stämma av läget. När de hade gått, satt Billy och tittade in på ukrainarna i bandvagnen.

– Du, Lilly, finns det en möjlighet att få sova hos dig i natt? här är det fullt. Han hörde hur det lät, blev röd om öronen och höll på att ångra frågan, men hon hann svara.

– Jag har väntat på att du skulle fråga, sa hon och kisade mot solen på honom. Då var det sagt. De såg på varandra, Billy blev lite mer röd om öronen, han såg nu på sin kvinna, inte en soldat. Han visste ju inte, att fru Kartov redan har lagt in en extra madrass, tänkte Lilly.

60.

På Must satt Philip Berzelius och försvarsministern Jon Pålson och diskuterade. Stämningen var lättsam med tanke på ämnet som skulle gås igenom. Philip hade med en viss tvekan involverat en politiker, men det som gjort beslutet något lättare var att Jon från början var från samma skola som han själv, Jägarbataljonen i Boden.

Det som nu låg på dagordningen var en propå från ukrainarna, att det var dags för steg två i uppgörelsen av svenskarnas engagemang i Ukraina. Därav Jons medverkan på mötet. Liksom i en bisats, så sa Philip vidare:

– Jag vill samtidigt informera dig, Jon, att vi sitter med en rysk avhoppare i källaren.

Jon stannade av i rörelsen när han höll på att ta av sig kavajen och tittade på Philip.

– Vad?! sa han. Philip förklarade vad som hade hänt.

– Han sitter inne med vad ryssarna vill veta om turerna runt förhandlingarna om vår Natoansökan och vad han fick reda på i Boden om Archer.

Jon satte sig ned efter att han hängt kavajen på ryggstödet.

– Har Sergej Lavrov hört av sig? undrade han.

– Nej, han verkar ännu vara i okunskap om vad vi har i

görningen. Det är viktigt att vår man i källaren inte hittas av ryssarna. Jon nickade och frågade igen:

– Har ni kommit någon vart med honom?

– Jodå, han sjunger som en liten stare för full hals, frågan är vad vi ska göra med honom. På sikt kan det kosta oss dyrt, sa Philip. Han förklarade dilemmat med Sigrid och det blev en stunds tystnad.

– Billigast blir om vi skjuter honom, sa Philip med sitt pokerface.

Vad fan sitter du och säger? sa Jon upprört. Philip brast i skratt.

– Du skulle sett din min, sa han.

– Ja, man kan ju inte veta med dig, sa Jon och snörpte på munnen. Lite diplomati om jag får be. Philip ställde sig upp och började vandra runt i rummet. Jon fick vrida sig om för att följa honom under samtalet.

Philip fortsatte:

– Sigrid och vår man i källaren, har ett förhållande som vi inte kan komma runt. Förhållandet är känt av Sigrids mor Ingegerd och justitieminister Gunwald Ström är ju hennes man. Philip tittade då på Jon.

– Ja, du hör vilken soppa, sa han. Jon nickade och sa:

– Ny identitet och plastikkirurgi låter det som?

Precis, sa Philip. Avhopparens ansikte är inte känt i Sigrids släkt, så det kan gå. Vi måste ta Sigrid åt sidan och informera henne med vår tillrättalagda historia, samt om hur hennes vän i källaren ska klara sig undan ryska maffian.

– Jag hoppas verkligen att han är värd det, sa Jon tyst och tittade ned på sina händer, han funderade.

– Skulle tro det. Lägger vi locket på, så sitter Putin utan

information om vad som hände med hans fontän, sa Philip och log lite av sin slutkläm om fontänen. Innan han gick, fick Jon information om det stundande överlämnandet av Archer till ukrainarna, den information som Philip tyckte han behövde få.

– Överlämnandet sker ju precis lagom till de nya politiska besluten om att skicka fler Archer till ukrainarna, sa Jon belåtet och öppnade dörren.

När dörren var stängd och Philip hörde att hissdörrarna öppnades och stängdes om försvarsministern, tog han kontakt med källaren och begärde upp Petri. Det var allvar nu.

61.

Fru Kartov och hennes man sprang omkring på restaurangen, i full färd med att leverera frukost. Det var okristligt tidigt, tyckte hon, men den gulliga svenska kvinnan Lilly hade lovat att hjälpa till i den mån hon kunde.

Fru Kartov såg, att trots den tidiga timmen, så såg fröken Lilly rosig och pigg ut, varför behövde man ingen underrättelsetjänst i världen för att räkna ut.

Det blev en del slammer när alla bröt upp och gav sig iväg på en gång. Fru Kartov hade förstått, att det var en speciell dag för svenskarna och Ukraina, men hon förstod inte riktigt hur. Hon hade inte fått vara i restaurangen samtidigt som de hade haft lektioner där. Billy och Lilly möttes igen vid bandvagnen Arthur, nickade roat till varandra och klev in. Det var uppgjort att de skulle övervaka ukrainarna, så allt blev riktigt gjort. Nu stod det för mycket på spel för ett misslyckande, samma sak gällde borta vid Archer. Jack och Tom vakade där av samma orsak. Första delen i attacken var att välja alla skjutmål samtidigt och mata in måldata. Totala sluttiden på anfallet skulle på så sätt bli ett minimum.

I denna skjuthastighet med så många sammanlagda mål, fick inte hettan i mekanismen överstiga ett visst antal grader, för det kunde äventyra prestationen. Lilly hade hittat tretton mål som hon ansåg skulle ge störst elände för ryssarna. Bland annat hade hon lokaliserat ett upplag med mobila dieselcisterner, en kolonn med stridsvagnar P-94, sex så kallade ryssorglar, ett robotsystem och lite annat av stora strategiska värden. Ukrainarna matade in alla värden i Arthur med översyn av Lilly och så var det klart. Det var Tom som skulle ge order, okej, tänkte han då kör vi.

– Eld, sa han i mikrofonen. Det som följde var känslan av nyårsfirande i en normal svensk stadspark. Flera rytmiska, mycket dova dubbla smällar hördes i fast takt och höll på så i cirka femton minuter. Sedan blev allt tyst, riktigt tyst, efter ett tag hörde man fåglarna och röken från kanonröret tonade bort. Jacob tog av sig hörselskydden.

– Var det allt? sa han lite besviken och slog sig på bröstfickan efter sina cigaretter. Allt jävla ståhej och bara en kvart muttrade han.

– Hör upp nu, sa Jack. Kamouflera allt, var beredda på spaningsflyg.

Gruppen hade övat mycket på denna del, vikten av att inte synas eller höras. Likt kaniner hoppade alla ner i sina hål och la igen locket, det var nu det fanns skäl till att vara försiktig. Nu fick de prov på hur avstörningarna på svenskarnas vapen fungerade. Tom tittade ut efter ett tag och trodde inte sina ögon. Jarow kom cyklande mitt på vägen, han hade vaknat, hört de dova ljuden och blivit nyfiken. Han sicksackade mellan hålen på vägen bort mot Tranzyt där han såg att lampan över dörren lyste. Plötsligt kom ett flygplan svepande över honom där han cyklade, det kom så snabbt och så lågt att han blev överraskad. Han höll på att trilla omkull, men stannade och klev av cykeln och tittade efter flygplanet. Efter en kort stund kom ett till och då såg han att det var ryska plan. Han förstod att Edita hade hört samma sak och undrade nu säkert var han höll hus. Han vände om och cyklade allt vad han orkade tillbaka hem igen. Edita stod i dörren med lampan släckt när han kom hem.

– Du kunde inte låta bli va? muttrade hon.

Anelina satt i köket med Igun i knät och med uppspärrade ögon. Skulle Hoptivka bli ett nytt Bachmut? tänkte hon.

Jack stod i samma morgongryning inne i Olews affär och såg Jarow på vägen.

– Dumma nyfikna gubbe, sa han lågt, när spaningsflyget skrämde Jarow av cykeln.

Inne i affären satt resten av gänget på golvet mellan frysarna och försökte att koppla av. Alla soldater i gruppen var bannlysta utomhus en tid framöver. Men det återstod ett stort problem. Hur länge skulle svenskarna få vänta på en helikopter för att kunna ta sig ut? Risken var överhängande att de inte skulle kunna få någon hjälp, då ryssarna troligen skulle fortsätta med överflygningarna en lång tid framöver. Han såg i ett troligt scenario, att det skulle bli samma väg tillbaka som de kommit. Suckande vände han sig om och såg Billy och Lilly satt och tryckte tillsammans på golvet.

Jack kände sig nu ensam, längtade hem till Maja och tvillingarna, han behövde snart ett samtal med familjen.

62.

Sjojgu, Rysslands försvarsminister låg och sov i sin säng. Han var tacksam över att han hade fått tillfälle att vara hemma hos sin hustru, även om hon hade en irriterande vana av att snarka, även då hon låg på sidan. Han låg där nu väckt i gryningen och planerade inför dagen, iförd sin morgonrock, som han hade fått i gåva av Jeltsin för många herrans år sedan. Då var livet lite lugnare och inte som nu, full av tvära kast.

Mobilen vibrerade i tyst läge, han såg på displayen att det var Jevgenij. Sjojgu svor tyst och smög ut ur sovrummet. Jevgenij var en av de otrevligaste typerna han visste. Han själv hade varit arméns representant sedan trettio år, men den här rövaren var en uppkomling som alla andra. Tyvärr hade Jevgenij från början fått för stort öra av Putin ansåg han, men med tiden hade denna ömsesidiga respekt mellan Putin och chefen för Wagnergruppen till hans stora glädje, börjat att krackelera.

– Ja, svarade, Sjojgu irriterat.

– Och en god jävla morgon på dig också, sa Jevgenij och fortsatte:

– Tjernobyl var en skithändelse jämfört med det som händer nu.

– Förlåt? svarade Sjojgu överraskat.

– Nu kan du ta din Putin och köra upp ett kvastskaft i röven på honom. Från och med nu tar jag mina resterande gubbar och drar till Afrika eller Belarus, det är jävligt lugnare där.

Sjojgu var inte ovan Jevgenijs ordförråd, men nu förstod han att läget var exceptionellt. Han satte sig ned på taburetten vid hustruns sminkbord och bad att Jevgenij skulle utveckla vad som hade hänt.

– I morse blev jag av med mer än hälften av mitt förband och mina förnödenheter. Jag tror att det, ta mig fan, bara tog tjugo minuter och sedan var allt borta.

– Du skojar? sa Sjojgu men ångrade sig snabbt.

– Jo du, jag tror att Zelenskys våroffensiv har börjat och det med en jävla kraft, du får snacka med presidenten, för jag gnäller ju bara enligt honom, fortsatte Jevgenij.

När Jevgenij hade lagt på, satt Sjojgu kvar och begrundade samtalet, han såg upp och råkade se sig själv i spegeln och konstaterade att han hade blivit gammal väldigt fort. Det låg mer mjäll än vanligt på morgonrockens krage och han borstade irriterat bort det och reste sig upp. Han smög tillbaka till sovrummet efter sina kläder och sedan ned till köket. Han och frun hade en våning på Petropavlovskiy Lane, inte så långt från de heliga apostlarnas kyrka, så en taxi till Kreml skulle med lite tur bara ta tjugo minuter. Hustruns hemhjälp var ännu inte uppe, så han gjorde sig själv en skål yoghurt under tiden som han ringde till

Putins kontor och därefter efter en bil. Putins sekreterare meddelade honom, att presidenten var på ingång och att han skulle boka in mötet.

Sjojgu hade varit med på sista mötet i säkerhetsrådet, men där hade han varit tyst då han konstigt nog inte hade blivit tillfrågad. Han hade då observerat att det rådde konflikt av något slag mellan medlemmarna. Han funderade på om även han skulle liera sig med någon? I så fall skulle det säkraste kortet vara Lavrov, utrikesministern som stod Putin närmast. Han hade ju överlevt en tidigare president och tänkte minsann också överleva den här. Han fäste en Post-it-lapp på kylskåpsdörren där han meddelade hustrun att han troligen skulle bli sen. Bilen hade kommit och han tog hissen ned.

Sjojgu blev eskorterad till förrummet framför presidentens kontor, han räknade inte med att bli insläppt i brådrasket. Det var samma spel som alltid och kaffe hade aldrig den sura sekreteraren bjudit honom på. Han höll frågande upp ett paket Marlboro åt dennes håll och fick en godkännande nick som svar. Han fick röka i ytterligare tjugo minuter innan dörren slogs upp och han blev anvisad in.

Putins privata kontor var rektangulärt, säkert tjugo meter långt och själv satt han i bortre änden vid sitt mastodontstora skrivbord. Sjojgu gick fram och blev stående framför skrivbordet, det fanns ingen stol. Putin var irriterad och han sa surt:

– Och hur går det med operationerna i öster? Han tittade upp, askgrå i ansiktet och fortsatte:

– Hur kommer det sig, att det förbannade YouTube ger mig snabbare information än du?

Sjojgu visste inte vad han skulle svara, han hade glömt att titta på sociala medier innan sitt besök. En oförlåtlig blunder visade det sig.

Putin tog en handkontroll till sextiotumsskärmen bakom honom och knäppte på sin TV. Han sökte sig fram till YouTube där han klickade upp en film. Golvet försvann under Sjojguns skor när han såg förödelsen.

63.

Ukrainarna hade tidigt visat sig behärska modern media och teknik. Deras president Volodymyr Zelensky, som tidigare spelat sin nuvarande roll i en TV-serie, sparade inte på krutet. Med drönare och smartphones, visade ukrainarna omvärlden om sin senaste attack på speciella mål som gav ryssarna stor förödelse. På Must hade några samlats innan morgonfikat på Philips kontor. Tidigare rapporter hade fångat upp det som nu hände på sociala medier. Nyhetsankaret Katarina Sandström spände sina vackra rådjursögon lite extra mot kameran, när hon påade senaste inslaget från Ukraina:

”Ukrainska drönare filmade i morse olika sprängningar av ryska depåer och ansamlingar av rysk olja och krigsmateriel. Omfattningen var av sådan art, att en dramatisk avtrappning av den ryska aggressionen i östra Ukraina väntas bli resultatet. Ukrainska myndigheter har ännu inte kommenterat händelsen.”

Ett eldorado av explosioner visade sig på TV, delar av material flög i luften, askmoln steg och dramatiken var i klass med krigsscener som producerats för bioduken. Philip stängde av TV:n. I rummet fanns nu Jon Pålson och Karl-Otto Engelbrekt.

– Det var som fan, sa försvarsminister Jon Pålson glatt. Archer tycks fungera fint, finländarna måste skatta sig lyckliga, när de fått köpa dessa i tid med de nyss godkända Natoförhandlingarna.

Han log som om han fått en tia på matteprovet. Superlativen tog tillfälligt slut. Philip tittade på Karl-Otto. Jon hade ingen vetskap om den hemliga uppgraderingen av den amerikanska B-30-granaten, så Jon förstod egentligen inte vad han hade sett.

– Nä, precis, sa Philip efter Jons känsloutbrott. Nu får du och regeringen prata ihop er med ukrainarna, om hur hemvändandet för svenskarna ska ske på lämpligt sätt. Putin lär väl ha lite spaningsflyg kvar som kommer att försvåra hemvändandet för oss.

– Jajamen, sa Jon och reste sig för att gå. Katarina Sandström är en förbannat grann kvinna, sa han och stängde dörren efter sig och gick glatt visslande bort till hissen. Philip och Engelbrekt tittade förstummat på varandra.

– Katarina på Rapport påminner om Ida-Marie, sa Philip lite tyst.

Senare under dagen hörde både Bofors och SAAB av sig till Engelbrekt med anledningen till den lyckade insatsen i Ryssland. En ny svensk förbättring hade testats med gott resultat och nu väntade härliga dagar för den svenska krigsindustrin. Amerikanarna lär väl komma krypande för att göra affärer, men då fick de i gengäld skaka vett i turken i Ankara. Den svenska statsministern hade fått ett bra läge i Natoförhandlingarna.

Avprogrammeringen av Petri var nu inne på sin slutfas och det låg väl i tiden för att han skulle kunna försvinna. Han var nu planerad till kliniken i Schweiz och skulle aldrig mer, med sin nuvarande identitet, återkomma till Sverige. Philip påminde sig om att han måste ta ett samtal med Sigrid, det var hon som var skälet till Musts välvilliga inställning till spionen i källaren. För en spion var han. Under hela sin tid som statsministerns chaufför och i hans kontakt med Sigrid hade han snärjt och spelat falskt. Han var egentligen värd en kula tyckte Philip. I den tanken stannade Philip upp och försvann i tankar, en idé hade slagit rot.

Petri kunde tacka Sigrid för livet, eller rättare sagt, tacka hennes mamma Ingegerd. Hon var som Philip själv, en del av Stockholmssocieteten. Philip tittade hastigt på klockan vid tanken och ringde sin mor, hon hade velat att han skulle plocka upp henne utanför NK för vidare färd hemåt. På väg till NK funderade han på sina kamrater, på hur Jack och Company hade det. Nu letade ryssarna efter svar på vad som hänt och Philip förstod att kamraterna hade en svår tid framför sig. Petris inhämtade information om vad som hänt i Boden skulle som väl var, aldrig nå fram till Putin.

64.

När Jevgenij hade slängt på luren i örat på försvarsminister Sjojgu ringde han till ordföranden i säkerhetsrådet Nikolaj Patrusjev. Han var nu ordentligt uppretad.

– Ja? svarade Nikolaj.

– För helvete Nikolaj, du måste samla ihop säkerhetsrådet, det håller på att gå åt helvete.

– Ja, och med vem talar jag med? sa Nikolaj. Han visste mycket väl med vem han talade med, men tyckte att lite hyfs före lunch kunde man kräva.

– Sorry, det är Jevgenij Priozjin. Wagnergruppen, du vet.

– Oh, god morgon på dig med, sa Nikolaj. Vad kan jag hjälpa dig med?

– Putin håller på att tappa greppet, du har väl hört om vad som skett i östra Ukraina? Jag vill att du samlar säkerhetsrådet. Du får väl konferera med presidenten så att det låter som hans förslag. Du lär dig tycks det som, tänkte Nikolaj och svarade:

– Ja du, den tanken har förekommit mig, men han kan spela på sin dåliga hälsa.

– Den jäveln kan väl skicka sin stand-in i vilket fall? sa Jevgenij utan att tänka sig för. Han visste inte om hur väl

Nikolaj var insatt i dessa florerande spekulationer. Det blev nu tyst i luren från bägge håll. Till sist sa Nikolaj:

– Jag ska se vad jag kan göra.

Med en artig hälsning om framgång avslutade han samtalet och ställde sig upp, gick till sitt fönster för att tänka. Det har blivit en vana på sista tiden, det syntes på spåren i mattan. Utanför kunde man försiktigt skönja våren och till sin förfäran insåg han att kriget hade hållit på över ett år nu. Vilken enorm felkalkylering detta enorma spektakel hade blivit. Jevgenijs samtal var på sätt och vis en bekräftelse på detta. Ännu värre var, att hans gliring om dubbelgångaren var sann. Under den så kallade specialoperationens inledning, så hade Nikolaj skämtsamt framfört till presidenten, att det vore smidigt om presidenten kunde vara på två ställen samtidigt. Vladimir hade stannat upp i rörelsen och tittade på honom och sagt:

– En god idé, skrattat till och fortsatte, ge mig något att ta ställning till, bra Nikolaj.

Nikolaj tog Putin åt sidan följande dag och ville ha en bekräftelse på gårdagens samtal med honom.

– Det är okej Nikolaj, gå vidare med det, men inte ett ljud till någon annan, då skjuter jag dig, hade han sagt och blinkat med ena ögat.

Det hade tagit Nikolaj flera månader innan han på olika omvägar hittade en teologiprofessor på universitetet i Novosibirsk som var otroligt lik Putin. Nikolaj åkte dit. Det visade sig, att Tarnow Anatoli verkligen var så lik Putin som fotona på honom hade visat. På en föreläsning som Nikolaj bevistade, kände han en fascination för vad han såg och kom på sig med att i huvudet justera rösten, kroppsspråket och en liten fysisk egenhet på objektet, för att allt skulle kunna stämma. Nikolaj for tillbaka hem till Kreml och visade Putin vad han hittat.

– Fantastiskt! utropade Vladimir Putin glatt, när han såg Nikolajs resultat i mobilen. Se till att FSB hämtar in honom. Och så blev det.

Tarnow blev helt övertygad om sin viktiga betydelse för presidentens säkerhet, men framför allt var det ett hot och löfte om mycket pengar som gjorde att han sa ja till det erbjudande han fick. I Novosibirsk spred sedan FSB ett rykte om att Tarnow arbetat och sympatiserat med en av de förbjudna västliga välgörenhetsorganisationerna och hade blivit satt i fängelse.

Tarnows utflykt till Charkiv som president hade blivit en test som hade gått hem, med ett undantag av hans röstläge. Men det förklarades med att presidenten hade en stämbandsinfektion vilket var sant, för originalet led faktiskt också i nuläget av en sådan. Vladimir Putin och Nikolaj hade enats om att Tarnow skulle skickas utomlands för en justering, så att ingen kunde se att det var en kopia.

Nikolaj gick tillbaka till skrivbordet, ringde ut till förrummet och begärde frukost, det var dags att börja dagen. Nästa samtal gick till presidentens kansli där han försökte boka ett möte på eftermiddagen.

– Säg till presidenten att det gäller ett begärt möte i säkerhetsrådet, sa Nikolaj till sekreteraren.

Han kollade sedan i sin kalender när den bokade justeringen av Tarnows stämband och annat skulle bli av och konstaterade sedan, att det nog var dags att boka flyg. Nej, förresten, han måste naturligtvis få tag i en privat Learjet, Tarnow kunde ju inte sättas på ett av de statliga bolagen.

65.

Gatustriderna i Bachmut fortsatte, dock något mindre intensivt än innan. Världen så som Jack uppfattade det, stod liksom och vägde i vilken väg allt skulle ta. Putins charmoffensiv med soldaterna i Charkiv nyligen, var som bortblåst i och med svensk-ukrainska gruppens agerande. Allt stod stilla. Överflygningarna av ryskt flyg avtog ganska snabbt, då det visat sig att förlusterna av deras MiG-39 hade ökat oroväckande. Ukrainarna hade faktiskt också lyckats med bedriften, att skjuta ned en del helikoptrar med granatgeväret Carl Gustaf.

– Inte illa, sa Billy en kväll när de var samlade i baren hos fru Kartov. Men jag undrar hur han tänker den där Putin, det är som att han målar in sig ett hörn. Tom hade tagit lös bildskärmen från Archer och hängt upp den på Tranzyt, en gåva som alla hade nytta av. Där hade en del av byborna kunnat följa utvecklingen i nyhetsrapporteringen och se andra filmer tagna i kriget av soldater med sina mobiler. Som motvikt tittade de också på vanliga program också, typ kockduellen och fotboll. Den stora frågan var nu evakueringen av svenskarna. Skulle lugnet visa sig vara långsiktigt eller skulle det ta hus i helvete igen? Spekulationerna bland de gamla gubbarna i baren var intensiv, en del hade till och med börjat med vadhållning om vilken datum svenskarna skulle kunna åka hem. Anelina och Edita gjorde sig ofta besök till baren och med hjälp av Lilly och Google Translate, gjorde de sig förstådda om bland annat ukrainarnas belägenhet i Sverige.

Anelina var på gott humör och berättade om dottern Irinas förhållanden som hade förbättrats avsevärt.

– Var ligger Pitea? undrade hon.

– Tror nog att det är Piteå du menar och det är inte så långt varifrån vi kommer, svarade Lilly.

Hon visade med telefonen både bilder och var på kartan Piteå låg. Anelina fick en tår i ögat, hon tyckte det var väldigt långt bort, hon saknade Irina och barnbarnen något oerhört. Billy tittade medlidsamt på henne, sköt bort sin tallrik och funderade.

Efter någon vecka kom Jacob och berättade, att soldaterna från Ukraina som varit i Storbritannien, Tyskland och Sverige hade börjat att komma tillbaka från sina utbildningar, tillsammans med materiel som de var utbildade på. Jacob sken som en sol, Jack kunde känna hans känsla.

– Oj, jag höll på att glömma, sa Jacob lite retfullt. Det kommer en Vertolhelikopter och hämtar er klockan 03.30, ni ska hem på fredag. Du Jack, ska ringa hem till er säkerhetstjänst.

– Du höll på att glömma? Jack slog Jacob lätt vänskapligt på axeln.

Jack hoppade ut från Volvon han suttit i när Jacob hade kommit körande, han tog upp sin mobil och började gå in mot byn. I dag var det en ganska varm dag och det kändes som om våren äntligen skulle komma i gång. Han tänkte på Zelensky som säkert hade händerna fulla vid den här tiden. Jack passerade Olews affär och vinkade till Anton, som gjorde något som påminde om städning utanför. Anton svarade med en slarvig honnör. Han slog numret till Philip, det gick fram fyra signaler innan han svarade.

– Berzelius här.

– Jag hörde att vi skulle hem, sa Jack.

– Nämen tjenare Jack, sa Philip glatt. Jo du, jag är less på din tjatande fru, så det är lika bra att ni kommer hem, inga döda eller skadade hoppas jag?

– Nej, vi går på tomgång och vill hem, det blir med en Vertolhelikopter hörde jag, sa Jack och såg Tranzyt bakom nästa vägkrök.

– Japp, vi beställde en större helikopter om det skulle finnas några skadade, men ni lever ju allihop, så det är förmodligen overkill, men så blir det. Philip tystnade en stund och Jack kunde höra att han hade P4 Stockholm på svag volym.

– Det blev en djävulsk effekt på det ni gjorde, det blir säkert en hemlig medalj när ni kommer hem, sa Philip.

– Hämtning 03,30 på fredag? sa Jack.

– Alldeles riktigt, det blir fru och barn på söndag förmiddag, sa Philip och avslutade samtalet.

Sedan på Tranzyt berättade Jack budskapet till svenskarna. Jack tittade sig sedan omkring och undrade:

– Var är Billy och Lilly? frågade han.

Fru Kartov log och sa, att de var på promenad, hon trodde att Billy skulle ta med sig Lilly till Edita. Jack anade oråd över att Billy hade något fuffens för sig, hade inte Billy varit med på resan, skulle säkert Putins fontän porlat med vatten än idag, tänkte Jack.

Billy och Lilly, som kommit fram till Editas hus, knackade på dörren. En förvånad Edita öppnade men sken upp när hon såg Lilly.

– Är fru Anelina här också? frågade Billy på ett sammelsurium på svenska, ukrainska och engelska.

Edita nickade och gestikulerade att de skulle komma in. Jarow hade hört att någon kom, så han slöt upp bakom dem på vägen in till köket där Anelina satt med Igun i knät och stickade sockor.

– Kära hjärtanes, utbrast hon, när hon såg Billy och Lilly. Hon försökte att resa sig, men Igun stretade emot, så hon förblev sittandes. Billy sa att svenskarna snart skulle resa hem till Sverige och i samband med resan hade han en fråga till Anelina.

Jarow satte sig ned, detta ville han inte missa.

66.

När Philip Berzelius avslutat sitt samtal med Jack, hann han knappt lägga ifrån sig telefonen innan det ringde igen. Philip såg ett utländskt nummer i displayen, han tryckte grön knapp.

– Philip Berzelius speaking, sa han. Han hörde först en försiktig harkling och sedan en kvinnoröst som sa:

– Detta är från Ars Medica Clinical i Schweiz, på engelska med tysk accent. Ah, tänkte Philip, den schweiziska kirurgen har kanske tid.

– Jag vill bekräfta, att operationstiden för er patient har bokats in idag om en vecka. Vi vill att patienten är här i god tid före operation, det vill säga nu på fredag förmiddag, så det finns tid för prover och förberedelser.

– Är det klart? sa hon uppfodrande.

Hon har säkert knytblus, tänkte Philip, men bekräftade och skrev en Post-it-lapp och satte fast på sin bildskärm.

– Det är uppfattat, sade Philip och fick ett vänligt ”Auf Wiedersehen” tillbaka. Då var den biten klart så långt tänkte han. Då gällde det de inblandade kvinnorna, suckade han och ringde nästa samtal.

– Statsministerns kontor, du pratar med Sigrid, svarade Sigrid när det ringde.

– Hej Sigrid, det är Philip på Must som ringer, det var fint att du var inne.

Sigrid snurrade 180 grader så hon blev sittande med ansiktet mot bokhyllan bakom henne.

– Jaha, svarade hon dröjande.

– Petri bad mig hälsa att allt var bra, men att han ska ut på en resa som lär ta några veckor. Hälften lögn och hälften sanning, tänkte Philip.

– Jaha, har det med hans skuld till de där ryssarna att göra? frågade hon försiktigt.

– Precis, jag har ju lovat att om jag kunde hjälpa till så skulle jag göra det. Jag skall personligen följa med för att se till att allt avlöper på bästa tänkbara sätt.

– Åh, det låter fantastiskt, jag blir så glad, sa Sigrid.

– Jo, sa Philip lite dröjande. Det vore bra om vetskapen om den här resan bara är mellan dig och mig, förstår du?

– Ja självklart, sa Sigrid. Hon antog att Petri skulle hämta sina pengar från något konto i utlandet.

– Hur är det hemma annars, jag menar har du pratat vidare med din mor? fortsatte Philip. Sigrid blev tyst och tänkte efter.

– Nej, det är så här, att jag skäms lite över Petris situation, sa hon lite dröjande. Hans skulder och sådant faller inte i god jord hemma. Hon snurrade nu stolen mot fönstret och såg ut, jag har faktiskt låtsat att allt är normalt och att Petri jobbar.

– Bra, sa Philip. Fortsätt så och ha en fortsatt trevlig dag, så hör jag av mig så snart jag kan.

Philip avslutade samtalet och lutade sig bakåt. Stackars kvinna, hon skulle bara veta. Han meddelade via mejl till Karl-Otto Engelbrekt om sin plan och uppdaterade honom om nuvarande läge och fick tummen upp via ett sms. Philip gick ut i korridoren och bort till fikarummet där det satt folk och frågade efter Jona Peltonen.

– Jag såg att finnen var i garaget, sa någon. Philip tog hissen ned till garaget och han fann Jona i färd med att inventera i en av bilarna. Jona lade ifrån sig sin ipad, när han såg sin chef komma och såg frågande på honom.

– Vad är det? frågade han.

– Vi ska ut och resa om en stund, du ska informera Petri, att han kan förbereda sig för en tripp till Schweiz. Och du ska med inkognito, så började Philip skissa sin plan för honom.

När Philip var på väg tillbaka mot hissen igen, ropade Jona efter honom.

– Viktor på ryska ambassaden har fått två nya vänner, bara så du vet. Philip snodde runt och gick tillbaka.

– Utveckla, sa han med armarna i kors över bröstet.

– Jo då, Jona sög in luft och svarade med sin Finlandssvenska. Två ryssar kom i morse med lokaaalbussen, de har nog ont om rubel kaaanske, sa han och tog upp ipaden igen från sätet i bilen.

– Då är det bra att vi flyger till Zürich imorgon, svarade Philip.

67.

Lilly, som sov lätt vaknade av ljudet från helikop tern, som höll på att landa på helikopterplattan ute vid infartsvägen. Hon rullade över på andra sidan och sträckte ned handen mot madrassen på golvet och smekte Billy på kinden.

– Hörde du? viskade hon tyst. Billy vände sig mot henne och hon såg hans ögonvitor i mörkret.

– Mmmm, sa han och försökte dra ned henne till sig från hennes säng.

– Nä, nä, försök inte, sa hon och spelade pryd på låtsas. Alla svenskar sov normalt med kläderna på, för att vid larm direkt kunna ställa sig upp och vara redo för att ta emot order. Så var det nu inte inne hos Lilly och Billy, som hade tillbringat natten under samma täcke. I mobiltelefonens sken gick det emellertid snabbt, att klä på sig och gå ut till matsalen där det börjat samlas folk.

Fru Kartov och hennes man var redan uppe och gjorde i ordning frukost till alla och kaffedoften spred sig hemtrevligt från köket. Jacob kom in och meddelade, att helikoptern höll på att tanka och att om 15 minuter kommer piloterna in till frukost. När piloterna sedan kom och satte sig ned med sina kaffekoppar, berättade de att Poltava var illa tilltygat av ryssarna och att landningsbanan inte gick att använda för flyg. De underjordiska bränsletankarna hade tack och lov klarat sig, så det var möjligt att tanka helikoptern. Det skulle bli en obekväm resa med den till Kiev, med mycket buller och obekväma sittplatser. En sorglig stämning infann nu hos alla på restaurangen, när de skulle skiljas. Känslan av att behöva lämna sina nya vänner, men ändå längtan efter de gamla, lade sordin över alla i rummet. Efter en stund kom Edita, Jarow och Anelina in i restaurangen. Jack stoppade sitt frukostätande, då han såg Anelina i svenska försvarets jägaruniform, misstänkt lik Lillys. Jack anade oråd men avvaktade. Billy kom med koppen i näven och slog sig ned bredvid Jack.

– Jo, såhär är det, sa han. Jag och resten av gruppen vill ta med oss Anelina hem till Piteå, så att hon kan träffa sin dotter. Hon är gammal nu och får inte så många fler chanser. Det finns faktiskt plats för en levande till, vi har ju inga döda att ta hem. Han tystnade och Jack uppmärksammade att alla andra också hade tystnat. Jävla Billy, tänkte Jack, han blev utpressad. Han tänkte dock efter i en stunds tystnad och sa:

– Ta hit Anelina.

Anelina kom och satte sig bredvid Billy och Jack. Jack konstaterade att tanten faktiskt såg ganska pigg ut och tro det eller inte, hon såg också lite yngre ut i Lillys kläder. Lilly avvaktade svar från Jack.

– Kan du översätta så hon förstår? frågade Jack Lilly. Hon nickade.

Under den tid det tog att översätta samtalet, började Jack att sakta förstå hur det hela hade utvecklats och framför allt Anelinas önskan om att komma till Sverige och Irina. Tanten var också medveten om strapatserna under resan och att hon löpte risken att bli utvisad tillbaka till Ukraina eller i värsta fall dödas.

– Mig inte ha problemet på detta, sa Anelina lite sturskt. Jag vill ha sista resan, jag sen bli lugn. Hon tittade på Jack med sina snälla ögon.

– Ja vad fan, sa Jack och pekade med hela handen på Billy, du har hela ansvaret för henne, sa han och därmed var saken avgjord. Billy och Lilly nickade glatt till Anelina, som då förstod att hon skulle få följa med.

– Tack soldaten, sa hon och kramade Jacks arm. Sedan reste hon sig upp för att säga farväl till Edita och Jarow. Ett farväl, som kändes jobbigt då de troligen aldrig skulle ses igen.

– Ta hand om Igun, påminde hon dem. Ett trupptransportfordon stannade utanför och ytterdörren slogs upp. Piloterna reste sig och markerade att det var dags för avfärd.

Senare, när helikoptern hovrade över Hoptivka en sista gång, såg Anelina Edita sitta bak på Jarows stulna damcykel när de cyklade förbi Olews affär. Hon hoppades att de skulle klara sig. Igun, han klarar sig alltid. Ljuset från cykellyset tonade sakta bort.

68.

De åkte alla ut till Bromma flygplats i en svart suv. Philip och Jona passerade inte någon incheckning utan gick raka vägen ut till en trappa vid planet.

Petri och Philip skulle sitta i första klass och Jona fick hålla till godo i planets bakre delar. Kabindörren in till cockpit stod öppen och Philip kunde lättad se, att det var ingen pilot där inne som han kände igen. De flög nu med Ryan Air, ett bolag som Philip alltid undvek annars, men nu hade han här en fördel för sin anonymitet. Roat tänkte Philip på sin mor, som alltid hade åsikter om alla flygbolag, det var inte många som föll henne i smaken, alltid var det nåt fel.

Efter sedvanlig säkerhetsgenomgång, så lutade Philip sätet bakåt och somnade. Förundrad, satt Petri med näsan mot sidofönstret och tänkte på sin kommande framtid, han tittade ut och när planet lyfte från marken tog han det som en bekräftelse på en ny tid i frihet.

De landade enligt tidtabellen och i ankomsthallen stod en chaufför med skylten ”Berzelius”. Han visade vägen ut till en stor blank Mercedes, som stod parkerad vid trottoaren och öppnade dörrarna, så de kunde kliva in och sätta sig. Många kliniker som vill visa sin status, ska ligga ute på landet, gärna på någon alptopp med en solbelyst dal nedanför. Patienterna skulle känna att de fick valuta för sina pengar utöver sina kirurgiska eller medicinska ingrepp. Philip observerade när de kom fram, att allt stämde med hans sinnebild av en klinik på en alptopp, med ett undantag, skyltar visade att en del av kliniken var avstängd på grund av renovering. Svenskarna, dit Petri nu också räknade sig, blev visad in till en luxuös entré på hotelldelen, den låg sammanbyggd med själva kliniken. De fick tre rum på översta våningen och Philip föreslog att de först kunde installera sig och vila, tills middagen serverades klockan 18.00.

Philip reste alltid med lätt packning, han lättade bara på slipsen efter han hade packat upp sin kostym. Han lade sig sedan på sin säng och somnade. Sedan vaknade han efter en timme av en lätt knackning på dörren och när han öppnade, var det Jona som knackat på. Kvällen till ära hade han på sig en mörkblå kostym och Philip visslade förtjust till, vid åsynen av denna.

– Nåja, va int så saatans fötjuuust, det är en Dressman. sa Jona och stängde dörren.

– Hur går vi vidare? sa han sedan och vände sig om. Philip tog med sig Jona ut på terrassen.

Kvällen var ljum, solen belyste dalen på den motsatta sidan med ett vackert skimmer och luften var behaglig att andas in. De ställde sig bredvid varandra med armbågarna på räcket och tittade ut. Hotelldelen var byggd i etage likt en trappa med utsikt över alla terrasser ända ned till bottenvåningen. Det enda som förstörde utsikten på höger sida, var den byggplast som hängde som insynsskydd för ombyggnationen.

– Efter frukost imorgon ska Petri skrivas in, så att förberedelserna kan börja, provtagning och allt sådant, ja du vet, sa Philip och fortsatte:

– Proceduren tar väl någon dag innan själva ingreppen, Jona nickade.

– Och sedan? sa han.

– Jag ska försöka lista ut den exakta proceduren innan operation, då ska du få veta, svarade Philip och tittade på klockan. Men nu är det middag, sa han och så gick de och hämtade Petri.

Restaurangen hade ingen speciell inramning, men den tycktes inte göra avkall på mat och dryck. Under middagen satt Petri och babblade och konsumerade mycket dricka, lite nervös var han allt inför kommande ingrepp. Gästerna var patienter i olika skeenden på sina behandlingar. Philip observerade lite roat en äldre dam, som satt och åt en trerätters middag i blommig morgonrock. Han observerade något annat också och gjorde Jona uppmärksam på detta. Philip nickade mot en man i mörk kostym som hade kommit in i restaurangen från köket med en matbricka och med en hörselsnäcka i sitt ena örat. Den typiska livvaktslooken. Philip kunde sätta en hundralapp på att han var beväpnad, då han hade en bula på kostymen. Petri babblade på och hade inte märkt sina kollegors uppmärksamhet. Philip gjorde Jona tecken att det var dags att bryta upp, det var tomt på fat och i glas, så det blev naturligt i vilket fall. Petri gav damen i en blommig morgonrock ett bländande leende på vägen ut, hon var ju så fin i den tyckte han. Jona styrde Petri vidare då han gjorde ansats att stanna och kommentera blommorna på hennes klädsel. Att Petri var klar för sängen stod klart för alla och han blev väl installerad i sitt rum, med kollegors hjälp.

– Godnatt kamrater, muttrade han ned i sin kudde. Philip smög igen dörren tyst efter sig.

– På mitt rum nu, sa han till Jona. Det var varmt på rummet, så de beslöt sig att vittja barskåpet och sätta sig ute på terrassen.

– Vad tror du? sa Philip när han satte sig ned och tittade över räcket mot kullarna på andra sidan dalgången.

– Jo, det är väl bara nån höjdare som ska botoxa sig, sa Jona och skruvade av kapsylen på en cola, tog en klunk och kvävde en rap. Philip tittade tankfullt på honom medan han funderade.

– Jag fick känslan av att han kom från den avstängda delen av kliniken, annars skulle han kommit in samma väg som vi, sa Philip. Skymningen föll snabbt nu och ytterbelysningen på gångvägen nedanför terrassen tändes. Det lyste vackert i kvällningen.

– Sant, sa Jona och tog en klunk till. Du, jag mååååste pissa, sa han, reste på sig och gick in igen. Philip satt kvar, men bestämde sig sedan för att hämta ett glas till sin kollega, lite etikett var på sin plats. Han ställde sig upp och slängde en blick i samma veva ned på gångvägen och frös till. På gångvägen, två lägenheter bort vid den avstängda delen, kom Vladimir Putin gåendes med livvakten från matsalen. Philip tog reflexmässigt utan någon eftertanke fram sin Iphone och tog flera foton, backade sedan bak mot väggen. Han satte upp handen mot Jona som var på väg ut igen. Jona stannade i rörelsen och skärpte sinnet, precis som han var tränad för. När Philip sakta sträckte sig för att åter titta över räcket, gjorde Jona detsamma.

De såg två mäns ryggar som sakta promenerade tillbaka utmed gångvägen.

– Va' faaan var det? viskade Jona.

– Rysslands president till vänster, sa Philip till Jona som skakade tvivlande på huvudet, Philip höll upp sin Iphone och visade en perfekt bild på Putin.

69.

Karl-Otto Engelbrekts dag hade startat bra.

Kaffemaskinen var nyservad och Gunnel hade skickat med en påse bullar. Fruns kanelbullar var det bästa som hänt Must och hennes recept var på skämt säkerhetsklassad information. Karl-Otto slog sig ned vid sitt skrivbord och kollade mailen, han såg på tidsangivelsen, att ett hade skickats sent i går kväll till hans privata mailbox.

När bilden på Putin kom upp stannade bullen halvvägs till munnen och gapandet fortsatte när han läste bildtexten. ”Vi har fått en speciell granne i Schweiz” stod det. Munnen slog igen med en smäll. Karl-Otto sjönk tillbaka i sin stol, det här behövde han suga på en stund till och sedan ringa Philip. Han tog en ny bulle. Philip stod inne på kliniken med Petri för inskrivning, när hans telefon ringde.

– Hej, svarade han, såg i displayen vem det var. Ring igen om 10 minuter, sa han och tryckte av. Petri var till skillnad från gårdagen ganska verbalt återhållsam nu, när han skulle få sitt nya fysiska jag. Receptionisten log sitt vackraste inövade leende och sa:

– Det är bara att komma med den här vägen, på bruten engelska. Dörren stängdes och Petri var som uppslukad.

– Tack för den nya informationen, sa Karl-Otto när han senare fick kontakt med Philip. Jag har ännu inte vidtagit några åtgärder eller sagt något till någon annan om detta. Jag tänkte att det var bäst att stämma av med dig först. Vad finns det att göra? frågade Karl-Otto.

– Antingen skjuter jag Putin direkt, eller så tar jag hem honom och sätter honom i Petris rum i källaren så länge, det är ju ledigt, svarade Philip lite skämtsamt.

– Schweizarna blir nog inte glada över att Putin skulle bli skjuten, sa Karl-Otto. Troligen skulle det väl bli ett nytt Ukraina.

– Jag har en idé, sa Philip och berättade hur han tänkte.

Karl-Otto förstod, att han måste delge en utvald grupp om vad som hade hänt, frågan var ju bara vilka? Försvarsministern visste om Petri, statsministern likaså och han själv, men bara Philip och han visste nu om det tänkta förfarandet med Petri.

Men det skulle kunna gå, tänkte han. Han meddelade de berörda, att han omgående ville ha ett möte hos sig, det gällde faktiskt rikets säkerhet, muttrade han. Till sist kontaktade han motsträvigt utrikesministern, det var väl dags för honom nu.

70.

Det var ett svagt grönt ledljus inne i helikoptern, den flög med släckta transpondrar på 120 meters höjd och följde topografin. Känslan inne i kabinen, var som att åka berg- och dalbana och det var en del som ångrade, att de hade ätit lite för mycket av Fru Kartovs rejäla frukost. Den guppiga färden gjorde att oroliga frukostmagar hindrades endast av sträng disciplin för att inte hamna på kabingolvet. Det skulle ta två timmar till Poltava för tankning, så det var bara att kämpa på. Billy satt med Anelinas huvud på ena axeln och Lillys på den andra axeln.

Att flyga utan transponder var en stor risk och krävde mycket kompetenta piloter. Ingen kunde se var de var och kollisionsrisken med annat flyg var överhängande, men det var nödvändigt för att undvika ryssarnas radar. En sövande stillhet infann sig av det monotona motorljudet och Jack såg att även Anelina somnade.

Plötsligt kändes det som om sätena under samtliga försvann och att de föll kraftlöst mot marken. Helikoptermotorerna vrålade för att häva dykningen och det small till i sidan på helikoptern. Samtliga soldater tog nu ställning för nödlandning. Anelina var den enda som yrvaket satt rakt upp och hon tittade sig förvånat omkring.

I piloternas vindruta som syntes in i mittgången såg man Patriot och Hellfire-robotar som avfyrades av ukrainarna från olika positioner på marken. Piloterna fick fullt upp med att freda sig mot ett annalkande stridsflygplan.

– En MiG-39:a har fått korn på oss, det kan bli lite guppigt framöver, sa piloten oförskämt lugnt i internkommunikationen. Under en till två minuter flög helikoptern som en skadad kråka och släppte motmedel. Plötsligt blixtrade det till våldsamt och det såg ut som en stjärna föll från himlen med tomtebloss efter sig.

– Ukrainarna fick honom, så att den direkta faran var över hördes piloten igen.

Han nämnde inte att de själva hade blivit träffade av ryssen, han kalkylerade kallt med att nå Poltava innan det skulle bli riktigt allvarligt. Efter den incidenten var det ingen som sov och det sista i magarna var nu tömda i påsar. Sedan någon mil innan Poltava kände och hörde Tom, att motorerna inte lät riktigt synkront som tidigare, det hade även tillkommit några extra röda blinkande lampor i cockpiten.

Efter tio minuter bromsade helikoptern in och började hovra på angiven plats jämte bränslecisternera och landade. Med en suck av lättnad, klättrade alla ur helikoptern ut på betongplattan och kördes snabbt bort med ett trupptransportfordon. Jack dröjde sig dock kvar för att bli briefad av en av piloterna. Den ena piloten tog med honom runt helikoptern och visade, att en stabilisator var träffad, Jack såg då att kylsystemet också var träffat, det sipprade bra med vatten ur det.

– Vi hade tur, sa piloten torrt, helikoptern är tagen ur trafik nu.

Fan, tänkte Jack nu blir det problem. Han gick undan och tog upp sin mobil och ringde hem till Boden.

– Hej, det är Jack, sa han när garnisonschefen förvånat svarade. Jack fortsatte:

– Visst har vi i Boden skickat några helikoptrar till Ukraina? frågade han. Vi måste försöka att få tag på någon av dem att åka hem i, vi är strandsatta i Poltava med en trasig.

– Vad har hänt? undrade Johan. Jack berättade då snabbt och utförligt.

– Jaha, sa Johan efter en stund, det har ju gått ganska problemfritt för er tills nu men något djävulskap måste det ju bli. Ja, vi har skickat ned två stycken, jag ska se efter var de finns i nuläget.

– Kan du vänta i två minuter? sa Johan och lade ifrån sig sin mobiltelefon.

Jack avvaktade och ställde sig för att titta ut över flygplatsen. Han konstaterade, att den var förändrad till det sämre sedan de var här sist. De stora högarna av makadam, avsett för reparationer av landningsbanorna, var nu bara knappt hälften så höga. Flygledartornet hade brunnit men reparerats hjälpligt, det hela såg sammantaget väldigt sorgligt ut.

– Hallå? Johan var tillbaka i mobilen. Jodå, det går nog att lösa, den ena helikoptern finns i en by som heter Reshetylivka, för att serva en ukrainsk patriotanläggning med underhåll. Vid närmare eftertanke, så kan det ju faktiskt vara så att det var de som sköt ned ryssen som attackerade er. Jag skickar en förfrågan till Jon på försvarsstaben, men känner jag det hela rätt, så är det Karl-Otto som fixar så att ni kan flyga hem.

– Men det kan ta lite tid? sa Jack lite stressad.
– Jag är rädd för det, fick han till svar.
Jack blev först irriterad, men de var ju lyckligt oskadda nere på marken, så det var bättre att istället ta det med ro.

71.

De blev alla kallade till ett möte i bunkern, som var ett elektroniskt avstört rum uppe på generalstaben. De inblandade var lite förvånade till inbjudan för mötet hade kallats till i all hast utan förklaring. Oftast brukade man få en hint innan om vad saken gällde.

– Innan vi sätter i gång, är det någon som vill ha kaffe eller någonting annat? frågade Karl-Otto och såg sig om i rummet.

– Inte? Okej, då sätter vi igång. I morse kom det här i ett mail från Philip Berzelius, sa Karl-Otto. En bild föreställande Putin kom upp på väggen med bildtexten: ”Vi har fått en speciell granne i Schweiz” Alla tittade på varandra oförstående.

– Philip är där i ett ärende och observerade Putin ute på en kvällspromenad, sa Karl-Otto som förklaring.

– I Schweiz sa du? sa statsministern fundersamt när han tittade på bilden. Bilden i sig var väldigt bra och högupplöst och Putins ansikte gick inte att ta miste på. Åtta par ögon granskade fotot på nu världens mest aktuella person, millimeter för millimeter.

– Det är något som inte stämmer, men jag vet inte riktigt vad, sa Jon efter ett tag. :

Alla tittade nogsamt igen på fotot. Plötsligt, sa utrikesminister Bill Tobiasson:

– Putin har rester av gamla infekterade ungdomsfinnar på sin vänstra ansiktshalva, jag kan inte se dem här och hans öra på vänster sida pekar mer ut än det högra i verkligheten, men det gör det inte här.

Generalmajoren lade sedan upp en hel radda med foton av Putin på väggen varav det äldsta bara var någon månad gammalt. En ny granskning inleddes i att förstora delar av foton och jämföra. Efter en stunds granskande utbrast Karl-Otto entusiastiskt:

– Fan Tobiasson, det var det enda vettiga du har sagt på tio år. Du har rätt, det är inte Putin på Philips foto.

Alla förstod då vikten i upptäckten, att ryktena om att Putin hade en stand-in kan ha visat sig stämma. Här hade man nu den personen på bild för en möjlig chans till identifikation. Men då uppstod ju frågan om vad Putins stand-in gjorde i Schweiz?

– Tja, sa statsministern, han är ju på en skönhetsklinik antar jag, så det är väl den lättaste frågan att besvara. Han är på justering, de små missförhållandena ska rättas till.

Det blev tyst en stund. Krister ville ha kaffe, så det beställdes in kaffe och Karl-Otto kände att han kunde offra sina sista bullar, de var ju en sensation på spåret. Det var ju bara att pallra sig iväg och hämta bullpåsen. Efter en stunds kaffedrickande och bullätande, sa Jon:

– Har vi någon möjlighet i nuläget att komma åt den här kopian?

– Jag skulle tro det, Philip är där med en medhjälpare, sa Karl-Otto. Jon funderade vidare och drack upp det sista ur koppen innan han sa:

– Då har jag ett förslag.

Alla satte sig på framkanten av sina stolsitsar och tittade på Jon som fortsatte:

– Vi ska se till att kopian blir opererad helt enligt de ryska ritningarna, men spegelvänd,

– Öh? sa Krister, han kände sig lite trög.

– Vi ska se till att kopian blir en Putin, men bara så att vi vet vem som är originalet, sa Jon. Listigt, tänkte generalmajoren Karl-Otto, mycket listigt.

De bestämde att regeringen skulle se till att så blev gjort, alltså underförstått de som befann sig i rummet. Bullpåsen var slut så mötet avslutades.

Det bestämdes att Karl-Otto som satt vid rodret, skulle underrätta de andra under tiden om vad som var i görningen. Han påminde sig också om att frun behövde baka mer kanelbullar.

På förmiddagen strax före lunch nästa dag, satt Jona och Philip ute på terrassen och filosoferade.

– Det var ju en saaatans grej det där med Putin, sa Jona och kikade på Philip.

– Jag kan se dem på kontoret hemma nu, utrikesministern får väl ett spel, skrockade han.

– Nä fan, nu är det väl lunch? han tittade lojt på klockan. Jag har fått mail från Karl Otto, sa Philip.

– Jaha? Vad ska vi göra, replikerade Jona. Philip berättade vad regeringen hade beslutat.

– Jaha, och hur får vi klinikchefen med på noterna? undrade Jona tveksamt.

– Det är ju liksom inte bara att gå in och bestämma över stället, han såg ned på sina skor och skakade lite uppgivet på huvudet.

– Kanske inte, men vi ska i alla fall försöka. Nu käkar vi och kollar läget med Petri, sa Philip.

Det serverades fisk till lunchen, Philip tog vinlistan och började regera på sitt vis. Torra och krispiga viner som Chenin Blanc eller Sauvignon Blanc rekommenderas om man vill ha vitt vin. Gamay eller Pinot noir om man vill ha rött.

Philip ville sätta kyparen på det hala, så han beställde en flaska Sangiovese i stället. Kyparen tittade misstroget på Philip, men sträckte på sig och sa:

– Ja, natürlich, mein Herr, snörpte på munnen och gick.

– Du kunde inte låta bli, sa Jona ned i menyn och fnissade.

Vid två fönsterbord längre bort, satt klinikchefen med en vacker kvinna med hög byst och knytblus. De smörjde kråset med stek och rödvin. Philip tog tillfället i akt, reste på sig och gick bort till dem.

– Ursäkta att jag stör, sa han till klinikchefen och log charmerande åt kvinnan.

– Ni har en utomordentligt vacker fru, sa han sedan till kirurgen.

Philip visste dock att det inte var hans fru, eftersom han sett på webbhistoriken om klinikchefen på institutet. Klinikchefen tittade besvärat på Philip och väntade på det egentliga ärendet.

– Jag vill boka en tid med er angående Petri, min klient, sa Philip. Klinikchefen torkade sig med servetten, tänkte efter och sa:

– Titta in på mitt kontor efter lunchen klockan tre.

Philip tackade och återvände till sitt bord. Långlunch tänkte han.

72.

På slaget klockan tre, stod Philip utanför klinikchefens kontor och knackade på hans dörr. Kvinnan i matsalen som dinerat med klinikchefen, öppnade dörren och bjöd in honom.

– Det blir bra Bertha, du kan lämna oss nu, sa en röst från det inre kontoret.

Philip gick mot rösten han hade hört, samtidigt som Bertha lämnade kontoret.

Philip stod i dörren till ett vackert rum, smakfullt inrett och dyrt. Äkta mattor låg kors och tvärs, det var ett hörnrum med magisk utsikt över hela dalen.

– Välkommen in. Jag tycker att vi skippar formaliteterna, kalla mig Walter, sa Walter och log. Vi sätter oss i sofforna, han gestikulerade mot möblerna.

– Jaha, du ville ha ett möte, började Walter efter han fått i ordning på kuddarna i soffan.

Philip tittade på Walter och tänkte, att det var väl lika bra att rycka av plåstret med en gång och se vad som skulle hända.

– Via svenska regeringen har det kommit till min kännedom, att du härbärgerar en hög rysk person, trots blockaden, ljög Philip. Som du vet, så representerar jag svenska regeringen här på plats. Personligen misstänker jag, att detta sker i hemlighet och att ingen utanför din klinik vet något. Har jag rätt? Walter sjönk tillbaka i soffan och såg besvärad ut samtidigt som han upptäckte, att hans skjorta var felknäppt. Philip hade också noterat det och fortsatte:

– Fruktar du din fru eller din regering mest? frågade han och stirrade uttryckslöst på en nu besvärad Walter, som nu irriterat sträckte upp sig.

– Vad menar ni? frågade han högt indignerat.

– Du är inget dumhuvud, men en girig kåtbock, sa Philip.

Walter höll nu på att bli förbannad, såg Philip men han fortsatte:

– Du bedrar både din fru och ditt land. Philip tystnade igen för att studera Walters reaktion. Walter tycktes förstå det sagda mellan raderna och suckade.

– Varför är du här? frågade han och slog ut med armarna.

– Jag behöver din hjälp, sa Philip. Ett visst intresse vaknade till liv i Walters ögon.

– Jaha fortsätt, vilken hjälp? sa han.

Han är i alla fall girig, tänkte Philip och fortsatte:

– Du ska operera din ryska kund enligt ryssarnas direktiv, men med ett undantag:

– Du ska utföra operationen spegelvänd, förstår du?

Walter funderade och nickade till slut, vänstra sidan blev den högra, ja ja.

– När konvalescenstiden för ryssen är över, så ska du skicka foton av honom till mig innan han återvänder hem, sa Philip.

– Vad det allt? undrade Walter nästan lättad, då han förstod att han fortfarande skulle få betalt.

– Nej, det var för ditt handlande eller som jag ser det, ditt bedrägeri mot din regering. När du ska operera min klient, vill jag ha ett ögonblick ensam med honom innan operationen. Han är orolig och jag vill att han inte ska känna sig ensam. Det är din tjänst till den svenska regeringen och för att din fru inte ska bli underrättad om ditt förhållande med Bertha, sa Philip och log. Det såg ut som att Walter skämdes när Bertha nämndes, men han sa att önskemålen skulle uppfyllas.

– Din klient ska opereras imorgon, jag meddelar dig om tid, sa Walter surt.

Bägge reste sig upp då mötet var avklarat. Walter sträckte lättad fram handen till avsked, Philip såg bara stint på honom och gick ut.

När Philip hade gått, satt Walter kvar i soffan. Det han nyss hade upplevt, var som om han hade blivit utslängd från sin balkong, med en trasslig fallskärm, men att den i sista stund hade vecklats ut. Ett kort ögonblick tänkte han att han skulle underrätta ryssarna, sedan såg han ingen vits med det. Han såg Philips svarta ögon framför sig och beslöt att låta bli, han ville inte ha fler konfrontationer med den mannen.

Jona satt i baren och tittade upp när Philip kom ut ur hissen efter sitt besök hos Walter,

– Nå? frågade han nyfiket, gick det bra eller åt helvete?

– Han är med, sa Philip.

– Men jag vet inte ifall det var hans regering eller fru som var det värsta hotet, skrattade han.

– Var är Petri? undrade Philip sedan.

– Han tjurar på sitt rum, han får inte äta. De sticker kniven i honom imorgon, sa Jona.

Efter frukost nästa morgon därpå, meddelade Walter att Petri hade rullats in på operation. Det var dags för Philip att besöka Petri.

– Är du säker? undrade Jona när Philip reste sig upp för att gå.

– Ja, sa Philip tvärt och gick.

Det var inte ett helt ärligt svar. Philip hade vridit och vänt på hur han ska förhålla sig till Petri och bestämt, att det inte får bli någon moralisk sak. Trots det, så flimrade hans mors moralpredikningar förbi i hjärnan en sekund, men han hade bestämt sig. En sköterska mötte Philip i korridoren, hon visade honom till ett vilorum utanför operationssalen där det nu rådde en febril verksamhet. Grönklädda människor med blåa munskydd gjorde sig beredda. Philip nickade kort tack åt sköterskan och öppnade dörren och gick in. Petri låg nedsövd på en bår och han såg fridfull ut, sista tanken hade väl gått till Sigrid tänkte Philip då han såg honom. Han gick snabbt fram till Petri och satte vänster tumme och pekfinger vid hans högra öga och drog isär ögonlocket så mycket det gick. Sedan satte Philip en spruta nervgift bakom Petris ögonglob. När det var klart, drog han ned ögonlocket igen, klappade Petri lätt på kinden och gick ut. Sköterskan log mot Philip när de igen passerade varandra i korridoren. Philip räknade med en frist på tjugo minuter tills nervgiftet skulle ställa till problem för kirurgen. Jona mötte Philip nere i foajén och de gick tillsammans ut och satte sig på en soffa utmed promenadstråket. Philip tog upp sin mobil och sms:ade generalmajoren:

”Klinikchefen följer vår riktlinje. När objektet skickas hem så blir vi underrättade med fotobevis. Petri opereras nu, han är totalt nedsövd.” Philip släppte ned Iphonen i fickan och lutade sig bakåt.

– Du gjorde det, frågade Jona kritiskt.

– Ja, sa Philip.

– Du är en kall jävel, sa Jona. Philip tittade förvånat på honom.

– Att skjuta skallen av någon, det känns inte lika överlagt som att döda en som sover, det är ju lite att skjuta någon i ryggen, sa Jona.

– Precis, sa Philip, det ska se ryskt ut. Jona ställde sig upp och började gå längs avbarkningen och Philip gick efter. De hade svårt att inte ställa sig och titta efter ryssen som liknade Putin.

– Du slipper ju att sätta en spruta i en som låtsas vara Putin i alla fall, skojande Jon, i ett försök att släta över den dåliga stämningen. Det plingade till i Philips telefon, det var Karl-Ottos sms igen: ”Förbered er hemresa imorgon. Jag skickar anvisningar till Walter om att skicka Vasilev Aronov/Petri tillbaka till hans hemby, du får fullständiga upplysningar på mail” Philip stoppade tillbaka telefonen och sa:

– Vi åker hem imorgon.

De fortsatte att gå ut med promenadstråket då det var ett tag kvar till lunch. Efter en halvtimme ringde Philips telefon.

– Ja, svarade han till klinikchefen.

– Jag ber verkligen om ursäkt, sa Walter. Men er klient avled nyss på operationsbordet, jag beklagar. Han kvävdes till döds, covid som han har haft var väl en del i det.

– Vad? sa Philip som spelade upprörd. Jag besöker er i eftermiddag, så kanske ni har en bättre förklaring till det. Philip knäppte av samtalet i örat på Walter.

– Vilken teater, sa Jona och skakade på huvudet.

73.

Ryssarnas anfall av Poltava hade ökat när Jack skulle gå mot transportfordonet. Det hade kommit tillbaka tomt, för att hämta upp honom och piloten. Han förstod nödvändigheten i att snabbt ta sig bort från flygplatsen, då ryssarna hade den ständigt under hård beskjutning.

Transportfordonet skulle precis vända och backa runt vid högarna av makadam, då det plötsligt kom flera svischande ljud. Reflexmässigt tog Jack tag i sin kamrat och båda kastade sig ned på marken, just som roboten slog ned och exploderade med en öronbedövande detonation. Jack och piloten trycktes våldsamt mot marken och översköljdes av grus och splitter.

Jack försökte se hur det låg till med piloten, det var en makaber syn i det lilla han kunde se. Delar av pilotens kläder var borta och kroppen var perforerad av sten och splitter. Själv kände Jack att det sved i hela kroppen, han tittade ned och såg delar av metall som satt fast i kängorna och han kände att en del hade gått igenom. Han förstod även att han blivit träffad på flera ställen och att det blödde kraftigt från huvudet. Det smakade metall i munnen och hans syn var tillfälligt försämrad av all upprörd sand och grus. Jack började försöka krypa bort från området, rädd för att det skulle komma fler nedslag. Det gjorde ont att halvblind krypa omkring efter något att skydda sig bakom, men till slut hittade han en försänkning i marken och kröp utmattad ned i den. Han kände att det blödde pulserande och ymnigt från det ena benet, han snörde av sig livremmen och snörpte åt benet, så att blodflödet skulle minska. Poltava var nu under massiv attack av ryssarna. Jack kunde efter ett tag, se att helikoptern som de kommit med, stod och brann med svart oljerök mot skyn. Han hoppades verkligen, att den beställda helikoptern hade vänt tillbaka i tid.

Han låg där nu i gropen och kände sig hjälplös, lika hjälplös som han för flera år sedan känt sig i Afghanistan. Jack kom att tänka på dottern Elin, som någon vecka innan han skulle resa hade ritat ett hjärta i imman på fönsterglaset och skrivit ”hej då” och pussat på det. Hej då, tänkte han. Sedan tappade han medvetandet och hans huvud föll åt sidan.

Billy och de andra hade börjat att ana oråd. De var förda till en källare under en skola, den låg ett par kilometer bort.

– Fan, vad Jack dröjer, det är något fel, sa Billy.

Han var rastlös och gick ut och för att se sig omkring, han kunde då inte undgå att se vad som skedde borta på flygplatsen.

– Det här håller inte, vi måste söka efter Jack och hämta hit honom, tänkte han när han sprang tillbaka nedför trapporna.

– Du ska vara här och se till Anelina, du minns väl överenskommelsen? sa Tom när Bill åter kom stormande ned för trapporna.

– Men vi kan inte sitta här, sa Billy högt.

– Jag och Lilly tar oss tillbaka till flygplatsen, sa Tom. Det var ju inte bättre tyckte Billy.

– Hon har ingen erfarenhet av att slåss, svarade han irriterat.

– Lugn, Lilly kommer tillbaka, sa Tom och klappade Billy på axeln. Han visste det alla visste, hur det var mellan Billy och Lilly, men som ingen låtsades om.

Tom och Lilly gick upp för trapporna för att ge sig av. De stannade innanför dörrarna och rekognoserade läget genom glasdörren, den hade fått en ny spräckt ruta.

– Det står en vit gammal Volvo 245:a borta vid lekställningarna, ser du den? frågade Tom. Lilly nickade ja till svar.

– Vi går dit och ser om den startar, sa Tom. Lilly nickade igen att de var överens.

De gick utmed husväggen tills den tog slut och sedan hade de 25 meter öppen terräng fram till en gungställning som de måste förbi, det var ytterligare en bit kvar till Volvon.

– Du sticker till gungorna först, försök sedan direkt till bilen, sa Tom.

Lilly sprang hukande till gungorna. Inget hände, så hon fortsatte sedan direkt till Volvon. Duktig tjej, tänkte Tom när han såg efter henne. Han sprang efter och de hamnade tillsammans vid förarsidan på bilen. De började se efter yttre skador på den, men de fann bara några kulhål högt på en bakskärm.

– Det här räknas nästan som en ny bil, skämtade Tom.

Han försöker att hålla humöret uppe men är lika skiträdd som jag, tänkte Lilly.

Det gick att öppna dörrarna och de satte sig i sätena.

– Wow, alla rutor är hela, sa Tom och sökte efter nycklarna, men han fann inga.

– Satan, sa han i frustration rakt ut. Lilly tittade förvånat på honom och räckte honom en skruvmejsel. Tom tittade oförstående på henne.

– Vad ska jag göra? sa han.

– Flytta på dig, sa hon. De bytte plats. Lilly satte skruvmejseln mot tändningslåset.

– Det kan gå, sa hon för sig själv och tittade upp.

Lilly öppnade bildörren igen och började söka med ögonen utefter gatan. Hon fann vad hon ville ha och hoppade ut. Hon for utmed husväggen som de sprungit ifrån till en hög med tegelstenar, tog en sten och sprang tillbaka.

Hon är inte ens stressad eller andfådd, tänkte Tom. Lilly satte åter mejseln mot tändningslåset, tog tegelstenen och slog ett enda hårt slag, mejseln sjönk ned i låset. Lilly vred om mejseln och Volvon hostade till, hon försökte igen och bilen startade med ett rasslande läte och ett stort rökmoln.

– Tadaaa! skrek hon glatt, lade i ettan och tittade på Tom. Han skulle inte glömma denna händelse förstod han.

Lilly körde försiktigt mot flygplatsen, samma väg som de kommit tidigare. De såg på långt håll den brinnande helikoptern, stannade femtio meter ifrån den och började att spana av området efter Jack. Lilly böjde sig fram över ratten och tittade. Tom öppnade dörren och steg försiktigt ut. Attacken verkade vara över och det kändes nu lite mindre riskabelt.

De hörde att flygplatsens brandförsvar var på väg. Resterande delen av stenhögen var borta och de såg ett trupptransportfordon var träffat och låg på sidan. Tom gick dit och tittade in, på golvet låg föraren som tycktes vara vid liv. Tom kom åt och kunde känna efter hans puls, föraren slog då upp ögonen och tittade på honom.

– Förstår du engelska? undrade Tom. Föraren nickade att han förstod. Lilly och Tom hjälptes åt att försiktigt få ut honom. Föraren kunde så småningom ställa sig upp när han höll i Lilly.

– Vi letar efter en av de våra, sa Tom till föraren som nickade igen att han hade förstått. Tom tog tag i honom under armen och de började gå mot Volvon. Lilly gav den ukrainske kollegan där lite vatten, hon hade hittat en flaska med vatten i baksätet.

– Jag har sett släpspår i riktning mot flygledartornet, sa hon och skruvade på korken igen på flaskan. Tom satte ned ukrainaren i baksätet och sa till honom att de var strax tillbaka. Tom och Lilly började sedan försiktigt gå mot flygledartornet, de kunde se att räddningstjänsten hade börjat spruta skum på helikoptern för att släcka branden som uppstått.

74.

Det var mycket bråte att leta igenom men plötsligt så ropade Lilly högt.

– Här ligger någon!

Tom kom rusande till henne, väl framme konstaterade de att det inte var Jack, utan piloten som blivit kvar med Jack. Han blödde ur alla sår och hans kläder var i trasor, men han var vid medvetande. Tillsammans ömsom bar och ömsom släpade de honom till bilen och lade honom försiktigt bak i lastutrymmet.

– Jag fryser, sa han knappt hörbart. Tom drog loss delar av bilklädseln och försökte skyla piloten så mycket han kunde med detta. Lilly gav honom även lite vatten, att skölja ur munnen med och att dricka. Tom stängde bakluckan och de stod och tittade på varandra.

– Vi måste tillbaka, Jack måste vara där, bara han inte ser ut som den där, sa Lilly och nickade åt piloten. De fick söka en god stund innan de hittade Jack, han låg på rygg i en krater med slutna ögon. Lilly gick fram, hukade sig ned och kände på hans hals efter puls.

– Han har puls, men den hoppar lite, sa hon och tittade stressad upp mot Tom. Hon började slå Jack hårt på kinderna och skrika hans namn. Efter en stund rörde Jack lite på sig och slog upp ögonen. Lilly försökte försiktigt att med handen få rent runt dem från smuts.

– Hur är det? frågade Tom.

– Vilken tid det tog, sa Jack och hostade till. Lilly slog till honom lite på kinden.

– Du skulle bara våga skämta, sa hon argt.

– Vi såg din pilotkollega, han mår riktigt dåligt, inflikade Tom.

– Anhåller om transport, sluddrade Jack, ett ytterligare försök att förminska sitt tillstånd. Lilly tittade på Tom som om hon hade hand om ett olydigt barn.

– Testa att ställa dig upp, fy fan så du ser ut, sa Tom. Jack ställde sig upp med ansträngning och höll i Lilly.

– Kan du gå? sa hon. Jack provade men haltade betänkligt.

– Okej, det där går inte, jag hämtar bilen, sa Tom.

Han hämtade bilen och de lastade sedan in Jack i Volvon bredvid ukrainaren. Piloten jämrade sig betänkligt bak i lastutrymmet. Lilly vred om skruvmejseln och bilen hostade lyckligtvis i gång igen, de körde sakta tillbaka till skolan. Alla som var i källaren kom ut och de hjälpte till att bära ned de skadade i källaren.

Tom gav sig av igen med Volvon för att hitta högsta ansvarig på platsen, detta för att ge och hämta instruktioner, om hur de skulle kunna komma vidare. Efter ett tag hittade han ett befäl. Han fick rådet att prata med räddningskåren som troligen hade någon form av sjukvård med sig. Så blev gjort, efter en halvtimme kom en sjuksköterska som kunde ta hand om de skadade. Tom pustade ut, han var trött. Han bestämde sig för att ringa hem till Sverige.

– Hur illa ser det ut, frågade Karl-Otto oroligt på en knastrig ledning. Han satt och målade upp hemska bilder i sitt huvud för sig själv under tiden de pratades vid.

– Vi har inte hunnit få någon lägesrapport ännu. Vart tog helikoptern vägen? Har ryssarna skjutit ned även den, frågade Tom oroligt.

– Nej, den hann aldrig lyfta, ibland är det tur att vara lite saktfärdig, sa generalmajoren och fortsatte:

– Håll mig underrättad, så jag ger rätt info till anhöriga från början.

– Okej, sa Tom och avslutade samtalet.

Han gick till sköterskan och gav henne ett frågande ögonkast.

– Det är tack och lov bättre än det ser ut. Vi får sy några stygn här och var. Inget är direkt livshotande djupt, mest ytligt på er soldat. Piloten är det tyvärr lite värre med, men i stort sett i nuläget samma diagnos.

– Vi får in en ny helikopter under dagen och vi måste ta med han som heter Jack. Kan du binda, sy ihop och ge morfin så det går att transportera honom?

– Det ska nog inte vara några hinder, Lilly har visat sig mycket behändig med hjälp, det ska gå bra. Har ni plats för piloten? Jonny, tror jag han heter, frågade hon.

– Jag ska undersöka saken, det bästa vore att han också hänger med.

Anelina hade satt sig bredvid Jack, han låg på två sammanförda bord. Hon höll honom i handen och pratade med honom lugnt på sitt hemspråk, det var ju det enda hon kunde göra. Men Jack tycktes bli lugnad av det hon sa, när sköterskan och Lilly sydde honom utan bedövning och lade förband.

Efter tre timmar dök två helikoptrar upp och landade bredvid lekplatsen utanför skolan, där soldater hade röjt upp området, så att det räckte till. Tom misstänkte, att Karl-Otto hade letat reda på var den andra helikoptern hade tagit vägen och styrt den hit också. Gubben har pondus förstod Tom.

Helikoptrarna stod med rotorbladen snurrande utanför och väntade på att allt skulle lastas in i dem, inklusive den skadade piloten. Åtta timmar efter ryssarnas anfall var de i luften igen på väg till Lviv, där ett svenskt plan väntade för vidare färd till Linköping. Svenskarna var hungriga, för i det läget som var, ville inte svenskarna äta ukrainarnas mat. Det var svårt för dem att få förnödenheterna att räcka ändå. Billy hade inte lämnat Anelina ur sikte under hela vistelsen, han hade gett henne lite russin och vatten, sett till att hon kunde sköta sina behov och att hon mådde bra.

– Min lille Billy, sa hon. Billy flinade, han förstod bara Billy men det räckte.

De var nu i luften och flög utan transpondrar på låg höjd, precis som innan.

75.

Efter samtalet med Tom kände sig Karl-Otto dyster. Grabbarna var ju hans skötebarn precis som Johan och Jon. Han skämdes och kände sig lite löjlig, att han ens hade tänkt tanken.

Kvinnan som var med, Lilly, hade visat sig ovärderlig. I sanningens namn hade samtliga soldaterna klarat sig ut över förväntan. I detta yrke var förluster ett konto man tyvärr fick ta med i beräkningen.

Han snurrade på kontorsstolen och tittade ut genom fönstret, frid här och krig där. Nej, det här gick inte, många skulle informeras. Han ringde till statsministerns kontor först och avlade en rapport. Krister var artig och höll tyst tills Karl-Otto var klar.

– Har du ringt Maja? frågade Krister sedan, gör det innan du fortsätter med försvarsministern och garnisonschefen i Boden.

– Jag gör så, sa Karl-Otto och avslutade samtalet. Han gick först ut till kaffeautomaten och hämtade en kopp.

– Ja, det är Maja Brodin, svarade Jacks fru sedan efter den fjärde signalen.

– Hej Maja, det är generalmajor Karl-Otto, ja vi har ju träffats tidigare.

– Hej, jag var precis ute för att hämta Sara och Elin på förskolan.

– Ja, jag vill bara berätta, att vi håller på att avsluta vårt engagemang i Ukraina.

– Åh vad roligt. Jag längtar så efter Jack och tvillingarna ska vi då inte tala om.

– I morgon förmiddag är de i Linköping. Det hände en incident på vägen ut. Deras helikopter tvingades att nödlanda i Poltava mitt under ett ryskt robotanfall och några blev skadade, bland annat Jack.

– NEJ! skrek Maja förfärat högt i luren.

– Lugn Maja, enligt underrättelser från Tom som jag har pratat med, är det inget livshotande för de inblandade. Jack är sydd lite här och där och han har också lite plåster här och var. Han hörde hur Maja andades tungt, men kontrollerat i telefonen.

– Kommer han hem inom det snaraste? frågade hon fortfarande upprört.

– Ja, han blir ledig nu några månader, det måste finnas tid för genomgång för allt som har hänt. Briefing, tror jag vi brukar kalla det, försökte han lätta upp samtalet med.

– Och Billy och Tom? frågade Maja.

– Oskadda, sa Karl-Otto. Billy har visst tagit med sig en äldre dam hem till Piteå eller vart hon nu ska, han är sig lik med andra ord. Stort hjärta, sa Karl-Otto.

– Konstigt att han inte är gift och har tio ungar, inflikade Maja leende. Hon lät nu lite bättre, hon fortsatte:

– Jag måste rusa, ungarna väntar, tack för att du ringde. Hon lade på.

Nu hade Karl-Otto bråda timmar framför sig. En helikoptertransport med skadade soldater, en gammal dam och en yrkesmördare måste hem från Schweiz. Han skulle genast sätta sig ned och skriva en rapport, lagom innehållsrik för att senare kunna användas av statsministern och senare för pressen. Men han fick börja med att kontakta Jon och Johan.

76.

I Schweiz satt Walter på kliniken och var konfunderad. Han hade dragit länge på beslutet, att ringa till den där svensken Berzelius och meddela dödsfallet.

När han hade fått besök av svensken hade han förstått, att han gjorde bäst i att följa herr Berzelius rekommendationer, eller rättare sagt, hans förtäckta order. Walter befann sig inte i något förhandlingsläge, det förstod han. För någon månad sedan hade en ryss kontaktat honom och gjort en deal som han inte kunde säga nej till. Han hade då glatt sig åt alla rubel som skulle komma honom till gagn, det var ju dyrt att leva och ha två kvinnor. Schweiziska regeringen hade en klar politisk inställning mot Ryssland, så Walter förstod, att han vid upptäckt skulle hamna i onåd både personligen och med sin klinik. Men varför hade svenskhelvetet dött på hans operationsbord? tänkte han surt. I dödsattesten hade han skrivit att lungorna kapsejsat, troligen av en allergisk chock. Den var framkallad av antibiotika och rester från behandling av coronasjukan, trodde han.

Frågan var om herr Berzelius skulle ta saken till bevis och begära skadestånd, då skulle de ryska rublerna försvinna i ett stort svart hål och hans regering kunde få nys om saken. Bertha skulle i sammanhanget då vara det minsta problemet.

Trots att solen sken under blå himmel tyckte han att det såg mörkt ut. Bäst att avvakta Berzelius och följa hans direktiv, skicka liket till den adress i Ryssland han hade fått. Det var visst hem till någon polis eller FSB-gubbe i bortre Ryssland. Ja, ju längre bort desto bättre tänkte Walter.

Han ringde till en kontanttelefon och sa att den ryska diplomaten skulle opereras imorgon och kommer efter två veckors konvalescens att återkomma till Ryssland. Åtgärdad efter önskade direktiv. Walter lade ned mobilen på bordet, dags för lunch. Frau Bertha satt och väntade på honom som alltid.

77.

På ryska ambassaden i Stockholm satt Viktor i fikarummet och hade många obesvarade frågor i huvudet. Det hade gått nästan tre veckor sedan han hade haft sitt samtal med Vasilev Aronov och hans intryck då, hade landat i, att Vasilev skulle ha hörsammat hans instruktioner. Men den lilla skiten hade inte stått utanför dörren dagarna efter. När FSB hade knackat på samma kväll, kändes det oerhört genant. Männen från Sankt Petersburg hade tittat på honom som om han var en idiot. Värst var att Nikita Narysjkin ringt dagen efter och hade undrat hur det stod till. SVR hade då samtidigt tagit över jakten på Vasilev. De hade satt både Vasilevs lägenhet och svenska regeringskansliet under bevakning resten av veckan fram tills nu. Skadeglädjen, som Viktor kände, hade han haft svårt att dölja, då resultatet var noll. Narysjkin hade begärt Skypemöte med Viktor på dag tio.

– Jaha du Viktor, det här ser illa ut för dig, sa Narysjkin och glodde surt på honom i bildskärmen. Vi misstänker att svenskarna har tagit Vasilev eller att han har angett sig själv, sa han.

– Jag vet, men Vasilev var vid vårt möte mycket förtroendeingivande, därav lät jag honom gå. Han måste ju få en chans att städa bort i det läge han befann sig, sa Viktor och fortsatte:

– Annars hade svenskarna sökt efter honom långt före oss.

– Om svenskarna har honom kommer det säkert på Svt Rapport, sa Narysjkin fundersamt.

– Då vet vi i alla fall var han är, inflikade Viktor. Narysjkin snäste av honom snabbt.

– Vad fan gör det för skillnad? Han sitter där och golar för att slippa åka samma väg som de andra två informatörerna. Viktor vred sin skärm lite ur solljuset som börjat smyga sig in i rummet, han såg dammet som for omkring i solstrålarna och fortsatte:

– Jag tror, att han hade en hållhake på flickan på kontoret där deras statsminister har sitt. Ett tips till er är att ni sätter bevakning på henne. Viktor log inombords då detta var ny information för SVR. Narysjkin blev däremot fly förbannad när han hörde detta.

– Hur länge har du haft den misstanken? skrek han i telefonen.

– Det slog mig nu, ljög Viktor. Det blev tysta leken, till sist sa Narysjkin:

– Jag måste ha ett möte med presidenten, både om nuläget och om ditt förfarande som ledde till det. Han böjde sig fram mot sin skärm, knäppte av och det blev svart. Viktor kände då sig som ett fån.

– Jävla inkompetenta idiot, muttrade Narysjkin efter att han snörpt av Viktor i Stockholm. Han gick till fönstret i vanlig ordning och började fundera. Hur skulle han lägga upp detta för presidenten? Putin var nu mer paranoid än tidigare. Alla hade sett på YouTube hur Jevgenij

Priozjin hånat Putin angående sin brist på ammunition. Putin kunde ingenting göra åt det, då han hade satt sig i en beroendeställning till denna krigsskadade man. Rysk statlig media hade dessutom börjat få svårt att ensam tillrättalägga informationen ut till den ryska befolkningen. Till exempel då ukrainarna flög in med en drönare över Kreml, detta förbannade YouTube. Han stod kvar framför fönstret och kände sig handlingsförlamad, det var mycket han inte fick svar på. Nej, han skulle inte ringa och ordna med Putin. Narysjkin hade utrikesministern i åtanke i stället. Lavrov var, i hans tycke, en fortfarande respektabel politiker. Lavrov hade kompetensen att kunna se nyktert på mycket i dagsläget.

Putin skulle också ha svårare att ifrågasätta honom, trodde Narysjkin. Han tog mod till sig och ringde till Lavrovs kontor.

– Utrikesdepartementet, sa en kvinnlig röst.

– Nikita Narysjkin, SVR, anhåller om möte med utrikesministern, kan ni stämma av med hans kalender?

– Ett ögonblick, svarade kvinnan. Nikita Narysjkin hörde hur luren lades på bordet och hennes naglar for över tangentbordet.

– Jag har flyttat om lite, passar det imorgon efter lunch? sa hon.

– Alldeles utmärkt, tack för det, sa Narysjkin och avslutade. Han undrade nu vad han hade gjort.

78.

Jack satt i mullret från rotorbladen och gick igenom de sista timmarna i Poltava. Han fick någon historielektion från skoltiden i huvudet. Gamla kungars vedermödor hade med årtal hamrats in i huvudet. Peter den första hade 1709 gett svenskarna en näsbränna i Poltava, dock värre än Putin idag. Det sved i benen på Jack efter all inskjuten makadam, det hade blivit en hel del sten i droppskålen visste han.

Det rådde ett falskt lugn i kabinen. Billy satt och låtsades sova med ena ögat öppet såg Jack. Billy var en krigare med ett speciellt patos, nu satt han och höll handen på tanten. Anelina hade blivit en ny bekantskap, han var tacksam nu att hon var med. Med sitt outgrundliga lugn hade hon suttit bredvid honom när de tog hand om såren på hans ben, rabblat en massa rappakalja, så lugnt och fint. Jack brottades med tanken på hur han skulle gå vidare med Anelina. Han skulle försöka att få med henne upp till Boden och därefter ta henne till Migrationsverket. Troligen skulle han få en utskällning av Karl-Otto men det var det värt, han fick ta en kula för Billy helt enkelt. Billy, ja det är något mellan honom och Lilly, det hade han till sist förstått. Hon och Billy hade varit så övertygade om att ta med tanten, precis som om de planerat det länge.

Jack kände att han hade lite svårt att röra på sig, det var tröttsamt att sitta så obekvämt som de gjorde. Han tittade ned på båren där piloten låg och kände sig lite bättre. Lilly hade berättat att hon plockat 28 stenar ur honom, det var tungt.

Anelina hade i sin tur suttit i smyg tittat på Jack, hon hade förstått att soldaten brottades med något, hon tänkte mycket på vad hon själv tvingats att gå igenom. Stackaren hade gjort det för hennes skull och många andra. Hon suckade.

De landade på en mycket avskild plats på flygfältet i Polen och det uppstod då full aktivitet. När sidodörrarna skjutits åt sidan och ljuset spred sig in, så hoppade Billy och Tom ut för att starta langningen av materiel, skadade soldater och Anelina ut ur maskinen. Snabbt var Natosoldater på plats med jeepar för vidare transport till uppsamlingsplatsen i deras förläggning. När Natos befäl på plats upptäckte Anelina, väckte det frågetecken. Men då hon var iförd svensk jägaruniform, så fick frågorna bero och han skakade bara lätt på huvudet.

Samtliga skadade fick läkarundersökning, mat och ett eget logement för vila innan avfärd till Linköping och Östersund.

Det var som att komma i mål efter ett gatlopp.

79.

Lavrov hade tackat sin sekreterare och bett henne att gå och stänga dörren efter sig. Han var förbryllad över Nikita Narysjkins begäran om ett möte, utan vad han förstod Putins medverkan.

När fru Darja, hans sekreterare, kommit och visat ändringen i kalendern och fått okej av honom, hade hans första reflex varit att neka ett möte.

Men nyfikenheten tog snabbt överhanden, så nu satt Nikita där framför honom. Han såg obeslutsam ut, tyckte Lavrov.

– Ni undrar säkert varför jag är här, sa Naryskin.

– Tanken har slagit mig men min nyfikenhet övervann protokollet, så att säga, sa Lavrov.

– På mitt kontor råder nu ett slags status quo. Min högsta chef har mycket frånvaro och han är vad jag uppfattar det, oklar i flera viktiga frågeställningar, fortsatte Naryskin.

– Ja, det var ju en skön omskrivning, log Lavrov. Han lade sin Ballograf rätvinkligt mot bordskanten och satte fingertopparna mot varandra.

– Att ta kontakt med er utan presidentens vetskap, kan uppfattas som tjänstefel, det är jag högst medveten om, men min respekt för er som förhandlare gjorde min handling, vad ska jag säga … försvarbar, sa Naryskin.

– Intressant, fortsätt, sa Lavrov.

– Flertalet reportage i media och på sociala medier har lett till att presidenten har tappat fart, enligt min åsikt fortsatte Naryskin. Ja, nu blev det sagt.

– Vart vill du komma? Kom till sak, sa Lavrov otåligt och tog av sig glasögonen och spände ögonen i honom.

– Jag behöver er åsikt, sa Naryskin uttryckligt och höll andan.

Tystnaden sänkte sig. Lavrov tänkte att nu hade han flera val. Slänga ut honom ur sitt kontor och glömma eller helt enkelt lyssna på honom. Det mest intressanta var att höra vad som var så trängande viktigt, sedan kunde han ju meddela Putin om sin illojale medarbetare. Han började som vanligt putsa sina glasögon för att vinna tid.Naryskin började att ångra sitt tilltag, omedvetet började han i huvudet kalkylera för sin avgång.

– Nå, här kan vi inte sitta hela dagen, fortsätt, bestämde Lavrov sig till sist för.

– Tack herr utrikesminister, sa Naryskin lättad och började berätta.

Han började från början med de båda fängslade informatörerna i Sverige och att han fortfarande trodde sig ha en informatör kvar.

Denna informatör satt inne med information om Sveriges och Finlands framtida samarbete runt finska gränsen, som troligen skulle fortsätta, oavsett hur förhandlingarna med turkarna skulle sluta. Sprängningarna av robotsilos, Putins tåg och Gud förbjude, Putins fontän, hade riktat misstankarna till Sverige. Tidigare inhämtat industrispionage hade givit vid handen att fragment på brottsplatserna var svenska.

– Jag tror mig veta att Vasilev Aronov, informatören i Sverige, sitter inne med den kunskapen.

– Vad säger vår president? frågade Lavrov.

– Att han ska återkomma, sa Naryskin surt.

Lavrov kände igen mönstret och nickade.

– Vad har denne Vasilev nu sagt i debriefingen? sa han.

– Det är där vi har ett problem, vi hittar honom inte, sa Naryskin.

Han återgav här samtalet med Viktor på ryska ambassaden i Stockholm. Lavrov medgav tyst, att Putin här enligt honom gjort ett tjänstefel, att han inte har lyssnat på sin chef på SVR. Presidenten var tydligt skakad av incidenterna på senare tid. Lavrov kände nu lite sympati med Naryskin.

– Vad tror Viktor har hänt? frågade han.

– Att Vasilev kan sitta i svenskt häkte, men jag tror inte det, sa Naryskin.

– Utveckla, sa Lavrov nyfiket.

– Om han satt i häkte, skulle vi fått reda på det om inte annat via Svt Rapport.

– Men du har en personlig fundering? undrade Lavrov.

– Ja, att han sitter och golar i källaren på Must, svarade Naryskin.

Lavrov blev förfärad, men det syntes inte på honom.

– Du hade en önskan med ditt besök hos mig. Hur lyder den? sa Lavrov i stället.

– Vi kan ju inte komma åt vår informatör på svenska regeringskansliet, men jag tror mig veta att han har en kontakt på deras kontor. Jag skulle veta din åsikt om att vi plockar in denna person, en kvinna, till ett tvingande förhör, sa Naryskin, han höll andan.

Tvingande förhör sitter han och föreslår, det skulle man inte kunna tro om denne man med sin oskyldiga uppsyn, tänkte Lavrov. Naryskin fortsatte försiktigt:

– Det kan ju bli en internationell förveckling med svenskarna, om det skulle uppdagas längre fram.

– Det här är allvarligt, jag måste få tid att tänka på konsekvenserna, men jag förstår att tiden är knapp, jag vill tänka och återkommer om en timme.

Lavrov reste sig upp när han sagt det och markerade att mötet var slut.

– Jag ringer på din privata telefon, sa han medan Nikita Narysjkin var på väg ut genom dörren. När han var ute på gatan, såg han en coffeeshop på andra sidan. Det var röd gubbe vid övergångsstället. Av gammal vana ställde han sig med lagom långt avstånd till trottoarkanten, för att minska risken att bli knuffad framför en bil. Det blev grönt och han gick över. Han tog ett fönsterbord när han kom in i coffeeshopen och slog sig ned. En kvinna med lite höga kindknotor kom och tog hans beställning. Gott om invandrare här reflekterade han. I dagsläget var det ju bra, då det nu var populärt att avvika fortast möjliga från Ryssland. Han tyckte att mötet hade gått bra, men som vanligt hade hans rygg blivit svettig.

– Var så god.

Han fick kaffet fint serverat. Innerst inne kände han en förvåning över att han hade blivit accepterad av Lavrov. Han tittade ut, den stora massan av människor där ute, hade ingen susning om, hur politiken gick till i verkligheten och tur var väl det.

Statskontroll var för den sakens skull ganska bra i grunden, tänkte han. Han funderade vidare på sin fru. Hur skulle hon reagera på hans förslag till Lavrov? Att plocka in en ont anande kvinna i Sverige på ett förhör? Tanja gillade väst, Netflix hade under Maj månad stängts av till hennes stora förtret och utlandsresor var det inte tal om. Nej, Tanja skulle inte tro att han skulle kunna göra något sådant. Hon skulle sagt att det var gangsterfasoner, det var bara turkar och juggar som nedlät sig till sådant enligt henne. Han rörde om i koppen och tittade på klockan. Lavrov ringde en god tid innan tidsfristen gått ut.

– Nikita Narysjkin, svarade han.

– Jag råder så här angående din fråga, du verkställer din plan i Stockholm, sa Lavrov.

– Okej, då kör vi så, svarade Naryskin.

– Det blir för stora inrikesproblem om vi inte gör detta, men ta det försiktigt med objektet. Lavrov avslutade samtalet. Nikita tänkte, att denna handling förenade dem bägge oavsett om de ville det eller inte. Han hade för säkerhets skull spelat in samtalet.

Han slog mobilen några gånger i handflatan, sedan ringde han Viktor i Stockholm.

– Du kan plocka in henne, sa han.

80.

De satt tillsammans i försvarets pippigula Learjet 35. I sin ordinarie användning användes den till att dra skjutmål åt kustartilleriet. De tittade ut över Östersjön, de låga molnen gjorde inget för att förhöja flygresan, utan det var som att flyga i grädde. Men vad gjorde det. Om 35 minuter skulle de landa för ett snabbstopp i Linköping och lämna av större delen av styrkan tillsammans med den skadade piloten.

Humöret på samtliga steg sedan med varje meter som de närmade sig Östersund. Det fanns hamburgare i värmeskåpet och mycket gott att dricka till. Karl-Otto hade uppdaterat dem om att ukrainarna fortsatte att ställa till det för ryssarna, nu med spjutspetsattacker in på ryskt territorium med stöd från deras by Hoptivka.

Archer hade till och med fått ett smeknamn: krokodilen. Men det där kändes i nuläget långt borta, i en annan tid.

– Titta, sa Tom och pekade ut.

Två Jas 39 Gripen dök upp på var sida och eskorterade dem in mot Östersund. Det hade klarnat upp och solen gjorde ett tappert försök att bryta igenom molnen när planen vek av i god tid innan deras landning. Känslan av att stiga ned på marken var fantastisk, glada ryggdunkningar utdelades. Anelina steg ned lite trevande försiktigt på landningsbanan, för henne var det här känsloladdat. Hon hade tills nu knappt varit utanför sin hemby och bara hört talas om Sverige. Nu stod hon här långt borta i detta främmande land, hon tittade försiktigt efter Billy som höll på med urlastning av några väskor. Billy såg henne och log.

– Lugn Anelina, jag kommer, sa han på svenska. Anelina förstod då att hon hade fått hans uppmärksamhet. De gick mot ankomsthallen. På vägen dit tänkte en del av dem hur tyst och lugnt allt kan vara. Inga flygplan och inga människor, bara några sjungande koltrastar i vanlig ordning.

– De låter som de gör hemma, sa Anelina till Billy på ukrainska, han undrade då vad Anelina hade sagt och tittade frågande på Lilly.

– Google Translate, använd den, sa Lilly och pekade på mobilen åt Billy. Hon gjorde en minnesanteckning för att också få Anelina att förstå hur det fungerar.

Innanför dörrarna stod försvarsministern och generalmajoren och väntade. De tog alla i hand när de passerade dem på vägen in. När Anelina passerade i svensk jägaruniform, gjorde de inte en min, men Karl-Ottos hjärna gick i spinn, vad var nu detta?

– Okej, sa Karl-Otto sedan och klappade i händerna. Vi ska köra er in med buss till Östersund, på ett hotell där ni har rum som väntar. Anelina satt sedan under bussresan och tittade, det var så vackert och så fint tyckte hon. Rätt som det var gäspade hon och fick då en liten knuff av Lilly.

– Du blev trött till sist ändå, sa Lilly och fnissade. Bussen saktade ned och efter en stund körde de bara 30 kilometer i timmen. Anelina blev då orolig och frågade om det var vägspärrar även i Sverige. Lilly skrattade och svarade:

– Nej då, du kan vara lugn. Det är bara några ungdomar som är ute och åker i sina bilar, de får inte köra så fort. Lilly undrade hur hon skulle översätta EPA-traktor till ukrainska.

Bussen fick en raksträcka och körde förbi epatraktorerna. Anelina såg förundrat på dem vid passagen.

– Vilka fina traktorer ni har, men fungerar de på en åker? sa hon och tittade förvånat på Lilly, som bara skakade på huvudet.

– Ungarna har dem bara till skolan fick hon ur sig. Anelinas telefon ringde och hon började leta igenom sina fickor, hon hade inte vant sig vid att ha så många, till och långt ned på benen satt de.

– Ja, svarade hon sedan.

– Mamma! utropade Irina glatt. Hon berättade, att hon hade talat med Olew om vad som hänt och att hon visste om att hon skulle till Sverige.

– Var i Sverige tror du att du är? frågade hon. Anelina tittade på Lilly. Med gester och Google förstod Anelina att hon var i Östersund.

– Så bra, utropade Irina, Östersund ligger inte så långt borta från mig, det tar bara någon dag att åka hit. Ring mig imorgon så får vi prata lite mera med varandra. Irina avslutade samtalet. Anelina berättade lite om samtalet för Lilly, som tog fram kartan i mobilen för andra gången för att visa var Piteå ligger. Lilly förklarade för Anelina, att imorgon skulle de gå och köpa kläder, så att Anelina skulle få känna sig fin igen.

Efter att alla senare på eftermiddagen var installerade i sina rum på hotellet, blev tiden mogen för middag. Till Jacks och Toms glädje skulle även deras familjer vara med vid bordet. Försvarsminister Jon Pålson hade ombesörjt det praktiska till deras stora glädje. Maja blev lugnad när hon såg att Jack gick för egen maskin på kryckor, hon svepte sina armar om honom och viskade i hans öra:

– Åker du igen så skiljer jag mig, kyss mig nu!

Middagen serverades i en avskild del av restaurangen, mycket prat och god mat. Det bestämdes att ”De Fyra”, dit Lilly räknades nu, skulle träffas på Befälsvägen om tre dagar för uppföljning. Det enades om att samtliga skulle övernatta här i Östersund.

Vid ett tillfälle tog Karl-Otto Jack åt sidan och sa:

– Jag ser att genomsnittsåldern och antalet personer har ökat i gruppen, har du en vettig förklaring?

– Du får en briefing av Billy och Lilly om detta om tre dagar i Boden. Jag personligen står i skuld till Anelina, hon heter så, sa Jack och såg nollställd på sin chef.

– Anelina, säger du. Ett vackert namn, nickade Karl-Otto. Han förstod att det inte var läge för att utveckla ämnet. Det fick bero så länge.

– Vi låter det vara så länge, sa Karl-Otto högt och de satte sig till bords.

Karl-Otto observerade sedan, att den gamla damen satt mellan Billy och Lilly och hon blev servad som en drottning. Det här ska bli en intressant historia, tänkte han.

Jon satt under middagen och tittade och lyssnade på sina soldater. Han märkte att samtalen ytters sällan gick in på vistelsen i Ukraina. Det var ungar, morföräldrar och släktingar som var på tapeten. Jon tänkte på Billy som inte hade någon egen familj mer än sin covidsjuka mamma. En gåta tänkte han och tittade åt Lilly och Billys samspel under middagen.

Undrens tid kanske inte var förbi, det kan ha hänt något bra i den där bandvagnen.

81.

Gunhild Berzelius var glad, för Philip hade ringt och meddelat sin mor att han var hemma igen från sin resa. Hon var van vid att han ofta var på resande fot. Gunhild gick i villfarelsen att Philip hade följt sin faders rekommendationer, att Philip efter flottan vidareutbildat sig som dataingenjör inom techbranschen. Philip hade låtit sin mor vara kvar i det missförståndet, han var ju en spion. Gunhild saknade sin bortgångne make Harald, ja han kunde ju vara knarrig och sur när han blev väckt tidigt på mornarna eller blev serverad fel rostning på kaffet. Hon smålog lite åt detta minne när hon gick omkring ochrättade till omtagen på gardinerna i matsalen. De borde bytas till ett ljust linne tyckte hon, lite ljust i stället för den dystra mörkgröna sammeten.

Det var sagt att Philip skulle komma till lunch vid 13-tiden, så hon skulle nu gå till köket och ge kokerskan anvisningar om meny och arrangemang, som att nya friska blommor skulle ställas på salongsbordet.

Philip var på Must och hade genomgång efter veckans händelser med försvarsminister Jon Pålsson och Karl-Otto Engelbrekt. Mitt kontor börjar bli lite väl inrökt konstaterade Karl-Otto. Han tyckte samtidigt att Philip såg trött ut, men det var inte konstigt vid närmare eftertanke.

– Jo hör du Philip, hur är det med dig? Det skulle väl sitta fint med lite ledighet, eller? Philip nickade åt Karl-Otto.

– Ja, under de sista veckorna har det blivit mycket resande. Men du, det finns ju lösa ändar att knyta ihop för oss, sa han och såg fundersam ut.

– Du tänker på Sigrid? sa Karl-Otto.

– Bland annat, förresten, har du skickat anvisningar till Schweiz om Petri?

– Ja, det är ordnat, sa Karl-Otto. Jag vill beklaga min slutliga order, men det var för rikets säkerhet.

Philip tittade på de bägge männen och nickade kort. Han hade dödat förr, både ryssar och annat. Bill Tobiasson hade till och med suttit i Rapport och kallat det för tyst diplomati. Philip fnyste åt tanken. Jona Peltonens ord, att han var en kall jävel, ringde fortfarande i hans huvud. Karl-Otto ställde ned ett tomt glas på bordet med en smäll. Han ville markera och komma vidare.

– Har vi koll på ryssarna? undrade då Philip.

– Du menar Lavrov och hans vänner? sa Karl-Otto och fortsatte:

Om Putin är det väldigt tyst nu för tiden, men det är desto fler som väsnas därborta.

– Jacks commando har väl kommit hem nu? avbröt Philip. Karl-Otto berättade nu om Jacks grupps två sista dygn i Ukraina för Philip.

– Vi, från regeringens sida, är djupt imponerade och tacksamma för deras insats, inflikade försvarsministern Jon Pålson och fortsatte:

– De ställde till ett riktigt elände för Putin. Han log glatt åt detta.

– När beräknas Putins kopia resa tillbaka till Ryssland? undrade Karl-Otto.

– Jag är lovad bilder och avresetid för Putinkopian av institutionschefen där, så jag briefar er när det är dags. Vet någon mer om att jag har kommit tillbaka? Philip tittade på dem.

– Du menar Sigrid? sa Karl-Otto. Philip nickade.

– Nej, men det vore bra om hon underrättades snarast, har du någon idé om det? sa Karl-Otto i låg ton. Jon stod utom hörhåll borta vid fönstret.

– Jag hoppas att statsministern hållits utanför det sista om Petri, så att han inte har förekommit mig. Han gillar ju att ta plats, sa Philip.

– Du kan vara lugn, han vet inte att du är hemma och han vet inte så mycket om någonting. Det vore bra om du under dagen kunde delge Sigrid om Petris död. Ja inte hur naturligtvis, sa Karl-Otto.

– Jag tar det efter lunch, i samband med att jag ska träffa min mor. Min kära mor vill veta om jag tog en ny order till mitt techbolag Brez Celler, sa Philip och log.

Försvarsministern hade vänt sig från fönstret och tittade undrande på Karl-Otto, som tittade i taket och låtsades som ingenting.

– Inget du behöver veta, sa han sedan till ministern samtidigt som han tittade på klockan, en signal om att mötet var avslutat.

Försvarsministern tog Philip i hand, tog sin portfölj och gick ut. Philip satt kvar. När dörren var stängd, sa han:

– Vad ska jag säga till Sigrid? Och vad ska jag skriva i min rapport, ska jag skriva något över huvud taget? Jag vill ha ryggen fri, sa Philip. Karl-Otto satt tyst och funderade på saken och sa sedan:

– Schweiz var bara en semester för dig, inget att rapportera om, du kan ge mig en feldaterad semesteransökan. Angående Sigrid, kör vidare på obetalda fordringar till Petris ryssbanditer, sa Karl-Otto. Philip reste på sig och sa hej, han hade lite att uträtta innan lunchen. Hissen var upptagen, så Philip tog trapporna ned till garaget under huset.

Låsen på Porschen blippade till när han tryckte på nyckeln och orange blinkersljus lös upp i hörnet där han hade parkerat. Det hade varit fint väder på morgonen så han körde utan tak på bilen.

Med ett vigt kliv klev han helt enkelt över förardörren och landade snyggt med baken i sätet. Han tryckte på startknappen, ljudet av dubbla turbo i ett parkeringsgarage lät fantastiskt varje gång. Han hade Sigrids adress, så det var bara att köra mot Jungfrugatan. Det var ju inte långt från sin mors adress, hade han konstaterat. Efter grindarna svängde han vänster och gav sig iväg, han fällde ned solskyddet och satte på radion lagom till 11.45 nyheterna på radion. ”Den ryske oppositionspolitikern Aleksej Navalnyj har nu suttit fängslad i två år och har flyttats runt mellan Rysslands hårdaste arbetsläger. Ukrainas president uppmanar Putin att frisläppa honom. Som en gest av god vilja till detta, sa Zelensky, att han kan bidra med återuppbyggnaden av Putins fontän på hans slott Gelendzjik”. Philip kunde inte låta bli att dra på munnen och skratta åt Zelenskys provocerande.

Philip kom in på Artillerigatan och svängde sedan höger in på Kommendörsgatan. Jungfrugatan var sedan första till vänster såg han. Philip blinkade och svängde, han började söka med blicken efter rätt husnummer till Sigrid. När han vred blicken tillbaka mot gatan såg han en svart suv stå parkerad med höger sida uppe på gångbanan två huslängder en bit bort.

Philip kunde inte senare säga varför han då hade reagerat som han hade gjort. Troligen hade han uppfattat en ljus strimma med förarens ögon i och förstått att föraren av suven var maskerad. Philip duckade och trevade med högerhanden i handskfacket efter sin pistol, samtidigt han snedställde Porschen över gatan. Han tittade försiktigt över instrumentbrädan och såg suven komma mot honom. Instinktivt aktiverade Philip parkeringshjälpen på bilen och såg då bilen komma i full fart på skärmen inne i Porschen, strax innan han blev rammad. Philip kände att hans bil kanade bakåt i kollisionen. Sedan blev det plötsligt stopp och suven backade. Philip tittade upp igen med Glocken i vänster hand och satte två skott i kylaren på suven och ett mot föraren i en enda svepande rörelse.

Suven fortsatte att backa med skrikande och rykande däck mot korsningen Linnégatan, där den gjorde något som liknade en handbromsvändning och svängde mot Hedvig Eleonora-skolan. Philip steg ur sin kvaddade bil och tittade efter den. Med handen för skydd mot solen, tittade han sig runt och såg en barnvagn på trottoaren mitt emot Sigrids port. Han gick med onda aningar dit. Barnvagnen, eller rättare sagt en sulky, stod bredvid en Range Rover med bakluckan öppen, en kvinna satt mellan den och bakomvarande bil. Philip hukade sig ned bredvid kvinnan och rörde lätt vid hennes arm.

– Hur är det? frågade han. Hon svarade inte utan ställde sig upp och tog ut barnet som satt i barnstolen i baksätet. Det var en flicka, hon verkade halvsova med knappt öppna ögon. Kvinnan vände sig mot Philip med flickan på armen samtidigt som hon försökte dra ihop blusen.

– Vem är du? sa hon och höll om flickan extra hårt.

Philip berättade att han hette Philip och var en bekant till en kvinna på andra sidan gatan.

– Jag behöver göra en snabb avstickare in till henne, jag kommer tillbaka om fem minuter. Gå in till din lägenhet och vänta så länge, jag behöver tala med dig sedan, sa han sedan. Hon nickade.

– Högst upp, det står Hjortfeldt på dörren, sa hon. Philip vände sig om och gick snabbt snett över gatan till andra sidan, samtidigt som han tog upp sin mobil och slog ett kortnummer.

– Det är Philip, ta dig till Jungfrugatan 24 på fem minuter.

– Kommer, sa Jona Peltonen.

Philip gick in och såg på tavlan i vestibulen, att Sigrid bodde på andra våningen. Dörren in till hennes lägenhet var stängd. Philip stannade utanför och lyssnade, tryckte sedan ned handtaget försiktigt.

Dörren gick upp och han tittade in. Det låg kläder slängda på golvet och ett bord låg omkullvält. Det var helt tyst i lägenheten. Philip gick in och konstaterade att samtliga rum var tomma. I köket fick han ta en gryta från spisen som fortfarande stod på, på lukten gissade han att det var fisksoppa.

Philip tog fram sin mobil och började filma alla rum, efter tio minuter gick han sedan ned och över gatan, in i grannhuset. Han tog hissen upp och hittade en teakdörr med namnet Hjortfeldt på en mässingsskylt. Han ringde på, hon öppnade med en gång. Det kändes som om hon väntat vid dörren.

– Hej igen, kan jag få fota av din ID-handling så jag kan kontakta dig lite senare? Han klev in i lägenheten och tittade samtidigt nyfiket sig omkring.

– Jag heter Philip förresten, sa Philip.

– Ja, du sa det. Hon presenterade sig som Anna, hon plockade fram sitt körkort och skrev ned sitt mobilnummer på en post it lapp och gav honom.

– Jag vill nu att du gör mig en tjänst, en viktig sådan, sa Philip. Anna nickade att hon förstått.

– Sätt dig ned och blunda en stund, sedan börjar du berätta vad du ser i ditt huvud när du öppnar ytterdörren där nere och tills dess att du träffar mig. Anna nickade igen, såg sig om och drog ut en köksstol och satte sig ned.

– Var är flickan? frågade Philip.

– Hon sover i sitt rum, sa Anna och slöt ögonen. Det blev tyst i lägenheten, men Philip kunde höra att det hade börjat bildats kö på gatan nedanför, han kom på att hans bil stod kvar mitt i gatan och blockerade. Men han lät det vara, detta var viktigare. Han tog fram sin mobil för att spela in och Anna började att berätta, först lite trevande och sedan gick allt lättare.

När hon var klar tackade Philip henne och sa att han måste flytta på sin bil.

– Jag ringer dig, sa han ute i trappuppgången innan hon stängde dörren tyst efter honom.

I hissen ner bedömde han Anna som ett mycket trovärdigt vittne och att hon var förvånansvärt lugn med tanke på att hennes barn hade varit närvarande vid händelsen. Han gick bort till sin bil. På vägen dit manade han en trafikant till lugn och sa att det snart var fritt körfält. Jona stod där vid bilen och väntade.

– Vad saatan har hänt? sa han på sin brutna Finlandssvenska. Philip såg att han svettades lite i solen.

– Jag har blivit prejad, sa Philip.

– Ta tag där fram så backar vi undan bilen, sa han och pekade på det som var kvar av framändan på sin bil.

– Jag tog några bilder på den innan du kom, sa Jona.

Philip gjorde tummen upp.

– Någon har kidnappat Sigrid, sa Philip sedan.

Jona stannade till och tittade på honom.

– Vi måste upp i hennes lägenhet och göra en husrannsakan, sa Philip.

– Borde vi inte vänta på teknikerna? Jona såg frågande ut när han ställde frågan.

– Nej, jag vill ha ett förstahandsintryck, svarade Philip.

De gick på trottoaren tillbaka mot Sigrids hus. Utanför porten tog de på sig skoskydd och tunna gummihandskar på händerna, något som bägge av vana alltid har med sig i fickan eller i bilarna.

– Ett ögonblick, sa Philip och tog upp sin mobil. Jag ska avboka min lunch, fortsatte Philip.

Jona gick in i förväg.

– Hej mor, hörde Jona Philip säga, innan ytterdörren hann gå igen.

82.

Tarnow Anatoli förstod att hans vistelse på kliniken snart var slut. Han stod inne i sin tillfälliga lägenhet på kliniken och tittade sig i spegeln. Ordet omvälvande var en förminskning av de känslor som genomfor hans tankar. Hans jag var nu ett annorlunda jag, fast det var liksom ändå han. När Tarnow hade blivit plockad av den lokala polisen i Novosibirsk, var det som han hamnade i ett tomt rum, som längre fram skulle fyllas av andra. Tarnow visste nu med viss ironi, att Putin hade stämplat honom i massmedia som en illojal medborgare, en dissident i samröre med en utländsk organisation. Om den möjligheten skulle uppkommit tidigare, så hade den tanken inte varit helt främmande. Det slog honom nu, att hans föräldrar och övrig släkt kanske var orolig över honom, det på grund av att han var stämplad som oppositionell och jagad av myndigheterna.

– Vad har jag för val? hade han till slut frågat Nikolaj Patrusjev, när de suttit i lokalpolisens lånade lokaler, i källaren på Siberian State University of Telekommunikation. En av GRUs förtäckta plantskolor i Novosibirsk.

– Det bär mig faktiskt emot att säga att du inte har något val, hade då Nikolaj sagt.

Han hade i alla fall klädsamt slagit ned blicken när han hade svarat.

– Min presentation här för dig gör allt slutgiltigt, vilket val du än gör. Tarnow hade nickat att han förstod, han skulle bli en omåttligt rik marionett eller bli drabbad av obotlig sjukdom och dö. Tarnow hade då skakat uppgivet på sitt huvud.

Nu några månader fram i tiden, så stod han här och skakade sitt huvud uppgivet ännu en gång. Under vistelsen på kliniken hade han fått i uppdrag att läsa in sig på allt som rörde hans roll som Putins ställföreträdande, allt sammanställda av ordföranden, samma man som hade kidnappat honom. Nikolaj hade lagt ner ett nogsamt arbete, konstaterade Tarnow, han hade dock inga svårigheter med detta, då han själv kom från ett av de största universiteten i Novosibirsk, han hade ett gammalt läs- och plugghuvud.

Tarnow flyttade blicken från spegeln till fönstret, ut mot böljande fjällsidor. Han kom på sig, att han kanske skulle sakna denna tid av sin sista konstgjorda frihet. Nikolaj var på intågande och de skulle nu äta lunch tillsammans här, i lägenheten. Sedan väntade ett förberedande samtal om framtiden som Nikolaj hade uttryckt det.

Vid 16-tiden knackade det mycket riktigt på Tarnows dörr och han gick för att öppna. Nikolaj stod utanför och när han såg Tarnow, tog han ett ofrivilligt steg tillbaka, såg med uppspärrade ögon på honom och utropade överraskat:

– En ära att träffa er min president! Walter som stod snett bakom Nikolaj tog den repliken som en komplimang och log med hela ansiktet.

– Då lämnar jag er här, sa han till Nikolaj och gick tillbaka mot hissarna. Tarnow tyckte sig höra, att han visslade glatt på vägen dit, själv kunde han inte låta bli att spänna ögonen hårt i Nikolaj på äkta surt Putinvis och be honom att stiga in.

– Stig in, lika bra att få det hela överstökat, sa han och log inombords, en viss effekt hade det haft.

Två dygn efter detta möte i Schweiz, stod Tarnow utanför köksingången på slottet Gelendzjik i Ryssland och knackade på. Putin öppnade efter ett tag endast iklädd en träningsoverall, han höll i en handduk och torkade sig med den i pannan. Det såg ut som om han hade sprungit eller tränat.

– Välkommen Tarnow, sa han och räckte fram handen, Tarnow tog den. Putin utropade då:

– Tänk om en fotograf hade legat i buskarna nu och så började han att gapskratta.

– Vi ser ju för jävla lika ut, fortsatte han. Tarnow blev tagen med överraskning, han hade aldrig i hela sitt liv hört att presidenten kunde skratta.

– Okej, såhär ligger det till, sa Putin till sist. Han bjöd samtidigt in Tarnow så de kunde sätta sig, plockade fram en flaska mousserande vitt vin och förklarade, att huset för tillfället var helt tomt, att det skulle vara så i några dagar.

– Tills charaden kan börja, tillade han.

Putin började med att be Tarnow om att lätta på klädseln och känna sig som hemma. Han fortsatte med att sätta in Tarnow i det absolut väsentligaste, och förklarade att de skulle helt enkelt leva bredvid varandra en längre tid. Så mycket som möjligt, för att Tarnow skulle kunna apa efter originalet, det subtila, verbala och fysiska. Det var skymning ute och nu lade Tarnow märke till att även här sjöng koltrasten om kvällen. I ett sagoslott i Ryssland, satt Putin likt en babushka-docka och pratade med sig själv om sig själv.

83.

Philip och Jona kom snabbt upp och in i Sigrids lägenhet. Bägge stannade i tamburen och tog intryck av vad de såg.

– Det luktar mat, sa Jona som sniffade i luften.

– Fisksoppa, sa Philip och pekade mot köket.

– Din ädla näsa slår då aldrig fel? skrockade Jona lite ironiskt.

– Jag fuskar, det stod en gryta på spisen förut. Det går att gå runt i lägenheten från två håll, sa Philip och pekade hur han menade.

Jona tog upp sin mobil ur fickan och filmade samtidigt som han sakta gick igenom lägenheten mot köket. Han lyfte, plockade och grymtade för sig själv hela tiden. När han kom till sovrummet stannade han upp, av erfarenhet visste han att det oftast var här man hittade spår, som kunde leda vidare. Jona såg sig omkring, det var ett vackert sovrum, lite lyxigare än han var van vid. Snygga plädar, mjuka mattor och det luktade kvinnligt parfymerat på något vis.

Han gick vidare och öppnade garderober, lådor och lyfte på madrasser. I papperskorgen hittade han ett emballage och stoppade det i en papperspåse. Hon har klass Sigrid, tänkte han på vägen ut mot vad som såg ut som en salong, där såg han Philip komma ifrån andra hållet.

– Du fortsätter ditåt, sa Philip och visade med handen, så tar jag badrummet.

Badrummet låg i anslutning till Sigrids sovrum och Philip öppnade dörren och kikade in. Det var stort med ett frostat fönster med spröjs och en tvättpelare med till synes nya maskiner. Efter att ha undersökt badrumsskåpet gick han vidare och öppnade duschkabinen bredvid toalettstolen. På tvättkorgen låg en blus i något sladdrigt silkesartat tyg.

Han skulle precis vända sig om, när han såg något, han lyfte på blusen och såg en Iphone.

– Bingo, sa han och gick ut till Jona i köket, som stod och luktade ned i grytan med fisksoppan.

– Saatan vad hungrig man kan bli, grymtade Jona och fortsatte med blicken på Philip.

– Har du hittat nåt? Philip nickade jakande.

– Vi är klara. Vi måste meddela Karl-Otto, Sigrid är justitie-ministerns dotter, sa Philip.

När de kom ned på gatan, sa Jona:

– Jag blev hungrig av soppan, det finns ett matställe på Linnégatan.

– Okej, vi tar din bil, sa Philip helt i onödan

– Jag ringer Karl-Otto under tiden.

På matstället hittade de ett bord på uteserveringen och slog sig ned, parasollerna gjorde att det var skuggigt och skönt. Bofinkar hoppade omkring och åt matrester, balkonglådorna på avbalkningarna såg dock en smula torra ut.

– Nå, sa Philip och såg på Jona.

– Du först, svarade han.

– En Iphone, sa Philip och tog en klunk öl och tittade uppmanande på sin kollega.

– Ett emballage till en klocka, sa Jona. Philip såg då frågande på honom.

– Ja, en sådan där som mäter kalorier, steg och annat, Philip sken upp.

– Det var bra! Vi lämnar in grejerna uppe hos oss och får dem upplåsta direkt efter maten.

Hamburgarna kom och Jona såg att även Philip kunde njuta av denna enkla måltid. På vägen tillbaka upp till Must, så stannade de till vid resterna av Philips Porsche och tömde den på allt löst, lastade in allt i Jonas Amazon och körde vidare. Philip ringde till återförsäljaren och sa att han ville byta in sin gamla bil till en ny. Philip blev glatt bemött då han var VIP-kund där.

– Nada problemo! sa säljaren och gjorde high-five i luften åt ingen.

– Den är svårstartad, så ni får ta en bärgare och hämta den på Jungfrugatan 24. Ni kan inte missa den, sa han med ett artigt adjö och avslutade samtalet.

De skulle precis passera en Seven Eleven butik då Jona saktade av och svängde in mot trottoarkanten.

– Jag behöver köpa snus, sa han. När Amazonen stod parkerad kunde de inte undgå de svarta löpsedlarna. ”Svår flygolycka i Schweiz – Helt operationsteam omkom i våldsam brand”. Philip och Jona tittade på varandra med höjda ögonbryn.

84.

Viktor, ambassadören på Rysslands ambassad i Stockholm, satt i baksätet i sin gamla Volvo S90 på väg till Repslagarevägen. Han var trött, det till synes enkla hade blivit vansinnigt. Han hade fått ett samtal från en av de bägge tillresta hantlangarna från Sankt Petersburg.

– Vi har henne, hade rösten sagt, kallad Petrow och fortsatt:

– Men Treschow är skjuten, det var nära han gick åt.

Petrow hade förklarat att det inte var kvinnan som hade skjutit, utan en man som dykt upp med en vit sportbil. Oklart ännu vilket förhållande den personen hade till det som hänt. Viktor var nu på väg till ett fastighetsbolag som ambassaden hade som målvakt på Repslagarvägen. Här kunde Viktor ombesörja kost, logi, garage och valutatransaktioner vid behov. Ja och pyssla lite med fastighetsskötsel förstås. Bilen körde in på området, han bad chauffören att parkera på baksidan och vänta.

Det duggregnade lite så han fick hoppa lite mellan pölarna innan han nådde skärmtaket ovanför ytterdörren. Dörrkoden klickade grönt och han gick in och uppför halvtrappan till höger, med trappan till vänster skulle han kommit ned i källaren. Det var skumt i korridoren, så han fick tända lyset som blinkade högst irriterande. Han gick utmed korridoren, knackade på en dörr som låstes upp inifrån och öppnades.

– Står bilen i källaren? frågade Viktor åt Petrow som öppnat.

– Ja, fick han som svar.

– Var är Treschow?

– Han ligger i sitt rum, sa Petrow.

De gick dit. På en säng i ett rum med nedsänkta persienner i fönstren, låg en man med mörk skäggstubb och ett stort bandage runt huvudet. Han satte sig försiktigt upp när Viktor kom in i rummet.

– Var är kvinnan? sa Viktor som tittade på dem bägge och lättade samtidigt på slipsen.

– Inlåst i ett rum i källaren, sa Petrow. Viktor blev tyst och såg begrundande på de bägge hantlangarna framför sig. Det stod en blå äldre fåtölj bredvid fönstret, han satte sig ned och såg sedan forskande på dem under tystnad innan han sa:

– Herrarna får ta det hela från början, vad har skett med ditt huvud? sa han och tittade på Treschow.

– Jag fick hela örat bortskjutet, svarade han. Sedan började bägge att berätta om vad som hänt. Det tog tio minuter. Viktor tittade förfärad med stora ögon på dem när de var klara.

– Vi hade tur i oturen, bilen höll hit och Treschow lever, försökte Petrow snabbt urskulda sig. Viktor nonchalerade dem och sa:

– Se till att kvinnan inte får några synliga skador, ge henne mat och håll henne i anständigt skick. Ring mig klockan 21.00 och ge mig upplysningarna ni fått ur henne. Han tittade på sin klocka, reste på sig hastigt och gick ut.

Nere i källaren låg Sigrid i fosterställning på en tältsäng, med tunn madrass och hon hörde svagt hur en dörr gick igen och en bil startade. Turligt nog var hon inte längre bunden, så hon kunde vända sig om och titta sig omkring. Rummet ingav en känsla av smuts med lite mögel i hörnen, Sigrid trodde det var ett skyddsrum. Hon hade trott att det var Petri som kommit och ringt på hennes dörr. Rösten hade en liknande dialekt som Petris, när hon hade hört honom i porttelefonen. Männen hade snabbt bundit hennes händer med buntband, slängt en badhandduk över hennes huvud och formligen lyft ut henne i en skåpbil.

Sedan hade det blivit kaos. Hon hade rullat runt bak i skåpet och försökt parera alla girar. Det hade låtit som pistolskott några gånger och någon av angriparna hade svurit på ryska. Sigrid hade ont i knäna kände hon nu, hon strök sig försiktigt över dem med handen och kände på skrubbsår. Sigrid hade kommit fram till att männen som tagit henne, var de som Petri var skyldig pengar. Hon förstod nu vad hon var en del av. Hon drog upp ärmen på blusen och tittade på klockan. Hon hade varit här i tre timmar och hon var hungrig. Sigrid blev orolig över fisksoppan på spisen, skulle den torrkoka? Hade det börjat att brinna? Ångesten började krypa i henne.

85.

Efter att ha ätit sin hamburgare, satte sig Philip och Jona återigen i bilen på väg till Must.

Det började regna kraftigt. Amazonen gav ifrån sig hemtrevliga ljud som Philip glömt att de fanns. Tickandet som blev när torkarbladen vände, det speciella däckljudet på våt vägbana utan plastinnerskärmar. Askkoppen i plåt som gnisslade när Jona drog ut och tryckte ned sin nya snusdosa i den.

– Kör förbi mitt garage, sa Philip.

I baksätet låg rester från Porschens handskfack och en varningstriangel. Vindrutan var lite immig så trafikljusen såg marmorerade ut, ganska vackert, man kanske skulle börja måla tavlor, tänkte Philip. Vad han nu fick det ifrån förstod han inte.

– Sväng vänster här, sa han i stället.

– Men det är enkelriktat, protesterade Jona.

– Jo, men infarten till garaget är direkt till vänster, det är lugnt, försäkrade Philip.

Jona körde fram till Bentleyn. Ingen annan än en Berzelius skulle åka omkring i ett sådant fordon tänkte han. De stannade och slängde in grejerna i bagaget på den gamla bilen. Jona observerade en vapenväska av aluminium i bagageutrymmet, men låtsades som inget. I och med att de svängde höger vid utfarten, kom de snabbt sedan ut på huvudgatan igen.

– Jaha, några tankar? Jona tittade på Philip, det hade varit tyst länge nog tyckte han.

– Ja, det här verkar enkelt, sa Philip. Det är någon som letar efter Petri, frid över hans minne, sa han lite sarkastiskt.

– Men, ett eftermäle efter hans försvinnande var väl bara att räkna med. Han fortsatte sin utläggning:

– Det som rör till det, är Gunwald Ström justitieministern. Bill Tobiasson, utrikesministern kommer säkert nu dragande med tyst diplomati. Ska vi sätta en tusing på det till kaffekassan? sa Philip och log. Jona tittade stint tillbaka på honom.

– Förlåt, en tia räcker, sa Philip och skrattade.

I garaget på Must stängde Philip sin bildörr med ett hårt klonk och Jona gjorde sig beredd på att gå till sitt.

– Du ska med upp, sa Philip. Jona tittade besvärat på honom men nickade okej.

Med ett pling öppnades hissdörrarna på högsta våningen. De gick på blanka golv bort till Karl-Ottos rum. Vädret utanför gjorde sig även påmint på Karl-Ottos fönster med långa vattenstrimmor. Den vanligt fina utsikten var degraderad till fyra på en tiogradig skala.

– Där är ni ju! Stäng dörren efter dig Jona, sa generalmajoren.

I rummet satt utöver generalmajoren även utrikesministern och statsministern.

– Det blev lite fart efter ditt samtal, sa Karl-Otto urskuldande och tittade på Philip.

– Kan du redogöra lite efter det att du svängde in på Jungfrugatan? Herrarna här vill bli uppdaterade, han nickade åt Krister Ulfsson och Bill Tobiasson.

Helvete, tänkte Philip. Han hade velat göra detta bara med Karl-Otto och Jona. Philip funderade en stund och tittade på Karl-Otto, han såg lika besvärad ut som Philip. Politikerna visste inte att Petri var på väg till Ryssland i en trälåda. Philip berättade vad som hänt under eftermiddagen, utförligt och noga, han uteslöt bara avlastningen hemma i garaget.

– Vet Gunwald om detta? sa Krister.

Han ställde sig upp medan han sa detta, tog av sig kavajen och rullade upp skjortärmarna. Kort sagt, hans bevis på handling. Philip tittade frågande på Karl-Otto som suckade och sa:

– Nej, jag vill ha en klar bild innan vi tar kontakt med honom, stackarn, Sigrid är hans ögonsten. Bill harklade sig och sa:

– Eftersom jag sitter här, så antar jag att någon har tänkt till. Han tittade på generalmajoren.

– Det är riktigt, min fundering är att kidnappningen sker en vecka efter det att Kristers chaufför försvann, ni vet spionen, svarade Karl-Otto. Det troliga är att Viktors diplomater, Karl-Otto gjorde citationstecken i luften, har Sigrid på Rysslands ambassad, utan vetskap om kopplingen till justitieministern. Philip inflikade:

– Det sista får vi hoppas, Viktor skulle inte ge sig på Sigrid om han visste kopplingen, han är inte dum, sa Philip.

Krister tittade frågande på Bill och polletten föll till slut ned för honom, men han stålsatte sig ändå och frågade:

– Har Säpo informerats? Karl-Otto låtsades först inte hört frågan, men sa tyst efter en stund:

– Det är för tidigt att få höra detta på Rapport …

– Eller vad säger du, Tobiasson? sa han och pekade på Bill. Snygg övergång, tänkte Philip.

– Men, vad ska ryska ambassaden med Sigrid till? uthärdade statsministern.

– De har lagt ihop ett och ett, de chansar på att Sigrid vet var Petri är, sa Philip.

– Om det förhåller sig så, så ska vi ta det lilla lugna med lite tyst diplomati, sa Bill och sköt upp glasögonen på näsan, detta var ju på hans planhalva.

– Vi ska inte i nuläget späda på rysshatet, det räcker som det är, sa han.

– Du Krister, kan du informera Gunwald Ström? föreslog Philip.

– Du måste få honom att förstå att han inte kan tala med någon utanför familjen och rekommendera honom att sjukskriva sig och hålla sig i hemmet. Philip fortsatte med blicken på Bill.

– Är vi eniga? Tobiasson såg tillbaka på honom som svarade utan dröjsmål:

– Ja, absolut! Jag har nog med Erdoğan, sa han.

Han såg nästan upprörd ut, en svettpärla letade sig ned i ögonvrån vid minnet.

Philip föreslog att Must borde hantera detta själva, åtminstone till en början.

– Så vi inte startar en ny utrikeshistoria, typ Erdoğan. Han tittade uppfordrande på Krister och Bill.

Karl-Otto sa att han skulle hålla regeringsrepresentanterna uppdaterade, det vill säga dem i rummet löpande och att det nu var tid för handling. Gunwald hade rätt till information snarast och att få veta att han kunde känna sig trygg i att svensk militärresurs redan låg förövarna hack i häl. Lite luddigt ja, han kunde ju inte säga polisen eller Säpo. Skulle en justitieminister köpa det?

Krister förberedde sig nu mentalt för ett jobbigt möte med justitieministern. Senare i bilen till Sagerska palatset, skulle han försöka tänka ut något, tänkte han. Problemet var att hitta en vettig kidnappare då Gunwald inte hade en aning om vad som hade skett i det tysta. Tyst diplomati skulle ju råda.

Krister beslöt att ett vanligt hederligt inbrott i Sigrids lägenhet låg närmast till hands. Han suckade, rullade ned skjortärmarna, tog kavajen och slog följe med Bill ut genom dörren. I dörren kom han ihåg att ställa frågan:

– Hur gick det för Petri?

– Han är på semester, kan man säga, sa Jona.

Nu såg ministrarna att han var där för första gången innan dörren hann slå igen.

– Du vann, sa Jona och tittade på Philip när politikerna hade gått.

Philip flinade. Karl-Otto tittade på dem och skakade på huvudet. Det fanns en ny bullpåse i kylskåpet ute i pentryt, han gick dit och hämtade den och kaffe till alla på en bricka.

– Jaha, pojkar, hur löser vi det här? sa han när han kom tillbaka och sköt fram bullarna. Jona berättade om vad de hittat i Sigrids lägenhet. Ingen dator men telefon och emballaget till en Apple Watch.

– Våra grabbar håller på att öppna upp grejerna, sa Philip.

– Apple Watch? Karl-Otto såg frågande ut.

– En smart klocka som man kan göra allt med, kopplad till nätet, förklarade Philip.

– Med lite tur så kan vi hitta henne inom några timmar.

86.

Sigrid hörde att det gick i trappan och förstod, att nu var någon på väg ned. En kort stund efter det skruvade någon utanför på järnvreden på porten och sköt ifrån. Något skrapade och tog emot. Porten gnisslade i gång järnen och där stod sedan två män med balaklavor över huvudena och tittade på henne. Hon satte sig upp.

– Vi ska prata, sa den ena när han kom in i rummet.

– Var är chauffören? frågade den andra av dem, han hade gått fram till henne och böjt sig ned och tittade nära på henne i ansiktet. Han hade bruna ögon, såg Sigrid innan hon bara skakade trotsigt på huvudet.

– Det undrar jag med, sa hon.

Slaget kom från ingenstans, hennes huvud for okontrollerat åt sidan, kinden domnade av.

– Var är chauffören?

Hon fick frågan igen. Det sved i kinden nu, men hon visste ju inte exakt var någonstans Petri var. Innan hon hann svara, kom ett slag på den andra delen av ansiktet. Sigrid föll på sidan i sängen med smärtor, hon hade blivit överraskad och rädd nu.

– Var är chauffören? frågan ekade igen i rummet.

– Jag vet inte, han har inte hörts av på en vecka, han

kanske har fått corona, sa hon i falsett när hon satte sig upp i sängen igen.

– Du ljuger, jag upprepar: Var är chauffören? fortsatte Treschow.

Sigrid var i bryderi och försökte tänka efter, det kom ett nytt slag rakt i ansiktet, hårdare den här gången innan hon hann öppna munnen, som nu hade börjat få en svullnad.

– Ställ dig upp, sa Treschow. Hon gjorde så, benen darrade betänkligt. Den andra mannen kom, ställde sig bakom henne och höll i hennes armar bakifrån.

– För sista gången, svara på frågan, gör inte det mer obehagligt, sa Treschow och måttade ett slag mot magen.

– Jag är gravid, skrek Sigrid då förfärat och försökte slita sig loss.

– Så mycket bättre, sa han. Nu kunde hon nästan se honom le.

– Någon ringde och sa att han hade semester att ta ut, sa hon nu i falsett.

Treschow knäppte upp hennes blus och kjol, kjolen föll ned på golvet.Treschow såg hur kvinnan fick panik. Petrow som stod bakom henne, drog armarna lite mer bakåt, så kvinnan fick kämpa emot med benen, för att inte ramla. Hennes bröst spändes nu ut mot Treschow, bröstvårtorna blänkte så vackert i sitt svett tyckte han. Han kände att det började bulta i resterna av det bortskjutna örat av härlig upphetsning.

Treschow höjde lite på balaklavan och bet henne hårt i den ena bröstvårtan. Sigrid gallskrek rakt ut och kissade samtidigt på sig av rädsla. Treschow som bitit henne tog ett steg tillbaka med avsmak.

– Din jävla bitch. Var är chauffören? För sista gången,annars biter jag i det andra också, sa han Petrow som stod tätt bakom henne hade nu fått stånd, Sigrid kände det mot sina skinkor och förstod vad som var på gång.

– Han har inga pengar, så han flydde från er, skrek nu Sigrid desperat högt.

Treschow tittade frågande på henne, nu fick han inte ihop det. Var Vasilev skyldig Viktor pengar? Kvinnans blus låg nu också på golvet, Petrow hade börjat att tvinga av hennes trosor, för nu jävlar skulle han ha sitt. Sigrid stod där naken,bara med sina smycken och ett armbandsur på sig.

Treschow plockade av hennes klocka, han tyckte den var fräck, satte den på sin egen handled och beundrade den. 20:38 stod det med gröna siffror. Han ångrade sig, slängde uret på golvet och sparkade iväg den under sängen.

– Kom nu mannen, vi ska ta det i omgångar, sa han till kollegan.

Motsträvigt släppte Petrow Sigrid, tryckte in lemmen i byxorna och följde efter. Järnporten slog dovt igen efter dem. Sigrid plockade upp sina kläder och satte sig på sängen. Hon stank av rädsla, urin och hon kände av kylan i rummet.

87.

Viktors mobil ringde på utsatt tid. Han ursäktade sig för sitt kvinnliga sällskap, som han satt och åt med, gick ut på terrassen utanför matsalen och tog upp sin telefon. Han ställde sig och tittade ut över det regniga Stockholm i kvällsljuset, det var vackert, men han hade inget intresse av det estetiska just nu.

– Ja, svarade han i stället kort.

– Är Vasilev skyldig oss pengar? Frågan kom rakt på sak av Treschow.

– Vad svamlar du om? svarade Viktor irriterat.

– Bitchen sa, att Vasilev alias Petri har stuckit i väg, för han var skyldig dig pengar, fortsatte Treschow. Viktor hörde att Treschow stod utanför byggnaden under skärmtaket då regnet smattrade på plasten. Han var tyst en stund och funderade på vad Treschow sagt, det lät konstigt, en bluff.

– Besök henne i källaren igen och fortsätt med förhören, jag tror att hon är instruerad att säga så. Någon som vet har sagt vad hon ska säga, jag måste veta vem denna någon är.

– Jag förstår, hon får vila tills imorgon men ljuset får vara på hela natten, avslutade Treschow samtalet.

Viktor stoppade sedan fundersamt ned mobilen i kavajfickan, såg oseende ut på det regndisiga Stockholm.

Någon leker med oss tänkte han och blev bekymrad. Varför allt detta ståhej för en enkel sekreterare? Han gick tillbaka in och log till sitt damsällskap.

– Jag ber om ursäkt, det ska inte upprepas, sa han urskuldande.

Ungefär samtidigt på Must, så var nattbelysningen i taket på och det rådde en avslappnad atmosfär då tröttheten hade börjat att smyga sig på.

– Philip sa att du var skyldig en tia till kaffekassan, sa Karl-Otto och satte samtidigt på sig jackan för hemfärd. Det är ett förlorat vad förstås? Han log mot Jon som precis skulle svara då Lennartsson knackade på dörrkarmen.

– Jag har det! Lösenordet! sa han och gjorde high-five mot Karl-Otto och gick tillbaka till sin stol. Lennartsson satte sig och snurrade på stolen, så han kunde visa Philip som stod bakom honom.

– Sigrids Iphone söker nu efter hennes klocka, sa han och avvaktade. Karl-Otto stod kvar i sitt rum och hade pannan i djupa veck. Han skissade i huvudet på olika scenarion. Han hängde fundersamt tillbaka jackan över stolsryggen, inte dags att gå hem än. Han hade snabbt kommit fram till att det troligen var Viktor som hade Sigrid i förvar. Vad som skulle hända med henne berodde på, om FSB har hunnit få information om Petris oväntade återkomst till sin hemby. Det skulle ta dem två minuter att förstå vem avsändaren var. Förhöll sig det så, var Sigrid i direkt livsfara. Öga för öga heter det ju. En annan variabel var, om Viktor trodde att Sigrid var vem som helst, men det var lika illa, Sigrid skulle bara försvinna.

Karl-Otto började oroligt skruva på sig där han stod, han gick mot kontorsdörren.

– Hur går det? frågade Karl-Otto oroligt och ställde sig och tittade mot Lennartssons plats.

Nu var det bråttom, Gud förbjude, förhoppningsvis inte för sent.

– Det är ingen aktiv ping, ropade Lennartsson tillbaka.

– Satan, Karl-Otto gick tillbaka och öppnade en ny bullpåse. Han samlade sina funderingar igen medan han stressat tuggade. Om nu Viktor visste vem Sigrid hade som förälder, var det då ett medvetet val att kidnappa henne, oavsett var Petri befann sig? Skulle Viktor vara så kall att han skulle köra utpressning mot svenska staten? Karl-Otto stannade upp i tuggandet.

– Då måste Putin vara inblandad, sa han högt. Karl-Otto stirrade rakt ut med öppen mun. Nej, han tänkte vidare. Putin vågar inte ta den risken i nuläget. Men han kände sig ändå inte riktigt säker. Den psykopaten kunde ju spränga en damm, bara för att det passade honom. Karl-Otto såg senaste rapportsändningen inne i sitt huvud, hur folk som simmade omkring eller stod på hustak. Karl-Otto fick en idé.

– Philip, kan du komma hit? ropade han. Philip dök upp i dörren.

Vad? frågade han och såg undrande på sin chef.

– Sätt dig, sa Karl-Otto. Philip drog ut en fåtölj från soffgruppen och satte sig.

– Vad säger du om att åka till ryska ambassaden och ta ett snack med Viktor? frågade Karl-Otto, knäppte händerna över bullpåsen, försökte dölja den. Philip smålog åt detta.

– Jag förstår din tanke, vi talar om för Viktor, att vi vet, sa han.

– Precis, vi får se om han är en god pokerspelare, sa Karl-Otto.

– Lennartsson kör historiken i Sigrids telefon nu, när den är klar, vet vi hennes senaste kända position. Vi avvaktar till dess, tycker jag, så vi vet vad eller vem vi har att göra med, sa Philip.

– Klokt, sa Karl-Otto vid närmare eftertanke. Han öppnade vänstra skrivbordslådan och sköt resolut ned bullpåsen. Tiden gick nu långsamt. Lennartsson, som satt kvar, smattrade med fingrarna över tangentborden. Han såg Sigrids historik rullande på skärmarna. Jona och Philip som var på väg hem, hann fram till hissen när de hörde Lennartssons ”Yess!” Han skickade positionen för Sigrid upp på väggmonitorn med ett glatt ”Tadaa!” Jona och Philip vände tillbaka, den förste som sedan sa något var Jona.

– Hon är inte på ambassaden, det här blir inte så stökigt, han tittade på Philip.

– Vi åker till Repslagarvägen och ser om hon är kvar, sa han. Karl-Otto fyllde i:

– Är fröken Sigrid där, så tar ni hem henne.

88.

Major Travtjenko stod inne på banken och skulle ordna med sina konton. De hade ringt från SovcomBank för några dagar sedan och ville att han skulle titta in. Han hade fått en bankcheck med posten, den var på en stor summa pengar som han nu hade fått funderingar över. Bankchecken hade kommit med rekommenderad post från utlandet.

Grannfrun Aljarova, som arbetade på samma bank, bodde två trappor ned i det hyreshus som han själv bodde i. Hon hade vänligt lovat honom att reda ut saken och nu stod han här på bankkontoret med en nummerlapp och väntade på sin tur. Den kom och han fick följa med bakom disken till ett kontorsrum där Aljarova satt och väntade, hon såg upp på honom när han satte sig ned.

– Skönt att det inte är så varmt idag, pustade hon.

Travtjenko log, Aljarova var lite rund och bystig, trevligt tyckte han och såg intresserat på svettdroppen som var på väg ned mellan hennes bröst.

– Nå? undrade han avvaktande.

– Det var ett följebrev med checken, har någon avlidit i familjen? frågade Aljarova.

Travtjenko tittade frågande på henne, hans fru hade ju dött för flera år sedan.

– Nej, frun var den sista och som du vet, var det ett tag sedan, sa han.

– Hm, det står i brevet, att det är för begravningsutlägg och resterande ska skänkas till social verksamhet, sa Aljarova.

– Står det vilken bank det kommer ifrån? frågade han.

– Pengarna kommer från en svensk bank, Lansforsakringar Bank, sa Aljarova.

Majoren ryckte till och fick en konstig blick, han fick onda aningar. I sitt postfack nu på morgonen, hade han hittat en avi till ett rekommenderat brev som han skulle hämta ut. Han anade att allt hade ett samband.

– Sätt in pengarna på mitt konto i alla fall, det ger sig med tiden, sa han. Nästa gång vi syns, så har det säkert fallit på plats, fortsatte majoren och reste besvärat på sig.

Han var över sjuttio år nu och hade besvär med artrosen i knäna. Aljarova hörde när det knäppte till i hans knän, när han reste på sig och log beklämmande mot honom.

– Ja ja, sa han och vinkade avvisande med handen när han såg hennes blick.

– Jag är vid god vigör annars, log han lite skälmskt och gick ut.

Aljarova tittade fundersamt efter honom, det hade alltid varit något privat annars över den här mannen tyckte hon.

Väl ute på gatan gick majoren till vänster på gågatan som låg hitom huvudleden. Postkontoret låg inhyst i samma fastighet som väskaffären i nästa hus. Han fick stå i kö ytterligare en gång för att öppettiden var kort nu, det var neddragningar och det blev en hel del folk i lokalen som samtidigt hade ärenden.

När majoren till sist hade fått sitt brev, ville han gå avsides och läsa det i lugn och ro, innan han skulle handla och gå hem. Det var en liten bit att gå till Café Store som han tyckte om. Polisen fikade ofta där och han kände sig hemma med att tjuvlyssna på dem om vad som var i görningen. Han gick till sitt vanliga bord med kaffebrickan och satte sig för att vänta på pajen som han hade beställt. Flickan bakom disken hade erbjudit sig att värma den lilla pajen, hon gjorde gärna lite extra för den trevliga gubben.

– Kommer strax, sa hon och log med blekta tänder. Han satte sig ned och läste brevet som såg officiellt ut.

”Det är med stor sorg jag har att meddela, att din skyddsling Vasilev Aronov har avlidit. Han insjuknade i Corona och kunde inte tillfriskna. Vasilev kvävdes ihjäl, lungorna slutade fungera. Vasilev tjänstgjorde sin sista tid som chaufför åt mig. På detta sätt vill jag hedra och återsända Vasilev till hans sista vila på min bekostnad. Med vänlig hälsning Philip Berzelius.”

Travtjenko tittade upp i funderingar och sedan ned på sin pajbit, som kom när han läste. Vasilev var död, stackars sate. Till en början hade han fått små korta brev från honom, men med tiden hade det blivit färre. Och nu var han död. Han fick en minnesbild i huvudet på den lille killen, död före honom dessutom. Majoren förstod vad han måste göra, han tog upp sin mobil och ringde till bårhuset i Smolensk. Efter en kvart hade han svart på vitt. Vasilev låg i kylen där, han suckade och drack ur kaffet.

Han gick hem, nästa samtal ville han ringa därifrån. Väl hemma letade han efter sin gamla telefonbok i riktigt läder med hans namn graverat på och ringde sedan till FSB i Riga, där Vasilev gjorde sin utbildning. Han redogjorde precis som förr i tiden när han var aktiv, om vad som hade hänt. När han slutade, så sa den vakthavande eller vad de nu kallades för, att han skulle underrätta berörda parter.

Travtjenko kände sig sorgesam, han tog en butelj vodka efter samtalet, gick och satte sig ute på balkongen, det var dags att rekapitulera gamla tider.

89.

Flera hundra mil från byn Yartsevo i östra Ryssland, stod Anelina på en balkong och tittade ned på något som liknade odling i trälådor. Bredvid henne stod Lilly och småpratade med henne.

Det hade nu gått några dagar efter hemkomsten, hennes nya värdar hade förklarat hur landet låg, som de skämtsamt kallade det. Lyckan hade blivit fullständig när det visade sig, att hennes bankkort fungerade i svenska uttagsautomater. Känslan av självständighet infann sig. Med ett brett leende tackade hon för lånet och återlämnade Lillys uniform.

Nu hade hon köpt nya kläder efter att de hade varit ute i Boden och gått i affärer. Anelina hade fått reda på att Jacks chef hade varit i kontakt med det lokala immigrationskontoret. Johan hade satt fart på något sidospår som inkluderade henne i rikets säkerhet, det hade Lilly glatt berättat. Anelina hade lovats klara papper och uppehållstillstånd på några veckor.

Nu stod de här tillsammans och tänkte på Billy, den stackaren hade varit på kyrkogården. Lilly tyckte så synd om honom. Billys mor hade avlidit efter sviterna av covid och ålderdom när han varit borta.

– Billy är ensam nu, sa Lilly och tittade på Anelina med sorgesamma ögon.

– Billy, inte ensam, Billy kramar Lilly, sa Anelina som en självklarhet och hon vände sig bort från balkongräcket, när Johan kom ut på terrassen och tog ögonkontakt med Lilly.

– Du kan åka med tanten till Piteå imorgon, började han. Det passar bra då vi har ett avslutande möte här i övermorgon, du lämnar henne hos Irina och kommer tillbaka. Hennes pappersexercis kan vi klara av brevledes senare med dottern, han tittade på Anelina.

– Jag har förstått att Irina praktiserar inom sjukvården nu, fantastiskt log han mot Anelina, hon skrattade så gott efter översättningen.

Johan tog Anelina i hand och gick sedan tillbaka till sitt. Lilly frågade Anelina om hon hört något hemifrån.

– Fru Kartov har ringt några gånger, det är stor upprördhet i byn nu sedan Putin sprängde dammen. Visserligen är ingen drabbad där men folk är arga, särskilt Jarow är vansinnig. Han säger att varje pangpang från svenskarnas kanon känns bättre, den arma värld vi lever i när man känner och tänker så. Anelina fick tårar i ögonen och tog upp en näsduk och fortsatte:

– Edita hälsar att Igun är husets herre nu, inte Jarow. Alla som kommer på besök fjäskar för katten, hon skrattade till, snöt sig och torkade näsan.

Lilly betraktade Anelina tyst. När kriget är över skulle hon ta Anelina med sig tillbaka, så hon får begrava sin Nicolast ordentligt och värdigt.

När den som Travtjenko kallat för vakthavande i Riga lagt på luren tittade denne i taket, gubben verkade vara gammal tänkte han, men inte senil. Av nyfikenhet rörde han på musen vid datorn så den hoppade igång. Han skrev namnet Vasilev Aronov i sökrutan och datorn blinkade till och ett dokument kom upp med namnet och en rödmakering. Det betydde att han var skyldig att kontakta Sankt Petersburg och han gjorde så. Ambassadör Viktor i Stockholm hann precis dra ut sin stol efter sin ursäkt till sitt middagssällskap, då telefonen i kavajfickan ringde igen. Först låtsades han inte höra signalen, men damen på andra sidan bordet, hade lagt ifrån sig sina bestick och tittade nu irriterat uppfordrande på honom.

– Ja, ja, sa han och reste sig igen, för att gå ut och ta telefonsamtalet.

– Vad vill du nu? sa han högt irriterat.

– Goddag själv, detta var från utrikesinhämtning SVR, rösten avvaktade hans reaktion.

– Jag ber om ursäkt, jag trodde att det var min fru hittade Viktor på i hastigheten.

Han vände sig åter ut mot Stockholms kvällsliv som pågick någonstans där nere.

– Vad ville du, Nikita? fortsatte han.

– Vi fick ett intressant samtal från Riga, sa Nikita Narysjkin.

– Jaha och, undrade Viktor.

– Vasilev Aronov är död, sa rösten i mobilen.

– Nu förstår jag inte, sa Viktor med hög röst.

– Jodå, han ligger i kylen i Smolensk, ditskickad av en svensk vid namn Philip Berzelius, ringer det någon klocka nu? undrade Nikita.

Viktor blev tyst och tänkte innan han fundersamt sa:

– Svenskarna tog alltså honom också, jag trodde aldrig

att de skulle vara så tuffa. Frågan är vad han sa innan han hamnade i kylen?

– Det får vi inte veta och inte vår president heller, sa Nikita.

– Frågan är istället, vad vi nu gör med kvinnan i din källare.

– Vi får väl fixa till ett frånfälle, sa Viktor. Hennes kidnappare kan väl vara lite för energiska, jag kommer nog på något, fortsatte han.

– Du hör av dig när det är klart, ursäkta att jag störde i kvällssömnen och hälsa din fru.

Nikita avslutade samtalet. Viktor stod kvar och såg oseende ut över Stockholm. Han beslöt att avbryta middagen, han hade fått en känsla av att det var bråttom och gick in till sin väntande bordsdam. När han kom dit hade hon redan gått. På servetten i hans tallrik stod det skrivet: "hälsa din jävla fru". Stekfettet hade börjat att göra bruna fläckar på pappret.

90.

Jona Peltonen backade ut från parkeringsrutan i garaget under Must. Det helt släta betonggolvet gjorde att det tjöt om bakdäcken när han släppte kopplingen lite för häftigt. Philip skrattade roat åt det.

– Precis som i filmen ”Bullit” va? sa han och stack sin pistol i armhölstret.

Jona registrerade att det inte var tjänstevapnet, utan det med vackra inläggningar i kolven.

– L-A, here we come, sjöng Jona och fortsatte:

– Repslagarvägen är väl samma som till skjutbanan? frågade han och tittade på Philip.

– Ja, sväng vänster efter järnvägsviadukten när vi kommer dit. Vid husnummer sju så såg de en parkeringsplats, den låg lite längre fram på högersidan. Jona körde dit och parkerade. Från sin plats hade de gaveln till den misstänkta fastigheten i sikte. Gatubelysningen var upplysande endast vid parkeringen, men träden på högersidan skymde lagom mycket, för att de skulle kunna ta sig fram obemärkta. Att det var regndis och kväll, gjorde spaning på stället ganska smidigt, fastslog de med en gång.

– Vi sitter ju i en perfekt oskyltad spionbil, tillade Philip och tryckte sig mot dörrsidan för att undgå en kärvänlig smäll på örat. Efter en stund observerade de, att det kom en bil i ganska hög fart som bromsade. De blev nu på sin vakt.

– Ser ut som Viktors gamla Volvo S90, sa Jona tyst.

– Jag slår vad om en tia, att det är sjuan som gäller, fortsatte han.

Philip sa inget, han var nu helt påkopplad.

– Vi går dit, sa Philip, när Volvon hade parkerat framför den misstänkta fastigheten nummer sju. De gick rakt över grusvägen mot gaveln på huset hitom deras objekt. Philip tittade snabbt runt hörnet och såg att dörren precis slog igen, det tändes ljus i ett rum längre bort. De avvaktade och när det gått tio minuter, sa Jona:

– Vi går in och hämtar henne. Via fastighetskontoret hade de tidigare fått planritningarna på huset och kommit överens om att titta i källaren först, då huset hade ett skyddsrum, något som var väldigt ovanligt idag. De avancerade mot dörren under plasttaket och just då tändes ljuset plötsligt i dörrspringan innanför dörren, de hann precis vika av åt varsitt håll invid dörren.

– Jag går och hämtar bilen, hördes en röst inifrån. Dörren öppnades och en man kom ut och vek skyndsamt ut mot parkeringsplatsen. Petrow hann komma halva vägen dit, innan han blev nedslagen av Jona, som bojade honom och drog in honom mot husväggen. Han stoppade en handske i munnen på honom, satte silvertejp över och återvände till sin plats. Philip nickade gillande till honom. De avvaktade igen medan Philip satte på sig en bluetooth-kamera med ett spännband om huvudet.

Efter ett tag kom näste man ut och stängde dörren, det blev mörkt igen utanför när den stängdes. Treschow tände avslappnat en cigarett och ställde sig för att titta ut mot parkeringen. Han tycktes helt ovetande om att två par ögon stirrade på honom på två meters håll. Men plötsligt snodde han runt med en dragen pistol, sköt mot Jona och segnade sedan själv ned död. Philip hade reflexmässigt hunnit skjuta en kula genom huvudet på honom.

– Hur är det? frågade Philip sin kollega samtidigt som han hölstrade sin pistol.

– Han var saatans snabb, men det är lugnt, sa Jona med ett litet stön. Jag fick kulan i västen.

– Gå och sätt dig i bilen och ring Karl-Otto om hämtning. Jag gör klart här, sa Philip. Jona gjorde så.

Philip stod kvar och såg efter honom, sedan tog han liket och släpade bort det till Petrow. Väl tillbaka vid dörren, konstaterade han att det var ett elektriskt säkerhetslås i dörren som var av stål, han kunde i brådrasket inte ta sig in. Viktor måste nu ha hört att det har hänt något, men vet inte vad, tänkte han.

Philip tog upp sin mobil och gick åt sidan och ringde Karl-Otto.

– Ja hej Philip, hur går det för dig? Jag pratade nyss med Jona, jag skickar en transport, sa Karl-Otto när han svarade.

– Ring till Viktor och säg att han ska komma ut, han har ingen tid att sitta där hela natten, han förstår säkert läget, sa Philip.

– Jag gör så. Vad tänker du göra?

– Ordna med tyst diplomati, sa Philip och tryckte av samtalet.

Philip gick tillbaka och ställde sig under skärmtaket igen. Det har börjat regna mer nu och det bildades pölar vid fotskrapan framför trappan. Efter femton minuter knackade det från insidan av dörren.

– Vi kommer ut, sa Viktor högt på engelska. Det knäppte till i låset och dörren öppnades.

Philip tände sin pannlampa på kameran och visade sig med en höjd pistol.

– Hej Sigrid, nu ska vi åka hem, sa han.

Han såg att hon var hjälpligt klädd, ögonen var stora och rädda. Till Viktor, sa han:

– Lämna Sigrid och kom ut och gå åt vänster till dina kamrater som ligger där borta, och du Sigrid går sedan efter honom och ställer dig jämte herrn här när han har stannat.

De gjorde så och Philip fick med allt tydligt på film. Viktor stod och såg ned på sina torpeder, bara en rörde sig. Sigrid stod huttrande jämte med blött hår och försökte få värme från sin trasiga och nu genomblöta blus.

– Nu Viktor, kan du åka, jag hör av mig, sa Philip.

Viktor tittade oförstående på Philip, men gav sig skyndsamt sedan i väg till sin bil och startade med en rivstart. Det stänkte blött om bilen och bromsljusen lyste ilsket, innan han svängde höger och försvann.

– Kom Sigrid, vi går till parkeringen till min kollega. Han tog av sig jackan och höll den om henne i regnet. De började gå mot vägen och parkeringen.

– Hur hittade ni mig? frågade Sigrid och tittade upp mot Philip.

– Vi spårade din AppleWatch, din klocka, sa Philip.

De kom fram till Amazonen och Jona klev ut och öppnade bakdörren. Jona hade gjort en grimas när han klev ut, han hade ont.

– Släppte du i väg Viktor? sa han uppgivet och skakade på huvudet.

– Ja, jag kunde ju inte skjuta en diplomat, det kunde ses som en krigshandling, sa Philip.

Jona satte sig i baksätet med Sigrid i Amazonen. Hon hade fått en svartvit rutig filt med röda revärer om axlarna. Philip misstänkte att den inte var tvättad sedan bilen var ny 1964.

Philip satte sig i förarsätet, vände sig om och tittade på Sigrid, han frågade om hon hade något som en läkare borde se på innan hon blev hemkörd.

– Nej, men det var nära, en av dem tänkte slå mig i magen och jag är gravid.

Philip hajade till. Petris barn tänkte han. Men han tvingade bort bilden han fick i huvudet.

– Okej, då kör vi hem till din far, sa han tyst och lade i ettan.

De körde genom ett regndisigt Stockholm med Volvons knirkande vindrutetorkare. Kupévärmen tog fart till sist och höll imman borta. De körde mot Skogsbacken i Spånga där justitieministern bodde. Efter ett tag lutade sig Sigrid fram mellan nackskydden och frågade knappt hörbart:

– Var är Petri? Philip var tyst en stund och tänkte efter, han blinkade höger och stannade vid sidan av vägen och lade ur växeln. Han vände sig om.

– Du skulle egentligen fått höra detta imorgon. Petri är död, han omkom i en flygolycka i Schweiz, vi skulle gömma honom på en klinik medan han skulle göra några banktransaktioner till ryssarna. Tyvärr kom aldrig planet fram.

Sigrid förblev oväntat tyst, hon lade huvudet mot Jonas axel, tårarna rann nu i strömmar.

– Oj, sa hon tyst bara, hon kunde inte ta in mera, hon hade fått nog.

Philip kände Jona's ögon brännas i nacken.

91.

Tarnow Anatoli stod och beundrade utsikten över Kaspiska havet. Han var ute på kvällspromenad runt hamnen vid Putins hus, som mest av allt liknade ett slott.Han var lätt förklädd där han stod nere vid bryggan intill Putins båt som mer liknade en obestyckad jagare i mellanklassen. Nöjesparken, som låg i anslutning till hamnen, var stängd för kvällen och människor hade börjat promenera hemåt. Nikolaj Patrusjev hade kommit tidigare med det sena kvällsflyget och mött honom vid slottsgrindarna när han var på väg ut. Mötet hade blivit komiskt, då Nikolaj inte visste vilken president han nickade hej till, då de hälsade på varandra.

Det rådde en lätt pålandsvind och Tarnow kunde inte motstå att ta av sig kepsen och solglasögonen. Havsbrisen kändes så skön i hans nu helt läkta ansikte. Han satte sig ned på ett lågt räcke och började borsta av fötterna hjälpligt från sand, innan han skulle ta på sig strumpor och skor igen. När han satt där och såg sig omkring, förundrades han hur hans land kunde vara så stort. Han som kom från Novosibirsk, kunde stå vid detta hav och fortfarande vara i samma land. Tarnow behövde klarna upp tankarna i sitt huvud, då han länge gått och funderat på hur och varför Putin var som han var. Rent intellektuellt kände han sig överlägsen sin president, som kom från en annan sorts uppväxt. Logiskt kunde han faktiskt förstå Putin, han kom från fattigdom och där mer av gatans lagar rådde.

Tarnow tittade upp och såg de sista solstrålarna försvinna med rosa skimmer i havet och han ställde sig upp nu med skorna på. Han började sakta gå hemåt.

Till en början hade han tyckt att Putin var inbunden, mer av den gamla sorten, som likt gatuslagskämpen använde knytnäven till makten. Tarnow försökte hitta liknelser mellan sin akademiska uppväxt och Putins, men hittade ytterst få.

Med tiden hade han förstått anledningen till Putins nuvarande hållning, för han stod nu med ansiktet mot hela den förbannade västvärlden. Koltrastarna höll sin sista konsert nu och han kunde se grindarna vid slottet, de var vackert upplysta tillsammans med fasadbelysningen.

När han gick in mellan grindstolparna och passerade en stor stenhög, resten av en fontän, kunde Tarnow förstå Vladimirs skygghet. I och med bombträffen hade Zelensky visat att Putin inte var onåbar, av ren artighet hade Zelensky sprängt fontänen i stället för Putins sovrum, trodde han.

Då tjänstefolket var portade från huset, så tyckte han att det kändes ganska ödsligt. Tarnow längtade efter ett normalt liv och rörelse. Tiden hade runnit i väg och han våndades nu över det Putin kallade för examensprov.

Klarade han det var det dags för honom att sättas i arbete. Problemet var att Tarnow inte hade en susning om vad provet skulle bestå i, han var orolig.

Tarnow tyckte i värsta fall se sig sig själv som en upprepning, liknande den med Priozjin, och se nu hur det gått med honom. Priozjin hade hotat Putin och sedan fått fly till Belarus.

– Skulle jag inte klara av provet får jag väl fly också, muttrade han.

Ordföranden i säkerhetsrådet Nikolaj satt med Vladimir framför en tänd öppen spis i sällskapsrummet och pratade, när Tarnow kom in efter sin promenad.

– Kom in och sätt dig, ropade Putin åt honom och pekade på en tom sammetsfåtölj. Nikolaj följde fascinerat hans väg dit. Han ställde ned sitt glas på glasbordet och nickade gillande mot Putin.

– Vill du ha en kall vodka? började Nikolaj när han satt sig.

Putin själv var lite lätt rosa i ansiktet, mer än vanligt, konstaterade Tarnow. Onykter med andra ord.

– Nej tack, sa han kort, beskriv läget, för det är väl därför du är här? sa Tarnow och tittade på Nikolaj. Putin tittade på Tarnow, han övervägde om han skulle tåla detta uppfordrande krav från en civilist. För det var ju det han var, en som ska ta en kula för presidenten. Putin nickade sedan kort med huvudet och sa:

– Av praktiska skäl så ska vi nu göra en rockad, du ska till Kreml inom det snaraste. Du är så pass insatt att vi låter dig göra ett tv-tal till nationen, det är en risk, men den ska du ta.

Tarnow blev inte överraskad, han hade kalkylerat under sin promenad att det nu var något i görningen.

– Ryssland har tappat ansiktet med Priozjins förräderi och vi vet ännu inte var vi har Lukasjenko, sa Nikolaj och tog en klunk kall vodka. Du måste ha ett möte med säkerhetsrådet innan, där jag sitter med som vanligt som ordförande. Putin nickade illmarigt mot Tarnow och sa sedan:

– I kväll kommer en kvinna hit som heter Alina Kabajeva. Klarar du av henne ett dygn utan att väcka hennes misstankar, så har du din examen och får åka till Kreml, sa han och flinade.

Nikolaj slog ned ögonen lite generat i bordet och förklarade tyst:

– Jag kommer att vara er butler och ge service, så att huset inte ska vara alltför ogästvänligt. Här är Alinas dossier från FSB så du blir inte helt bortkommen. Nikolaj sköt en brun mapp i hårdpapp med ett rött band över bordet mot Tarnow.

– Tack för omtanken, sa Tarnow sarkastiskt och tog emot den.

– Jag antar att kroppsliga kännemärken finns med?

Vladimir och Nikolaj missuppfattade honom och nickade jakande entusiastiskt. Putins mobil ringde, han lyfte undan en del papper på bordet och tog upp den och tittade sedan på Tarnow.

– När man talar om trollen, sa han och räckte Tarnow mobilen. Ett foto av en mörk vacker kvinna såg han i displayen. Tarnow steg upp med mobilen i handen och gick ut ur rummet medan han samtidigt svarade.

– Ja? sa han och svalde nervöst.

– Hej vännen och tack för inbjudan, Tarnow hörde en mjuk röst.

– Det var skönt att du kunde komma ifrån allt stök, fortsatte den.

– Ja, lite har jag ju fortfarande att säga till om, fick Tarnow hastigt ur sig, han måste ju svara.

– Haha, skrattade Alina, du kan ju vara rolig. Han hörde hur hon andades nära mikrofonen.

– Du behöver lite avkoppling, älskling, vi har ju inte setts sen tågolyckan, sa hon. Tarnow hörde hur en dörr stängdes i bakgrunden och det ekade lite.

– Du, fnissade hon, jag är på väg in i duschen. Det blev ett litet uppehåll och slammer.

– Upps, nu är jag alldeles naken, vilken färg vill du ha på dem? Tarnow vaknade till liv.

– Förlåt? sa han. Det började rulla bilder inne i huvudet på honom.

– Mina underkläder älskling, skrattade hon. Tarnow hade inte hunnit läsa FSB-akten och visste inte vad han förväntades att svara.

– En överraskning skulle vara spännande, sa han med lite ljusare pojkröst. Han hade fått mer rullande fantasibilder i huvudet.

– Vill du ha en överraskning? Det var något nytt, men det ska du få. Jag är hos dig om en timme, se till att grindarna är öppna, sa hon och avslutade. Tarnow hörde hennes duschvatten skvätta mot kaklet innan ljudet klipptes av. På väg tillbaka till sin fåtölj kände han, att han själv behövde ta en kall dusch.

– Hon är här om en timme, sa han när han satt sig ned. Två par ögon log gillande mot honom, det blev sedan fart på alla. Putin gick till gästrummet och låste in sig där medan Nikolaj försvann ut i köket. Tarnow tog dossiern från FSB under armen och gick till Putins våning. När han kom dit såg han att allt var förberett. Efter en halvtimmes bestyr med dusch och klädbyte satte han sig ned och blundade, hans far hade lärt honom tricket. Att sätta sig ned och tömma huvudet med meditation var det bästa, innan man skulle ha en svår föreläsning. Tarnow såg nu sina elever och disputanter framför sig i huvudet och blev lugn, han försökte föreställa sig Alina som ett objekt som han skulle undersöka på ett varligt sätt. Han hörde en bil på gården och såg ut. Bilens helljus hade fångat in resterna av fontänen och det blev dags för Tarnow att gå ned.

Alina visade sig vara en kvinna något längre än han själv, upptäckte han vid välkomstkramen och kyssen som följde. Tarnow kände i kroppen att det hade varit länge sedan han fått uppleva en sådan kyss.

– Oj då, sa hon och log gillande mot honom, du har jeans. Tarnow stelnade till.

– Dem brukar du inte få på dig förrän dagen efter, jag gillar det.

Tarnow fick nu en längre kyss. Han var nu yr i skallen. De gick in i vardagsrummet och började småprata. Tarnow kunde med lätthet följa henne i samtalen. Alina var en glad och social kvinna som omedvetet underlättade hans belägenhet. Tarnow kom på sig själv med att han blev positivt överraskad och glad i hennes sällskap.

– Ny butler? frågade hon plötsligt och såg på Nikolaj som diskret avlägsnade sig med en tom vinflaska.

– Ja, jag ville prova något nytt, är du nöjd? svarade han.

Alina gav honom en ny kyss som smakade Montrachet Grand, han förstod att hon var mer än nöjd. De hamnade i soffan vid den öppna spisen, Alina hade en tunn silkesblus och en snäv kort kjol på sig, inget lämnade Tarnow oberörd, hon var tilldragande och han lade reflexmässigt armen om hennes rygg på soffkanten.

– Nu får du berätta, sa hon. Tarnow blev med ens vaksam.

– Var ska jag börja? Han log, världsvant hoppades han.

– Du hann ju till Schweiz en sväng innan det här sista med tåget tog sin början. Hon knäppte upp en knapp i sin kjol för att den skulle kännas bekvämare. Tarnow funderade medan han smekte bort en hårlock från hennes kind, han hade observerat att hon knäppt upp en knapp i kjolen. Schweiz kändes långt borta nu.

– Ja, du ser ju förvånansvärt fräsch ut, log hon och daskade honom lätt på magen.

– Ja, jo, det var tur att jag åkte dit, det blev som en nystart liksom. Han visste inte hur han skulle fortsätta utan att trassla till det, han hade fått annat i tankarna.

– Mmm, jag känner det, sa hon och lutade sig fram och knäppte vant upp, som hon trodde, Putins byxor.

– Din politikermage har minskat ser jag, kuttrade hon nu glatt, men något annat växer Oj!

Tarnow antog att hon njutit som han av det dyra vinet, just nu var varenda krona värt det. Alina sträckte sig och satte upp håret i en stram hästsvans, Tarnow fastnade med ögonen i konturen av hennes bröst i eldskenet från den öppna spisen, blusen smet åt över allt det vackra.

– Vi går upp, sa han hest och kände hur tyget på soffan började absorbera hans kroppsvärme.

Alina log åt honom och tog tag i hans hand, ledde honom i fast grepp uppför trappan. I sitt läge bakom henne, kunde Tarnow se en skymt under blusen på hennes hud, av en tatuerad rosenkvist i svanken.

Natten som följde var en av de underbaraste och mest sensuella Tarnow hade upplevt på länge. Utmattade somnade tillslut, väl intrasslade i varandras lakan och armar. Vid lunchtid dagen efter som blev som en frukost, tittade Alina fundersamt på honom när hon satte ned sin kaffe latte på bordet.

– Jag vet inte vad det är som hänt med dig Vladimir, men det här känns så bra, sa hon leende och strök honom ömt på armen. Tarnow nickade lättad, tittade ned i kaffet och tänkte på FSB-akten där rosenkvisten hade funnits med.

92.

Krister Ulfsson satt och tittade på mötesdeltagarna i Sagerska palatset. På sistone hade det varit lite för många bollar i luften, tyckte han. Gårdagen hade varit omtumlande då han förstått av Karl-Ottos redovisning, att det gått hett till vid senaste operationen. Att släppa Viktor tyckte han var klokt, ryssarna satt illa till, det förstod samtliga inblandade efter gårdagens händelser.

– Frågan är hur vi går vidare, sa han högt lite för sig själv. Bill Tobiasson anade ett smidigt politiskt genombrott som skulle främja hans karriär.

– Vi har ju en möjlighet här på Putin, han har ju inte mycket att sätta emot, sa han.

Karl-Otto tittade på honom och tänkte, att det kunde han ha efter sitt misslyckande med förhandlingarna med Erdoğan.

Bedömningen som gjordes igår är fattad under tidspress av Philip. Jag tycker att vi låter honom i rättvisans namn, få avsluta detta, han har ju en baktanke till det hela, sa Karl-Otto. Han tittade på Philip och fick en nick tillbaka, högt sa Philip:

– Jag har nu på morgonen pratat med Gunwald Ström, han ser inga hinder i att jag vidtar åtgärder, tvärtom tycker han att det blir som en liten personlig hämnd för honom. Dessutom blir jag en grindvakt för regeringen oavsett hur det går.

Krister sken upp, tittade gillande på Tobiasson som såg en utrikespolitisk framgång. Han nickade så glasögonen halkade nedåt på näsan. Försvarsministern såg inga hinder i detta resonemang, efter det att han pratat med Lars Henriksson. Philip hade med andra ord fått frikort på Viktor.

– Hur gick det? frågade Jona när Philip kom tillbaka till Must.

– Tja, vi fick frikort med Viktor, svarade Philip.

De nickade glatt till Lennartsson på väg från hissen, han hade varit en stor del i gårdagens händelser. Det plingade i hissen och dörrarna öppnades för Karl-Otto.

– Kaffe i mitt rum nu, sa han.

När de satt sig, frågade han Jona hur han mådde. Jona lyfte på T-shirten och visade ett blågrönt märke på bröstet.

– Aj fan, det var nära, sa Karl-Otto medlidsamt och smackade med tungan.

De tre satt en stund och gick igenom vad som skulle stå i rapporten och vad som inte skulle stå där. När allt var sagt reste sig Philip sig upp och sa att det var dags att hälsa på Viktor på ryska ambassaden.

Nere i garaget tog de Amazonen, som vanligt gav ifrån sig däckljud när de for ut genom porten. Jona satt tyst. Sedan sa han samtidigt som han lade in en portionssnus:

– Borde vi inte ta en tur till Sigrid? Jag menar av ren artighet, hon är ju misshandlad både utvärtes och invärtes stackaren.

– Det får bli en senare sak när allt är över, sa Philip när Jona växlade upp till fyran. De stannade framför ambassaden på Görwellsgatan och tog trapporna i två steg upp till glasdörrarna. Efter insläppet blev de sittandes i foajén i väntan på Viktor. Jona som var där för första gången tittade nyfiket sig omkring.

– Inte påkostat, sofforna är väl tjugo år gamla, sa han. Lite billig retro?

– Nej, Putin lägger inga pengar här, ambassaden står i skuld, obetalda räkningar och inga kontanter, svarade Philip. De hörde samtidigt klappret av hårda klackar i trappan och de ställde sig artigt upp.

– Jaså, det är ni, sa ambassadören när han kom ned och tittade ogillande på dem.

– Ja, hej på dig också, kunde inte Jona låta bli att svara.

– Sverige vill avsluta sin kontakt med dig Viktor och skicka hem samtliga i personalen, sa Philip rakt på sak.

– Vi kräver inte att ambassaden stängs, utan att ni gör en rockad med helt ny personal. Viktor tittade med tomma ögon på Philip.

– Det kan vi inte godkänna, sa han sedan.

– Helt ointressant vad du tycker, kom ihåg att vi har dig på film. Vi tror inte att Putin vill förlora ansiktet ännu en gång på kort tid, sa Philip.

– Du visste inte innan, att det var den svenska justitieministerns dotter du lade beslag på? frågade Philip.

Han tittade Viktor i ansiktet och sökte en reaktion. Det fick han, Viktor satte sig ned med huvudet i händerna. Han suckade, han hade inte haft en aning.

– Har du rapporterat in till Kreml vad som hänt? frågade Philip. Viktor såg upp.

– Nej, sa han. Jag vill avvakta er reaktion först, han såg slut ut när han sa det sista.

– Du kan hälsa hem, att vår reaktion är vad jag nyss sa, med tillägget att hyreshuset med era spioner också ska tömmas, sa Philip. Jona följde förtjust ryssens skiftande ansiktsfärg, det där sista hittade Philip precis just på.

– Jopp, inga hyresinbetalningar, ingenstans att sova! Sa Jona glatt och fortsatte:

– Din jävla gubbe sköt mig i går. Philip tittade på Jona och förstod att han var med i leken. Till Viktor, sa han:

– Ni får fem dagar på er, sa han och tänkte om han hade gått för långt. Viktor som trodde att allt var ett skämt protesterade.

– Detta är inte en vedertagen praxis, sa han högt och flög upp från soffan.

– Helt rätt iakttagelse, det har ni lämnat för länge sedan, svarade Philip kallt.

Viktor hade satt sig ned igen, han lutade sig framåt med händerna för ansiktet. Svenskarna hade gått och Viktor satt kvar och visste inte vad han skulle börja med. Det måste bli att kontakta Nikita Narysjkin igen, hade han fortsatt otur blev det väl Ukraina.

93.

Maja kom ned från övervåningen efter att ha nattat barnen.

– De sover nu, hon tittade på Jack i soffan. Elin hade svårt att somna, hon undrade om du hade ramlat och hade jätteont. Jack tittade upp.

– Ja, hon är ju den som funderar mest av dem, sa han. Han fick bilder i huvudet av Elin, då han trodde att allt var slut i grusgropen vid bombningen av flygplatsen. Det hade nu gått någon vecka efter hemkomsten och Jack var trött i huvudet både av de fysiska skadorna och av tankarna runt själva händelsen. Tillsammans med Jon Pålsson som kommit upp från Stockholm, Billy, Tom och Lilly, hade han haft flera debriefingar om projektet och alla de händelser som kommit utav detta. Idel rapportering och utvärdering till höger och vänster hade det blivit. Ukrainarnas offensiv gick sakta framåt, tyvärr med stora förluster. Det fick Jack att fundera om deras insats hade spelat någon som helst roll. Det skulle bli absurt, om det bara blev Anelina som kom att dra vinstlotten. Som en skänk från ovan, hade Putin stora problem på hemmaplan, Jevgenij Priozjin hade obstruerat och gått mot Moskva. Hela världen undrade vad nu som stod på.

Jack var trött men till Majas stora förtjusning hade Jack deklarerat för Karl-Otto, att detta var den sista tjänstgöringen utomlands för hans del. Johan Nilsson hade fått en befordran till Pålssons kansli och skulle sparkas uppåt och Jack skulle nu om han ville ta över garnisonen i Boden.

– När du ser på din resa så här i efterhand, vad var poängen med den? undrade Maja som om hon kunde läsa det i Jacks huvud. Hon slog sig ned med en kaffebricka och en rulle Ballerina. Jack tog en kaka och delade på den, skrapade av chokladen med tänderna och stoppade resten i munnen innan han svarade.

– Min känsla är faktiskt den, att vi gjorde mer av betydelse än det vi gjorde i Afghanistan.

Han torkade av fingrarna med choklad diskret på pyjamasbyxorna, Maja tittade på honom och satte ned kaffemuggen.

– Var det värt allt? Du höll faktiskt på att stryka med, hon behöll blicken på honom.

Detta var viktigt för henne att veta om hon skulle kunna fortsätta att leva med en militär.

– Ja, hela gruppen fick känslan av att det våld vi utdelade gjorde inverkan, inte minst på Jevgenijs rövarband. Han blev ju förbannad och skällde på Putin som en bandhund i tv, det kunde ni väl inte undgå här hemma? Han tittade på henne och Maja kröp intill Jack och sa:

– Jag kan som alla andra här hemma inte föreställa mig hur det är på riktigt. Journalister utvecklar och intrigerar och politikerna tror sitt, men vi har ingen aning.

Jack lade av gammal vana upp fötterna på soffbordet och tog sats:

– Vill du höra något roligt istället? Han tittade roat ned på Maja som satte sig upp mot honom.

– Roligt i Ukraina? sa hon skeptiskt.

– Billy ska bli pappa! sa Jack och skrattade.

– Vad?! Maja spärrade upp ögonen. Jack berättade om sina misstankar och att han fått det bekräftat av en glad Lilly Lavander.

– Lilly flyttar till Boden om en månad och ska flytta ihop med Billy. Maja och Jack fortsatte med sitt mysprat i soffan en stund till.

– Tänka sig, Billy ska dra barnvagn, sa Maja.

– Rapport börjar väl nu? sa Jack plötsligt och letade efter fjärrkontrollen. Han hittade den och tryckte på on-knappen. Där var hon, Katarina Sandström med sina långa ögonfransar.

– Välkomna till Rapport 19.30, som ikväll är förlängt på grund av läget i Ukraina. Men vi börjar först med en inrikesnyhet:

– Utrikesminister Bill Tobiasson meddelade idag att han tillfälligt stängt den ryska ambassaden i Stockholm. Efter flera påpekanden där rysk personal varit inblandade, samt aggressionerna mot Ukraina, kräver den svenska regeringen att nuvarande personal byts ut. Bill Tobiasson hänvisar till tyst diplomati med Sergej Lavrov, Rysslands utrikesminister, som har reagerat överraskande medgörligt på Sveriges tuffa krav.

– Och vi fortsätter med Ryssland, sa nyhetsankaret:

– I dag höll Vladimir Putin ett extrainsatt tv tal till ryska nationen som visade sig ha ett överraskande innehåll:

– För första gången medgav han att Kreml har finansierat Wagnergruppen från första stund. Detta uttalande stödjer tidigare svenska och internationella teorier, men har konstant förnekats av Vladimir Putin själv i tidigare utfrågningar. Västerländska bedömare, som även innefattar Nato, spekulerar i att detta är en dramatisk politisk omsvängning i försök till öppenhet angående Rysslands utrikespolitik. Putin medgav också att försvarsmakten, utan hans vetskap, var utsatt för korruption och att det hade grovt vilselett honom i hans politiska gärning. De budgeterade medlen till Wagnergruppen, kommer nu därför oavkortat ställas till den ryska reguljära krigsmakten, för att till en början minska uppkomna missförhållanden och höja moralen. Ett visst utbyte i försvarsledningen är också att vänta. Putin föreslog sedan oväntat ett möte med Ukrainas president Zelensky, att de i en gemensam demokratiseringsprocess, med folkligt stöd, ska förhandla om bägge parters framtida territorier. Putin sa sensationellt, att han även kan medverka till återuppbyggnad av Ukraina, villkorat till att sanktionerna släpps mot Ryssland. Nyhetsankaret på Rapport tittade upp och tillade:

– I och med detta yttrande från Putin, har den samlade världens ledare och politiska kommentatorer tagits med häpnad och med en viss skepticism. Samtliga avvaktar någon form av bekräftelse. Talet i sin helhet finns att se på Svt play, sa nyhetsankaret. Jack satte sig käpprakt upp i soffan och spärrade upp ögonen och sa:

– Wow, detta var oväntat! Maja tittade med stora ögon och förstod ingenting.

– För en stund sedan undrade du, vad vi trodde om vad vi hade åstadkommit på vår resa. Putins tal kan ha med den frågan att göra, sa Jack glatt.

Jacks mobil började vibrera på soffbordet. Det var Philip Berzelius.

– Jag måste ta detta, sa han. Han tog på sig morgonrocken över pyjamasen och gick ut på trädäcket utanför glasdörrarna.

– Ja hej, sa han avvaktande.

– Ja, du hör väl vem det är och jag ska sammanfatta mig kort. Jag har avslutat ett möte här på din garnison med din chef. Du får här en inbjudan till Stockholm den 6 November på Gustav Dagen, att tillsammans med Tom, Billy och Lilly på en sluten mottagning i pelarsalen på slottet, mottaga Prins Carl-medaljen av Konungen.

– Vad säger du om det? skrattade Philip. Jack stod och stirrade tomt på sin redskapsbod i trädgården, chockad fick han inte fram ett ljud.

– Tillställningen är privat och kommer inte att bevittnas av andra, infogade Philip.

94.

Efter mötet med säkerhetsrådet i Kreml, där Tarnow Anatoli precis som Putin kommit in sist och satt sig, hade Nikolaj Patrusjev andats ut. Tarnow hade skött sina kort exemplariskt och Nikolaj började tro på att bluffen skulle fungera. På flyget tillbaka till Gelendzjik direkt efter mötet, hade han lutat flygstolen bakåt och lagt igen ögonen i funderingar. Faktum var att han gillade Tarnow. Han återkom med jämna mellanrum till känslan han fått på Tarnows examenskväll. Han hade då diskret funnits till hands och samtidigt sett, att det fanns en kemi och en naturlig vänlighet i mannens sätt att hantera Alina Kabajeva. Nikolaj kunde inte förstå hur Tarnow kunde smälta in i sin roll, med tanke på hur både han och Putin i princip hade kidnappat honom. Visserligen hade de betalat bra, men alternativet var ändå ett konkret hot. Märkligt, en normal människa skulle väl obstruerat på något vis? Han fick lita till Tarnows rädslor.

– Får det vara något mer att dricka? Flygvärdinnan stod frågande lutad över honom och Nikolaj rycktes ur sina tankar.

– Öh … nej tack, sa han. Hon log sitt vita leende och gick vidare i gången.

Nikolaj hade en växande känsla som han egentligen inte ville utveckla, att han tyckte mindre och mindre om Putin. Han förstod, att det var de filmade intervjuerna eller rättare sagt; förhören som var orsaken till detta. På sedvanligt Kreml-vis hade han ändå svalt Putins officiella reprimand, som alla andra. Han var nu trött och föll i sömn.

Taxin med Nikolaj stannade utanför grinden på Gelendzjik, han gick ur bilen och promenerade till ytterdörren. När han kom fram till trappan, öppnades dörren av Putin. Med en nick gick han före in, Nikolaj förstod att Putin hade väntat otåligt på honom.

– Kan du avlägga en rapport med en gång? frågade Putin nyfiket. Jag fixar mat i köket så vi kan ta det om en halvtimme, fortsatte han.

Nikolaj gick vidare uppför trappan till sitt gästrum på andra våningen för att hänga av sig kostymen. Senare på kvällen efter maten, satt de framför brasan igen, precis som sista kvällen med Tarnow.

– Ja du Nikolaj, tänk att din spontana idé ledde oss hit, sa Putin över sitt höjda glas vodka.

Eldskenet från brasan i den öppna spisen, reflekterades fint i hans glas.

– Ja, redan då lät det osannolikt, svarade Nikolaj och log.

– Frågan är hur länge det fungerar, det skulle vara skönt om det gick att avlasta mitt schema, att jag fick större arbetsro, speciellt nu när Jevgenij obstruerar, sa Putin och fortsatte sedan med blicken på elden:

– Lukasjenko vet jag inte riktigt var jag har i nuläget, sa Putin lite eftertänksamt.

– Har Alina Kabajeva hört av sig? frågade Nikolaj försiktigt.

– Jodå, hon tackade för senast, log Putin, han lät road åt detta.

– Men jag orkar inte med henne nu i nuläget, så jag avstyrde henne lite snyggt, tror jag i alla fall, tillade han. Det var så skönt att bara strosa i egna tankar och utarbeta sin strategi, till att ta tillbaka initiativet. Bägge var trötta efter att spänningarna släppte och efter ett tag enades de om sänggående. Nikolaj kom på sig att falla tillbaka i butlerrollen han hade haft sist och började städa av soffbordet. Putin noterade detta roat.

– God natt, sa han till slut, lade kuddarna i soffan till rätta och gick före uppför trappan till sitt.

Väl uppe på sitt rum stod Nikolaj och tittade ut över grushögen på gårdsplanen, den gav honom olustkänsla, så han tog tag i de tunga gardinerna och drog för.

Slottet Gelendzjik vaknade morgonen efter, med ett djävulskt vrål från Putins sovrum. Nikolaj vaknade med ett ryck och letade efter klockan på mobilen. Klockan var långt gången, sprit och trötthet hade gjort att han och Putin hade sovit länge.

Nikolaj såg att feta nyhetsnotiser börjat plinga in i hans telefon. Hans sovrumsdörr slets plötsligt upp och Putin kom inrusande som en sinnessjuk.

– Vad i satans helvete, skrek han och vevade med telefonen. Jag är förrådd av både Jevgenij och Tarnow.

Vildsint började Putin leta efter tv-kontrollen, hittade den och knäppte på tv:n. Han satte sig på Nikolajs säng och stirrade på tv-utsändningen. Nikolaj gjorde detsamma och förstod då att detta var Putins fall från tronen.

Alla kanaler sände Tarnows tv-tal till nationen. Efter ett tag blev det för mycket för Putin, han gick ut ur rummet och slängde igen dörren hårt efter sig.

Det blev tyst ett kort tag innan Nikolaj hörde honom svärandes ramla ned för trappan från övervåningen och det blev helt tyst. Han låg kvar och såg på Tarnows tal som fortfarande gick på tv:n, men uppfattade ingenting av vad som sades. I sin fostrade Kreml-anda, hade hans hjärna reptilsnabbt börjat sortera efter sin egen fördel av dagens händelse. Vilket kort var esset?

Han bestämde sig, han hade ingen plan ännu, men insåg dock att han måste skaffa sig mer tid. Han tog på sig sin morgonrock på väg ut ur rummet och när han kom till trappavsatsen såg han Putin ligga och tyst jämra sig på golvet nedanför trappan.

– Hur gick det? ropade Nikolaj utan att få svar.

Väl nedanför trappan konstaterade han att Putin var dimmig i ögonen, att han gjorde samma intryck som om han fått en stroke. Hans ena fot var dessutom mycket svullen.

– Hej gamle vän, sa han och hukade sig ned vid Putin. Vi går upp till ditt rum så ordnar jag frukost och en omläggning av foten. Putin tittade på honom och nickade som om han förstått. Efter ett baxande uppför trappan, så hamnade Putin åter i sin säng. När Nikolaj var på väg ut från Putins sovrum låste han sovrumsdörren och stoppade nyckeln i fickan. I och med den handlingen fanns det ingen återvändo. Han gick tillbaka till sitt sovrum och klädde på sig.

Senare, efter att ha försett en apatisk Putin med mat, vatten och torrvaror, plundrade Nikolaj rummet på all elektronisk kommunikation, ställde in en hink och toalettpapper. På väg ut ur rummet lade han värktabletter på sängbordet. I dörren vände han sig om och såg på sin gamla president, stängde, låste och stoppade nyckeln tillbaka i fickan. Han fick för sig att han måste snabbast möjliga ringa till sin fru och sedan till Kreml, men först måste han komma ut ur huset och få luft.

Ute på trappan blev han stående i ett slags oseende, han stod precis stilla i känslan av att han rusade utan riktning, situationen var för honom övermäktig. Nikolaj satte sig ned med sin övernattningsväska med ryggen mot porten och försökte hitta en plats inom sig att starta om på. Han var tillsammans med Tarnow och Putin ensamma i Ryssland med vetskapen om landets hittills största bedrägeri. Putin var nedslagen och Tarnow hade slagit världen med häpnad, det gick liksom inte att backa nu, lagt kort ligger.

Nikolaj började fundera där han satt med ryggen mot porten, på vad den nye Putin hade sagt i sitt tal. Han kom snabbt fram till, att i och med de budgeterade pengarna som skulle gått till Jevgenij nu skulle hamna hos den reguljära armén, så borde Tarnow fått krigsmakten på sin sida. Tarnows livförsäkring i nuläget var just krigsmakten. Med den tryggheten skulle han säkert få början till implementeringen av det övriga han sagt i sitt tv-tal. Nikolaj kom till insikt att han inte ensam skulle kunna täcka upp för Tarnow, allt hade blivit för stort för honom, han var tvungen att hitta en bundsförvant. Men var i hela friden skulle han hitta en sådan? Inte i Ryssland, det var han säker på. Nikolaj lutade sig tillbaka mot porten och började fundera. När han satt där kunde han inte undgå att se grushögen framför honom, den bombade fontänen. Till en början tänkte han inte vidare på den, men efter en stund där vid porten, började en tanke att ta vid. Fontänen, ja just det.

Vid tidigare diskussioner i säkerhetsrådet med Narysjkin, hade det framkommit att rysk industrispionage kunnat spåra innehållet i fragmenten från bombresterna till Sverige. En svensk bomb kunde med andra ord ha träffat fontänen, det kunde vara svenskarna som gjort en avsiktlig handling mot Putin. Ingen tidigare hade varit så ogenerat uppkäftig, inte ens amerikanerna. Vid en närmare eftertanke förstod han att han inte kunde lämna Gelendzjik med en gång. Putin skulle inte överleva ensam den tid det skulle ta för Nikolaj att söka efter en allierad. Han måste här på plats via kontakter på nätet skapa en ingång till den person han träffat på sin senaste semester. Oavsett vad som nu hade hänt, tog han tag i den enda vettiga tanke han haft tidigare, att ringa till Elena och förklara.

95.

På Drottninggatan satt Krister och Bill och spånade på Sveriges kommande utrikespolitik angående Ryssland. I dagarna hade Erdoğan på ett möte i Helsingfors på ett kryptiskt sätt sagt att Turkiet godkänt svensk anslutning till Nato, men i samma mening sagt: Fast inte på riktigt än, tro inget annat. Det skulle först vara turkisk semester och sedan skulle det kanske vara första punkten på nästkommande möte i Turkiets riksdag. Det rådde ändå förhoppfull stämning på Drottninggatan, speciellt då Bill för någon tid sedan skickat den ryska ambassad-personalen ut ur landet. Bill hade fått vara kung för en dag, en tröst för all nötning av byxknän i Ankara. Det de nu hade att fundera på var Putins sista tv-tal.

De hade förstått att det var Putins ”look-a-like” som stod där i talarstolen. Efter tv-talet hade det varit tyst från både Lavrov och ”ny” Putin. En tanke som hade slagit dem på Drottninggatan var, att med denna nya inställning från den nye Putin, visste de mindre än någonsin om rysk framtid.

Omvärlden kanske skulle få skåda ett nytt glasnost och i och med det, så kanske Sveriges Natoansökan var förhastad, rent av onödig och Gud bevare, att Svenska Freds och vänsterpartisterna skulle få vatten på sin kvarn. Det ringde, Krister satte sig ned och tog luren.

– Ja, sa han och slog på medhörningen när han hörde att det var Karl-Otto i andra änden.

– Ja hej, det är generalmajor Engelbrekt, har du tid?

– Shoot, svarade Krister jovialiskt glatt för han gillade Karl-Otto.

– Jag har fått ett kryptiskt meddelande från den nya ryska delegationen, sa Karl-Otto.

– Du menar från den nya ambassadören? sa Krister.

– Ja, jo, sa Karl-Otto.

– Det var snabbt, de har väl knappt fått i gång sina servrar och betalat hyran än, sa Krister.

– Haha, jo så kan man ju se det, sa Karl-Otto och fortsatte, det är lite kryptiskt, han vill ha besök av mig och Philip.

– Va? Krister och Bill tittade på varandra, detta var mycket originellt och följde inte ordinarie kutym.

– Så reagerade jag också, sa Karl-Otto och fortsatte, men med Putins tv-tal i minnet kanske vi ska ta med att det är annorlunda tider nu. Krister uppsnappade faktiskt det nu outtalade.

– Precis, det måste ju vara något speciellt då de krumbuktar sig så här, sa han.

– Samma tanke här, jag vill bara förankra det hos dig innan vi går vidare, jag kommer att meddela ryska ambassaden att vi accepterar deras inbjudan. Generalmajoren hade lagt på och det blev tyst på Kristers kontor.

Sigrid kom in och meddelade att hon gick för dagen.

– Ja, det blir bra. Sigrid, kan du bara slå av kaffebryggaren innan du går? Han såg efter hennes rygg i dörren där hon vände, hon hade faktiskt blivit lite rundare om gravidmagen. Utrikesministern satt med pannan djupa veck.

– Mycket märkligt samtal, sådana kontakter ska tas med mig, sa Bill. Krister log och tittade på honom.

– Vem vet, det kanske var du som rullade i gång det hela?

På Must så hade Karl-Otto lagt på telefonluren. Han satt nu med en penna och slog omedvetet med den i bordet. Till slut ställde han sig upp och gick över till Philips kontor.

– Hej du, sa han och slog sig ned i Philips besöksstol. Tog fram en cigarr och skulle precis tända den, när han såg Philips onda öga.

– Har du någon kontakt i Ryssland väldigt högt upp? sa Karl-Otto och stoppade ned cigarren igen. Philip tittade på generalmajoren och funderade, ingen idé att fråga om uppkomsten av en rak fråga från Karl-Otto. I och med att den ställdes var den relevant.

Philip förblev tyst då han koncentrerat började skanna av kontaktnätets sida ett, två och sedan sida tre. Karl-Otto väntade tålmodigt.

Sedan sa Philip lite dröjande, som om minnet kom tillbaka undan för undan:

– För ett halvår sedan i Italien, så träffade jag ett trevligt par. Det var på Palace Hotel, min dotter är gift med ägaren, hotellet ligger strax intill Comosjön. Kvinnan i sällskapet var lite överförfriskad, så vi lade märke till henne. Hennes man kom ned till baren efter att han nattat henne och tog en öl. Han var lite strikt i början och han pratade engelska med rysk accent.

– Jag googlade honom sedan på rummet, då han presenterat sig som Nikolaj, sa Philip. Jag berättade att min dotters man var ägare av hotellet, vi språkades vid kanske en halvtimme innan vi bröt upp, vi bytte visitkort. Karl-Otto satt tyst när Philip slutade och begrundade Philips utläggning.

– Då tror jag att jag förstår. Vi är bjudna på lunch av den nya ambassadören på Restaurang Frantzén imorgon. Jag har ringt statsministern och fått det godkänt.

– Du är skyldig mig en förklaring, sa Philip.

– Jag har fått en förfrågan om lunch på min privata mejl från ambassadören, han vill träffa oss imorgon och ville ha ett förslag på ett bra ställe. Karl-Otto slog ut armarna i en gest.

– Jag gillar Frantzén och är jävligt nyfiken!

– Okej, jag ser till att Jona rekar stället i god tid och att han äter vid något bord, sa Philip. Karl-Otto nickade i samförstånd.

Nästkommande dag så möttes alla på utsatt tid. Philip kände genast igen mannen som var tillsammans med ambassadören. När Karl-Otto och Philip satt sig, så såg de att restaurangen var tom på övriga gäster. Jona tänkte Philip. Ambassadören, som var värd för mötet, presenterade Nikolaj Patrusjev och sig själv som Igor Nevcrov.

– Du har väl varit här en sväng innan på ambassaden? frågade Philip Igor.

– Det stämmer, du och Nikolaj, har ni träffats innan? sa Igor.

– Ja, på semester för ett tag sedan, sa Philip och tittade på Nikolaj, som nickade kort.

– Jaha, då kanske det är lite semesterminnen på dagordningen, sa Igor roat och satte servetten under hakan.

De gjorde sina beställningar, Philip gjorde inga åthävor om vinet som han brukade, utan allt flöt på, dock lite haltande, men när kaffet kom in sa Igor:

– Ja, mina herrar, det var trevligt att träffas, men nu kallar plikten, Nikolaj står för notan. Han ställde sig upp och tog svenskarna i hand, sa adjö och gick. Philip observerade att den svarta suven utanför, körde ut från sin parkering och plockade upp ambassadören. Snygg sorti tänkte Philip med Viktors gamla Volvo S90 i minnet. De tre som var kvar vid bordet tittade på varandra. Nå, då var det dags.

– Jag ber om ursäkt till detta möte som inte gått enligt gängse kanaler. Ingen förutom presidenten och Igor vet att jag sitter här, började Nikolaj. Han avvaktade och tittade på Philip.

– Det här är svårt att säga, jag behöver ... Han ändrade sig och tog ny sats:

– Putin och jag behöver hjälp efter den nya situationen i Ryssland.

Philip hade börjat att lägga ihop läget som Nikolaj befann sig i och förstod hans dilemma. Philip hade nu ett val, att låta ryssen krumbukta sig i en otrolig historia som Philip och Karl-Otto redan hade sina aningar om, eller hoppa fram till dagsläget som alla vid bordet hade kunskap om. Han valde det sista. Philip höll upp handen och sa:

– Är du insatt med den ”nya” Putin? frågade Philip och gjorde citationstecken i luften. Nikolaj tittade då lättad på honom.

– Ja, vi har lagt ihop ett och ett. Du kan vara lugn i att allt är okänt utom för fem personer i Sverige, sa Philip.

Nu blev det dags för att lägga kort på bordet och klargöra från två håll. Det tog en timme. Jona kom och sa att restaurangen ville öppna och om de kunde byta till Must i stället. De tittade på Nikolaj som nickade jakande.

– Bra, då tömmer jag vår avdelning, så kan ni komma om 45 minuter, sa Jona och gick.

Nikolaj Patrusjev satt 45 minuter senare i samma stol som Karl-Otto dagen innan. Han såg sig förstulet omkring i rummet och tyckte det var ganska sparsmakat. Han visste inte om att Jona i princip hade blåst ut rummet på allt som hade med Philips tjänst på Must att göra.

– Då så, började Philip och lättade på sin slips, knäppte upp översta knappen i skjortan.

– Jag förstår dina bryderier om att vara här, det togs säkert efter väldiga överväganden. Jag tackar dig för ditt förtroende. Nikolaj gick sedan rakt på sak.

– Jag är ensam i detta som jag sa tidigare, jag är själv delaktig i att Tarnow är president idag, faktiskt på Putins egen begäran. Ja, du hör ju hur sjukt det låter, sa han och fick en fascinerad nick från Philip.

– Läget är just nu, att Vladimir Putin ligger inlåst i sitt sovrum på slottet Gelendzjik och jag måste ha någon som ”tar hand om honom”, eftersom jag inte har kunskap i detta och inte har någon tid till det. Många i Kreml undrar var jag är i nuläget, så jag är redan nu tidspressad, sa Nikolaj och tittade på sin klocka för att understryka.

– Tar hand om honom, säger du, vad menas med det? Vill ”Putin” att jag dödar Putin? undrade Philip. Här uppstod ett dilemma förstod han.

Detta är ett samtal att bevara och sedan skriva en bok om, tänkte Philip och tittade förundrat på Nikolaj.

– Tarnow är en filantrop och en bildad man. Att döda Putin enligt honom är att öka hastigheten i ekorrhjulet vi redan befinner oss i. Tarnow skulle inte godta det.

– Nej, jag har en annan idé, som jag vill bolla med dig, sa Nikolaj då.

Nikolaj Patrusjev, Rysslands ordförande i det ryska säkerhetsrådet, började att berätta en ny historia. Philips intresse gick inte att ta miste på, en äkta rysk maskirovka, kunde man ju inte säga nej till. Eller hur?

Epilog

Ingen lade särskilt märke till när han kom. Med sin för stora, lite slitna rock och stickade mössa började han att vandra på gatorna.

Efter att ha blivit utskriven från Serbskij-institutet hade han blivit satt på ett tåg österut. Det år han hade varit på institutet hade han inget minne av. Så småningom, efter att tiden hade gått ett tag, kunde den observante iakttagaren se honom ofta stå och tigga utanför Park Café vid Pervomaisky-parken.

Han var ganska kort i sin rock och gjorde aldrig något väsen av sin existens. Hans skäggiga ansikte tittade artigt upp med sina vattniga gråa ögon och nickade ett tack då någon slant hamnade i hans välanvända pappersmugg.

I staden fanns flera akademiska lärosäten, många var anställda inom dessa eller på de många kulturella inrättningarna, Park Café var hos dem det populäraste fikastället, för de serverade den goda bakelsen Medovik. Den består bland annat av honungsbottnar och är toppad med valnötter och jordgubbar.

Aleksej Navalnyj stannade till här förr mellan sina föreläsningar. Han gillade lite feta bakelser efter sin fängelsetid.

En dag kom en man fram till tiggaren utanför Park Café och frågade honom:

– Ursäkta mig att jag frågar, sa han, tiggaren tittade upp när besökaren ställde sin fråga.

– Jag tycker att jag ser en viss likhet med dig och professor Tarnow, en omtyckt föredragshållare här på universitetet. Han försvann för något år sedan, det är inte så att du känner till något om detta? Tiggaren slog ned blicken och tittade i sin pappmugg när han begrundade frågan.

– Nej, sa han och vände sig bort från besökaren och fick i samma veva syn på Oleg Sotnikov från GRU som stod och tittade på honom. När tiggaren såg detta fick han en idé. En äkta rysk maskirovka.